KB073891

두 번째 유모

두 번째 유모

듀나

엘리자베트,
영원이란 그렇게 푸르고 또 어둡단다.

권터 아이히, 〈자베트〉

차례

$\heartsuit$

$\heartsuit$

대리전代理戰

네가 무나키샬레 아이스크림 가게로 들어왔을 때, 솔직히 난 너를 알아보지 못했어. 일단 고객들을 상대하느라 바빴고, 너를 마지막으로 본 것도 12년 전이었으니까. 너도 그동안 많이 변했더군. 그래, 난 네가 그런 식으로 나이가 들 거라고 생각은 했어. 넌 열두 살 때부터 언제나 혼자서 세상과 맞서야 했으니까. 내가 알고 있는 너는 언제나 작은 어른이었어.

반대로 나는 그동안 거의 변하지 않았지. 중간에 고생을 조금 하긴 했지만 난 지금까지 어른처럼 행동해야 할 필요성을 거의 느끼지 못했어. 가게 안에 들어온 순간 네가 내 얼굴을 알아봤다고 해서 이상하지

대리전

는 않아. 12년 전이나 지금이나 난 여전히 무책임하고 사치스러운 부잣집 딸이지. 돈을 대주는 사람은 바뀌었지만.

아마 넌 황당했을 거야. 네가 부천 홈플러스 근처의 아이스크림 가게에서 나와 마주치는 건 충분히 있을 수 있는 일이지. 우리가 살고 있는 나라는 그렇게까지 큰 곳이 아니니까. 하지만 넌 추리닝을 입은 초라한 대머리 아저씨 두 명과 바닐라 아이스크림을 먹으며 심각한 표정으로 이야기하는 내 모습은 상상도 못해봤을걸? 적어도 지금까지 닦아온 내 이미지와는 맞지 않지. 하긴 내가 그 이미지를 계속 유지하고 있었다면, 난 유럽 어딘가에서 니키아나 지젤을 추고 있어야 해. 아니면 그런 걸 추는 에트왈 등 뒤에서 튀튀 차림으로 콩콩거리고 있거나. 무릎 부상과 집안 부도로 오래전에 물 건너가버린 계획이지만.

게다가 그 언어는 어떻고? 아마 네가 들은 말들은 대략 다음과 같았을 거야. "우그크크꺄꺄핑 샤그르브 샤크므브프 핑핑핑핑까르까르딩?"

번역하면 다음과 같아. "그렇다면 어느 섹스 코스를 먼저 선택하시겠어요?"

12

어느 나라 말이냐고? 제4번 은하어의 제1음성어 변종이야. 발음이 예쁘지 않은 건 당연해. 원래 제4번 은하어는 발성되기 위해 만들어진 게 아니라 얼굴이나 다른 신체 부위의 발광층으로 반짝거리기 위해 만들어졌거든. 소리로 대화를 나누는 종들을 위해 음역되기는 했지만 그래도 여전히 껄끄러워. '샤그르브샤크므브프'처럼 자음이 다닥다닥 붙은 단어들이 튀어나오는 것도 그 때문이지. 귀찮지만 어쩌겠어. 이번 관광객들은 제4번 은하어밖엔 할 줄 아는 게 없었어. 아마 이런 식으로 변형된 제4번 은하어도 굉장히 짜증 났을 거야. 제4번 은하어의 특징은 즉시성이야. 그림 하나가 얼굴이나 몸에 뜨는 순간, 보는 쪽에서는 문장 전체를 이해하지. 하지만 이 경우엔 어쩔 수 없이 그 2차원적인 문장을 잘게 쪼개어 1차원적인 긴 실로 만들어야 해. 귀찮지. 말하는 쪽이나 듣는 쪽이나.

이번 고객들은 그그그카탕보그무 행성에서 온 다섯 번째 관광객들이었어. 제3기에 접어든 지 3사이클도 되지 않는 촌뜨기들이었지. 물론 난 그네들을 촌뜨기라고 놀려댈 입장이 못 되지. 지구는 아직 앤서블ansible 테크놀로지를 독자적으로 발명하지 못한 제2기

대리전

에 머물러 있으니까. 하지만 난 나 자신을 지구인의 위치에 놓고 일을 해본 적이 없어. 지구에서 가이드 일을 하는 동료 대부분이 그렇지만.

풋내기 여행자들이 그렇듯, 그네들은 일단 지구인의 몸 자체를 탐색하길 원했어. 일단 지구인 몸으로 먹고 자고 배설하고 섹스하는 쾌락에 대해 알고 싶었던 거지. 문제는 섹스야. 먹고 자고 배설하는 거야 자기 스스로 할 수 있지만 섹스는 온전히 즐기려면 둘 이상이 있어야 하지. 그러기 위해서는 전문적인 섹스 워커들의 도움이 필요했고. 여담인데, 내가 조금만 삐끗 잘못 나갔다면 지금쯤 외계인 전문 섹스 워커로 뛰고 있었을지도 몰라. 일이 내 취향과 맞지는 않지만 나쁘지는 않다고 하더라. 수익도 괜찮고.

하여간 내가 거기서 하고 있었던 건 관광객들과 섹스 워커들의 스케줄을 조정하는 일이었어. 스케줄이 끝나면 회사에 인계해주고 집으로 돌아오면 끝이었지. 만약 그 관광객들이 진짜 관광객들이었다면 다음 날에 보다 정상적인 상황 속에서 너와 재회할 수 있었을 거고. 그랬다면 그건 정말 진부하지만 기분 좋은 로맨스의 도입부가 될 수도 있었을 거야.

하지만 너도 알다시피 그 뒤에 일어난 일들은 로맨스와 전혀 상관이 없었어. 빌어먹을, 빌어먹을, 빌어먹을.

난 정말 바보였어. 아무리 머릴 굴려도 이 말밖엔 안 떠올라. 난 정말 바보였어. 아니, 나만 바보였던 게 아니지. 은하연합 전체가 바보였던 거야. 휴우, 이렇게 말하고 나니 좀 위로가 된다.

아냐, 여전히 화가 나. 내가 조금만 머리를 굴렸다면 그그그카탕보그무에서 왔다고 주장하는 그 두 명의 관광객이 가짜였다는 걸 단번에 알아차렸을 거야. 일단 그 작자들이 이족二足 보행에 그렇게 빨리 적응한 것부터가 말이 안 돼. 은하연합의 도서관에 따르면 그그그카탕보그무의 거주민들은 오징어처럼 생긴 무척추 수생동물이란 말이야. 이족 보행은커녕 사족四足 보행도 힘들 판이라고. 그런데 그 작자들은 숙주 몸에 들어가서 몇 분 비틀거렸을 뿐 그 뒤로는 썩 잘 걸었거든. 아무리 그 숙주들이 수생동물의 운동 방식에 익숙해져 있다고 해도 그건 좀 수상쩍었어.

생각해보면 그그그카탕보그무라는 행성 자체가

대리전

말이 안 돼. 생각해봐. 은하연합이 지구를 발견한 게 1996년이야. 그그그카탕보그무가 앤서블 네트워크에 접속한 게 1999년이고. 겨우 3년 만에 은하계 양쪽 끝에서 두 개의 문명 행성이 발견되었던 거야. 지금의 은하연합이 탄생하고 42만 년의 세월이 흘렀지만 지금까지 이렇게 연달아 외계 문명이 발견된 적은 단 한 번도 없었어. 누군가 의심하는 게 정상이었어. 하지만 아무도 안 그랬지. 그그그카탕보그무에서 날아오는 정보들이 아무리 미심쩍어도 다들 아직 제대로 된 테크놀로지를 개발 못한 미개 행성이니 당연하다고 관대하게 이해해주었을 뿐이야. 어느 누구도 그그그카탕보그무에서 날아오는 정보들의 출처를 확인할 생각을 하지 못했어. 하긴 그건 의심해도 어쩔 수 없었겠지. 앤서블은 출처 확인이 불가능한 통신수단이니까.

아무리 그래도 누군가는 한 번쯤 의심해야 했어. 그그그카탕보그무라는 행성이 처음부터 존재하지 않고 거기에서 왔다고 주장하는 작자들이 사기꾼일지도 모른다고 말이야. 그리고 그 사기꾼들의 음모가 무엇이건 그게 막 발견된 제2기 행성인 지구와 관련

되어 있을지도 모른다고 말이야.

　그래, 아무도 그 사기꾼들을 의심하지 않았어. 우리에겐 그들도 그냥 고객이었을 뿐이지. 그 악당들도 다른 관광객들과 정확히 같은 순서를 밟아 우리에게 왔어. 일단 은하관광위원회에서 앤서블을 통해 관광 요청서를 보내. 그러면 우리 여행사에서는 관광객들이 사용하는 언어와 동작 방식, 육체의 모양을 검토한 뒤 그에 어울리는 숙주들을 뽑지. 스케줄이 확인되면 우린 우리가 마련해준 숙주의 아파트로 가서 뇌 안에 박혀 있는 기생기계를 작동시켜. 그렇게 하면 앤서블을 통해 숙주의 육체와 몇천 광년 저쪽에 있는 외계 생물의 정신이 연결되는 거야. 물론 진짜 육체를 가지고 우주여행을 할 수 있다면 그것도 좋겠지. 하지만 우리가 알기로는 분자보다 큰 물체가 온전한 모양을 갖추고 초광속 여행을 하는 건 불가능해. 그나마 앤서블이 있어서 이런 것도 할 수 있는 거지. 제4기 문명은 초광속 여행뿐 아니라 순간 여행까지 가능하다는 소문이 돌고 있긴 하지만 그건 소문일 뿐이야. 저 높은 곳에서 무슨 일들이 진행되는지 누가 알

17

대리전

겠어? 3기 문명이 4기에 접어들면 연합과 접촉을 끊어버린단 말이야. 모두 그래. 맨 처음엔 전혀 다른 진화 과정을 거친 생물들이 나중엔 다 똑같이 행동하니 괴상하지. 이런 걸 보고 그 동네에서는 '필연적 수렴'이라고 한단다.

그다음엔 어떻게 되었냐고? 걸음마를 시킨 뒤, 아이스크림 가게로 끌고 왔지. 아이스크림 먹기는 필수적인 행사야. 일단 소화기관에 적응시켜야 하는데, 지구인의 육체에 처음으로 들어온 관광객들은 적응 기간 동안 바닐라 아이스크림밖에 못 먹거든. 하긴 몇몇 종은 아이스크림도 못 먹어서 적응 기간이 끝날 때까지 얼음만 빨아야 하지만.

아이스크림 가게에서 일정을 맞춘 뒤(그래, 난 끝까지 널 알아보지 못했어.) 나는 그 악당들을 내 차에 태워 사무실로 데려갔어. 사무실에서 인수인계를 마치면 그날 내 일은 끝나는 거지. 따지고 보면 난 부잣집 마나님의 심심풀이 땅콩 아르바이트 정도의 일을 하면서 웬만한 봉급쟁이 월급의 열 배가 넘는 돈을 받고 있는 거야. 그것도 해고당할 일이 전혀 없고 상사 눈치 보는 일도 없으며 늘 자발적인 해외 출장이 보장

되는 직장에서. 내가 말했잖아, 난 여전히 부잣집 딸이라고.

내가 일하는 사무실은 송내역 부근에 있는 6층 건물 안에 있어. 건물은 회사 소유이고 2층부터 6층까지를 사무실로 쓰고 있지. 그중 여행사 업무를 담당하는 2, 3층은 위장용이고 거기서 일하는 직원들은 회사의 진짜 정체가 뭔지도 몰라. 앤서블 네트워크와 송신기들, 숙주들을 관리하고 관광객들을 맞이하는 진짜 일들은 모두 4층 위에서 진행돼.

나는 4층으로 올라가 관광객들로 위장한 그 악당들을 사장에게 넘겨주었어. 나야 그 악당들이 그그그카탕보그무에서 왔건 어디서 왔건 신경도 쓰이지 않았지만 사장은 좀 입장이 달랐어. 나름대로 지구 대표를 자처하는 사람이었으니 모든 문명에 대해 다 알아야 한다는 거지. 내가 인수인계를 마치고 사무실에서 나갈 때까지 사장은 그들에게 뭐라고 계속 꼬치꼬치 캐묻고 있었어. 가끔 그가 그렇게 노골적으로 호기심을 드러내지 않았다면 일이 전혀 다른 방향으로 진행되지 않았을까 생각도 해봐. 이미 늦었지만.

내가 사무실에서 떠난 뒤에 무슨 일들이 일어났던

대리전

걸까? 난 아직도 모르겠어. 내가 집에 막 배달된 프
레드 애스테어/진저 로저스 DVD 박스세트를 보려고
일찍 집으로 가지 않았다면 무슨 일이 일어났을까?
이 역시 영영 대답을 들을 수 없는 질문이겠지.

　나는 다음 날 10시 30분에 사무실로 출근했어. 아
래층에서는 위장용 여행사 직원들이 언제나처럼 파
리 날리는 사무실에서 수다를 떨고 있었어. 내가 들
어오자 직원 한 명이 나를 보고 이러더군.
　"사장님께서 계속 찾으셨어요. 전화가 안 된다고
하던데요?"
　그건 사실이었어. 영화 다섯 편을 논스톱으로 보고
퍼질러 자다가 휴대폰이 방전된 걸 깜빡했던 거지.
　4층 문을 열고 안으로 들어가자, 강한 오렌지 향기
가 내 코를 찔렀어. 누군가가 방향제 뚜껑을 열고 바
닥에 쏟아부은 것 같았지. 나는 불평하려고 늘 사장
이 앉아 있던 소파로 고개를 돌렸어.
　소파는 텅 비어 있었어. 아니, 비어 있는 건 소파뿐
이 아니었어. 사무실 전체가 텅 비어 있었지. 모두 내
실에 있는 걸까? 아니면 다들 위층으로 올라간 걸까?

그럴 수도 있었지만 뭔가 심하게 잘못되어 있다는 직감은 여전히 남아 있었어. 난 천천히 내실 쪽으로 다가가 문을 열었어.

내실은 끔찍했어. 사방이 피투성이였고 바닥엔 시체들이 뒹굴고 있었어. 시체들은 모두 두개골 뒤가 부서져 있었고 마치 커다란 짐승의 손톱이 훑고 지나간 것처럼 척추에 긴 상처 자국이 나 있었어. 몇몇 사람들은 눈도 뜯겨져 나가고 없었어. 난 얼어붙은 듯 문가에서 서서 시체들을 세어봤어. 하나, 둘, 셋, 넷, 다섯, 여섯…. 부천에 거주하며 외계인들을 관리하는 에이전트들은 나까지 포함해서 여덟이야. 그런데 그중 여섯 명이 시체가 되어 쌓여 있었던 거야.

사장은 보이지 않았어. 이건 좋은 징조일까? 아니, 그럴 리는 없었어. 그가 죽었다면 끔찍한 일이지만 살아있다고 해도 결코 좋은 소식일 리는 없지.

등 뒤에서 비명 소리가 들렸어. 내가 양손에 피를 묻히면서 사장을 찾고 있는 동안 네가 내실로 들어왔던 거야. 그리고 내 시야에 잡힌 건 너뿐이 아니었어. 어제 내가 바닐라 아이스크림을 사주었던 두 악당들이 커다란 망치처럼 생긴 걸 하나씩 들고 서 있었어.

21

대리전

그 아슬아슬한 순간에야 너의 얼굴을 알아봤으니 정말 아이러니도 이런 아이러니가 따로 없지.

난 결코 이런 상황에서 민첩하게 행동할 만한 사람이 못 돼. 그래도 그 순간 나는 내가 할 수 있는 모든 일을 다 했다고 생각해. 아마 이 피투성이 광경 때문에 미리 겁을 다 집어먹어버려서 더 이상 겁을 먹을 구석이 없었기 때문이겠지. 나는 겁을 먹고 뒷걸음질치는 대신 그들에게 정면으로 달려들었는데, 그건 옳은 선택이었어. 물론 그 전에 쓸 만한 무기라도 챙길 수 있었다면 더 좋았겠지만 그런 게 방 안에 있을 리가 없었고 그 정도만으로 충분했어. 내가 상대하고 있었던 건 남의 육체를 뒤집어쓰고 있는 외계인들이었어. 당연히 홈그라운드의 이점은 나에게 있었지.

하지만 그러는 동안 너를 지켜주지 못한 건 내 계산 착오였어. 그래도 당시엔 그게 비교적 논리적인 선택이었다는 걸 이해해주기 바라. 내가 덤벼든 건 너에게 그 망치 비슷한 걸 휘둘러대는 악당이었고 공격 자체는 성공이었어. 하지만 그 순간 두 번째 악당이 너를 빼내 인간 방패로 삼을 거라고 내가 어떻게 상상할 수 있었겠어? 그가 너를 인질로 삼아 최소한 협상의 기회를 줄 거라고 생각한 것도 실수였지. 그는 엘리베이터의 문이 열리자마자 그냥 네 머리를 망치로 쏘고 달아나버렸으니까.

그 악당이 달아나자마자 나는 너에게 달려갔어. 뒷머리에 백 원짜리 동전만 한 화상 자국이 나 있는 것 이외에 외상은 없는 것 같았지만 의식은 없었어. 네가 숨을 쉬고 있는 걸 확인하자마자 나는 내가 쓰러뜨린 첫 번째 남자에게 달려갔어. 남자는 입에 거품을 물고 코와 귀로 피를 뿜으며 부들부들 떨고 있었어. 그건 그냥 숙주였어. 아마 그 외계인은 내가 공격한 즉시 숙주와 연결을 끊어버린 모양이야. 그것도 그냥 끊은 게 아니라 뇌의 연결장치를 파괴해버렸던 거야. 뇌 속에서 작은 폭탄이 터진 셈이었지. 숙주가 살아날 가능성은 없었어. 하긴 숙주가 되기 전부터 살아 있는 시체나 다름없는 친구였으니 지금 죽어도 유감은 없었겠지만.

나는 숙주를 내실에 밀어 넣고 문을 잠근 뒤 6층 금고실로 올라갔어. 아니나 다를까, 금고실의 문은 활짝 열려 있었고 탐사선은 사라지고 없었어. 탐사선 대신 바닥에 놓여 있는 건 사장의 시체였어.

대리전

하지만 아직 절망할 단계는 아니었지. 탐사선의 앤서블은 여전히 켜져 있었고 보호장치도 작동 중이었어. 달아난 사기꾼이 아무리 용하다고 해도 보호장치를 푸는 건 결코 쉬운 일이 아니야. 게다가 그들이 가지고 있는 테크놀로지는 기껏해야 2.1기 수준이지. 아무리 제3기 문명의 지식을 머리에 담고 있다고 해도 지구의 재료들을 이용해 쓸 만한 도구들을 만드는 건 결코 쉬운 일이 아니야. 그렇다면 앤서블을 누가 가지고 있건, 난 아직 은하연합과 연락을 취할 수 있다는 말이 되지.

나는 5층으로 내려갔어. 다행히도 그들은 5층의 통신장치들을 그대로 방치해두었어. 하긴 그것들을 모두 날려버렸다고 해도 방법이 없는 건 아니었어. 앤서블은 휴대폰이나 인터넷으로도 연결되었으니까. 심지어 사장은 굉장히 뻔뻔스러운 도메인 네임을 단 웹사이트도 하나 만들어놓았지. http://www.ansible.co.kr.

은하연합교류협회 사무실 담당관의 명쾌한 목소리가 통신기를 통해 들려오자마자 나는 허겁지겁 상황을 설명했어. 여섯 명의 에이전트들이 죽었고 한 명이 실종되었고 살아남은 건 나 하나뿐이다. 탐사선은 도난당했고 지금 지구에 있는 3872명의 방문객들에게 무슨 일이 생길지 모르니 경고하라고 말이야. 그쪽에서는 다시 연락할 테니 대기하고 있으라고 하더라. 나는 통신기의 번호를 내 휴대폰으로 돌려놨어.

나는 5층에서 의료용 헬멧을 챙겨가지고 아래로 내려왔어. 솔직히 이런 걸 의료기기라고 부르는 건 자기기만이지. 연결장치를 뇌에 이식하기 위한 보조 도구에 불과했으니까. 하지만 지금으로서는 지구인 의사보다 나았어. 은하연합에서는 이미 지구인의 육체에 대한 모든 지식을 수집하고 있었고 의사 역할을 할 만한 인공지능도 보유하고 있었어. 유감스럽게도 내 지식이, 사실은 지구의 지식이 그 기계를 따라가지 못했지. 기계가 뇌 손상 정도를 알려왔는데, 나로서는 치명적인 부상이라는 것밖에 알 수 없었어. 다행히도 기계는 그 상태를 어느 정도 안정시킬 수는 있었어.

그때 협회에서 전화가 걸려왔어. 그쪽에서는 내 일을 도울 전문가를 보낼 때가 되었다고 판단한 모양이었어. 해외에도 에이전트들이 있긴 하지만 충분한 훈련을 받지 못했고 게다가 그네들이 한국에 날아올 때까지 기다릴 수도 없었지. 몇백 광년 떨어진 행성의 전문가를 앤서블로 연결하는 게 최선의 방법이었어. 하지만 어떻게 해야 할까? 보안장치가 앤서블 자체는 보호하고 있었지만 지금 등록된 숙주들의 통제권은 곧 그 도둑에게 넘어갈 게 뻔했어. 그렇다면 별도의 채널로 새 숙주를 만들어야 했어. 그것도 지금 당장.

그때 너에게로 시선이 돌아간 건 너무나도 자연스러웠어. 통제기기의 항상성 유지 기능은 일종의 뇌수술 역할을 해줄 수 있을 거야. 문제는 숙주용 통제기기가 일으킬 수 있는 여러 부작용들이었지. 섹스 워커들과 해결사들을 제외한 숙주들은 대부분 자기 의지가 결여된 알코올중독자나 행려병자들이었으니 무슨 일이 일어나도 더 나빠질 게 없었지만 넌 사정이 다르잖아.

하지만 난 다른 생각을 할 시간이 없었어. 나는 다시 허겁지겁 5층으로 달려가 캡슐 안에 든 여벌의 통제기기를 하나 가져와서 헬멧의 투입구 안에 밀어 넣었어. 난 헬멧이 네 머리를 깎고, 드릴로 두개골에 구멍을 뚫고, 베이컨으로 싼 총알처럼 생긴 통제기기를 그 안에 밀어 넣고, 의료용 시멘트로 구멍을 막는 동안 헬멧을 움켜잡고 있었어.

이식이 성공하자 헬멧에 파란 불이 들어왔어. 헬멧을 벗기자마자 네 얼굴은 꿈틀거리기 시작하더군. 잠시 뒤 너는 눈을 떴어. 그리고 유창한 제2번 은하어로 나에게 인사를 했지.

"엘로이레이!"

네 몸에 들어간 담당관은 바기-지랑이라는 마자랑 행성인이었어. 8년 동안 스물네 번 지구를 방문했고 한국어를 포함한 6개 국어에 능통했으며 제2번 은하어로 혜경궁 홍씨의 전기까지 쓴 적 있었고 지구 문학의 은하어 번역 작업에도 관여하고 있었어. 지구에 대한 기본적인 문자 지식만 따진다면 바기-지랑은 나보다 더 박식했어. 몸 구조도 지구인과 비슷해서 현장 작업에도 무리가 없었고.

난 바기-지랑과 어느 정도 안면이 있는 편이었어. 내 첫 고객이기도 했고. 하지만 외계인들과 지속적인 친분관계를 유지하기는 어려워. 행동이나 생각 자체가 다른 건 둘째 치고, 일단 얼굴을 직접 볼 수가 없으니 말이야. 내가 알고 있는 바기-지랑은 늘 알코올

대리전

중독으로 피부가 엉망이 된 중년 남자들의 모습을 하고 있었지. 하지만 하는 행동은 늘 수다스러운 아줌마 같아서 늘 가면 쓴 사람과 이야기를 하고 있는 기분이었어. 조금씩 거리감이 느껴질 수밖에 없었던 거지.

바기-지랑이 맨 처음에 한 일은 시체들을 처리하는 것이었어. 나는 그 사람을 도와 4층의 시체들을 모두 6층으로 옮겼어. 시체들을 금고실에 넣고 헬멧으로 이식물이 뜯겨져 나간 시체의 입체사진들을 찍은 뒤 우린 금고 문을 닫았어. 잠시 뒤 확 하는 소리와 함께 주변 공기가 뜨거워졌어. 난 그때까지 금고실이 비상 소각로 역할을 하는지 몰랐어. 나중에 알고 봤더니 그 금고실은 원래부터 2기 행성들을 위해 만들어진 연합의 규격에 맞추어 제작되었다고 하더군. 꼭 시체는 아니더라도 3기 문명과 연결된 증거들을 재빨리 처리하기 위해 만들어진 거야.

바기-지랑이 피로 물든 4층을 청소하는 동안 나는 쇼핑을 했어. 사장의 자전거를 타고 홈플러스와 월마트를 돌면서 가전제품들과 장난감들을 사 모았지. 그 악당들이 짬짬이 만든 망치 같은 무기들을 가지고 있다면 우리도 맨손으로 그들을 상대할 수는 없잖아.

우리에게도 무기가 필요했어.

우리가 생각한 무기는 망치보다는 문명화된 것이었어. 우린 숙주들의 목숨까지 빼앗을 필요는 없었어. 그냥 뇌의 통제장치만 차단하면 되었지. 우린 5층의 통신장치와 MP3 플레이어들을 결합해서 통제장치에 강한 펄스 신호를 보내는 기계를 만들었어. 겨냥이 가능해야 했고 방아쇠 메커니즘도 필요했기 때문에 그 기계들은 내가 월마트 장난감 매장에서 사온 두 개의 '지구방위대 전자총' 안에 들어갔어. 방아쇠를 당기면 불은 켜지지 않았지만 여전히 윙윙거리는 요란한 소리가 났지. 30대 초반의 멀쩡한 성인 여성이 들고 다니기엔 무척이나 쑥스러운 무기였지만 해결사들이 가지고 다니는 좀 더 세련된 비밀무기보다 성능이 특별히 떨어질 것도 없었어. 그것들도 결국 다 지구 기술로 만든 거잖아.

물론 다음으로 해결해야 할 문제는 '탐사선이 어디에 있느냐'였어. 물론 탐사선은 계속 앤서블 신호를 송수신하고 있지만 즉시 통신인 앤서블 신호로는 위치 확인이 불가능해. 직접 구식 추적장치라도 달았으면 도움이 되었겠지만 누가 이런 일이 일어날 줄 알

대리전

았나. 지난 몇십만 년 동안 은하계엔 우주 전쟁이나 테러 따위는 없었어. 그런 걸 상상하는 것 자체가 웃기는 일이었고. 가장 빠른 우주선을 타고 가도 몇백, 몇천, 심지어는 몇만 년이 걸리는 곳에 있는 행성을 무슨 이유로 공격해? 아무리 앤서블로 밀접하게 연결되어 있다고 해도 그네들은 모두 물리적으로 남남이었다고. 그렇다고 상대방에 대해 정치적이거나 종교적 증오심을 품을 만큼 미개한 사회도 거의 없었고.

바로 그렇기 때문에 나는 바가-지랑이 "이런 일이 일어날지도 모른다고 생각했어요"라고 말했을 때 조금 놀랐어. 그래서 난 거의 반사적으로 물었지.

"왜요?"

"하나의 가설이었어요. 탐사선이 발견한 제2기 행성은 공격에 굉장히 취약해요. 단 하나뿐인 앤서블은 전문 지식이 부족하고 훈련도 되지 않은 소수의 원주민들이 관리하지요. 이론상으로는 적의가 있는 행성이 앤서블을 탈취해 대규모의 숙주 군대를 만들어 그 2기 행성을 정복할 수도 있어요. 만약에 그그그카탕보그무가 의심하시는 것처럼 조작된 행성이라면 그 역시 충분히 이해할 수 있어요. 연합 내 이런 신생 가입

행성에선 극소수만이 접근할 수 있고 관리도 굉장히 허술하니까요. 마자랑에서 이런 음모를 벌인다면 앤서블에 접근하는 순간 탄로 나고 말겠지요."

"하지만 왜요?"

"그거야 저도 아직은 모르죠."

그리고 그건 지금 급한 일도 아니었어. 지금 중요한 건 어떻게든 탐사선의 위치를 알아내는 것이었어. 차도 없고 몸도 제대로 가누지 못하는 외계인이 지름 1미터가 넘는 금속 공을 들고 어떻게 어디로 사라졌을까? '어떻게'의 가장 그럴싸한 해답은 택시였어. 하지만 어디로?

우린 탐사선의 센서와 연락을 취했어. 우리가 확인한 건 종이 상자로 포장된 탐사선이 흔들리는 차 안에 있다는 것이었어. 가감속의 정보를 이용해서 상대적인 운동 속도와 방향을 추정할 수는 있었지만 위치를 알아내기엔 정보가 부족했어. 더 운이 없었던 건 충분한 정보가 쌓이기 전에 차가 움직임을 멈추었다는 거야. 우리가 센서를 읽는 동안 상자는 차에서 내려 어떤 건물 안으로 들어갔어. 상자는 엘리베이터를 타고 어떤 층에서 내렸어. 아마 4층인 것 같았는데 그것도

대리전

확신하기 어려웠어. 분명 엘리베이터의 작동 소리와 같은 소리 정보에 단서가 있었겠지만 아직 은하연합의 지구 관련 데이터베이스는 그런 자잘한 것에 신경을 쓸 단계까지 와 있지 않았어.

그 정도 차를 타고 갔다면 탐사선은 인천, 서울, 광명, 안양, 수원 어디로도 갔을 수 있었어. 하지만 가장 가능성 있는 건 '부천에 그냥 남아 있다' 쪽이었지. 그 사기꾼이 어떤 계획을 세웠건 숙주들이 그 계획의 일부였음이 분명해. 혼자서 그 엄청난 일을 해낼 수는 없으니까 당연히 동료들의 도움이 필요하겠지. 숙주들이야 서울이나 인천에도 있지만 가장 많은 곳은 역시 부천이었지. 부천은 지구의 대문 도시였으니까.

왜 하필이면 부천이었냐고? 그건 애향심과 멸시가 반반씩 섞인 사장의 판단 때문이었어. 사장은 부천에서 태어나 부천에서 자란 사람이었어. 그리고 그 때문에 부천이 얼마나 무개성적이고 대체 가능한 곳인지 알고 있었지. 만약 전우주적인 사고가 생겨 부천이 통째로 날아간다고 해도 인류가 손해 볼 일은 없다는 거야. 사장의 애국심도 비슷했어. 자기가 태어난 대한민국이라는 나라를 극도로 멸시했으면서 지구의 대표 언어로 한국어를 끼워 넣은 걸 보면 알 만하지.

하여간 지금으로서는 우리가 기댈 수 있는 해결 방법은 단 하나였어. 숙주들을 관찰하는 것이었지. 지금 지구의 숙주들은 하나씩 주인을 잃고 남아 있는 흐릿한 의식에 의지해 좀비처럼 방황하고 있는 중이었어. 만약 그 사기꾼이 숙주들을 통제하려 한다면 우린 그 행동 패턴의 변화를 쉽게 알아차릴 수 있었을 거야. 하지만 그 전에 먼저 앤서블의 보안장치가 풀린다면? 우린 그들이 그보다는 무능력하길 빌 뿐이었지.

긴장감이 풀렸어. 지금으로서 우리가 할 수 있는 건 연합에서 앤서블을 통해 내리는 지시를 기다리는 것뿐이었으니까. 내가 모니터에 비친 아래층의 몰래 카메라 영상을 멍하니 바라보는 동안, 갑자기 바가-지랑이 물었어.

"전에 둘이 사귀었나요?"

머리가 아찔하더라. 그때서야 나는 바가-지랑이 너의 모습을 하고 너의 목소리로 이야기하고 있다는 사실을 깨달았어. 그리고 그 사람이 말하는 '둘'이 '너와 나'였다는 것도. 12년 전의 일들이 주마등처럼 내 머리를 스치고 지나갔어.

내가 대답하지 않자 바기-지랑은 계속 말을 이었어.

"내 숙주의 뇌 속에서 지금 깜빡거리는 것들은 모두 당신 기억들이에요. 10여 년 전에 헤어진 뒤로 처음 만난 거군요? 어제 아이스크림 가게에서 당신을 봤는데 당신은 알아차리지 못했고요. 머뭇거리다가 인사하려고 뛰어나갔지만 당신은 이미 사라진 뒤였네요. 그런데 운 좋게도 아이스크림 가게 아줌마가 당신 얼굴을 기억하고 있었어요. 맨날 이상한 아저씨들을 가게에 끌고 오고 칠칠치 못하게 명함을 흘리고 다니니 당연하지. 한참 고민하던 이 사람은 마음을 굳게 먹고 오늘 아침 명함 주소로 찾아온 거였고요. 와, 둘 사이가 굉장했나 보네요. 어렸을 때 당신 모습이 모두 후광이라도 두른 것처럼 빛나요."

"우린 그렇게까지 대단한 사이가 아니었어요. 둘 다 그렇게 누군가에게 푹 빠질 만한 성격도 아니었고요. 그냥 좀 가까웠고 말이 통하는 친구였을 뿐이죠. 친구라는 정의로 묶기엔 조금 더 가깝긴 했지만. 하긴 당시엔 별 선택의 여지도 없었어요."

"그럼 일방적인 짝사랑이었구나. 이해해요. 당신은

예쁘거든. 인형처럼. 하지만 제 숙주는 그냥 평범한 편이에요. 김태희도 안 닮았고 이나영도 안 닮았어요."

"연예인들을 닮지 않은 수많은 한국 여자들처럼 그 애도 자기 외모를 늘 과소평가했지요."

"아하!"

난 정말 내 과거사에 대해 외계인과 상의하고 싶은 생각이 없었어. 다행히도 그때 협회 사무실에서 전화가 걸려왔어. 바기-지랑이 나 대신 전화를 받았지.

"저쪽에서 단서를 찾았어요."

바기-지랑이 말했어.

"벌써 숙주들이 움직였어요?"

"아뇨, 더 좋은 단서예요. 왜 그 사기꾼들이 에이전트들의 시체에서 송수신장치를 뽑았는지, 왜 사장의 시체만 따로 발견되었는지 궁금한 적 없어요?"

무슨 소리인지 이제 알 것 같았어. 한국은 은하연합과 지구인이 처음으로 조우한 곳이었어. 다시 말해 사장을 포함한 한국의 에이전트들 중 한 명은 첫 접촉을 한 사람이라는 거지. 일반적인 에이전트들은 보통 송수신장치만 이식받지만 최초 접촉자는 거의 사이보그 수준이지. 인간 육체의 메커니즘을 알아내기

대리전

위해 탐사선이 별 짓을 다 하니까. 물론 우린 사장이 최초 접촉자라는 걸 알고 있었지만 사기꾼들까지 알았다는 법은 없어. 알았다고 해도 확실히 해두는 게 좋다고 생각했을지도 모르고. 그렇다면 사기꾼들은 모든 에이전트들의 뇌를 검사하고 사장이 최초 접촉자라는 걸 확인한 뒤, 사장의 기생장치만 따로 빼내어 탐사선과 신호를 맞추어봤던 거지. 탐사선의 암호를 푸는 데 그것처럼 좋은 도구는 없었을 테니까. 사기꾼은 기생장치를 탐사선과 함께 들고 나갔고 그 기생장치의 신호를 협회에서 잡아낸 거야. 앤서블 위치는 감지해내기 불가능하지만 다른 기생장치는 사정이 달라. 탐사선을 제외한 다른 기기들은 다 중성미자 송수신장치를 이용하고 있지. 그게 효율적이거든. 신호가 지구를 뚫고 지나가니까 위성 따위도 불필요하고. 지구의 테크놀로지로는 그 신호를 감지해내는 게 불가능하지만 은하연합한테는 다른 수가 있었던 거야.

하여간 사장의 이식물은 삼정동의 어떤 모텔에 있었어. 그렇다면 탐사선도 그곳에 있을 가능성이 더 크지.

그다음에 일어난 일도 너에게 들려주긴 해야 하는데, 정말 창피해죽겠어. 여기서 난 유익한 교훈 하나를 얻었지. 아무리 우주의 운명이 걸린 일이라고 해도 덤벼들기 전에 체면이 얼마나 구겨질지 계산해두어야 한다는 거야. 그래도 체면이 망가지는 건 어쩔 수 없지만 망가지기 전에 마음의 준비는 할 수 있지.

맨 처음엔 해결사들만 보내도 될 거라고 생각했어. 하지만 앤서블을 쥐고 있는 악당을 상대하는 데 앤서블에 의해 통제되는 해결사들을 보내는 건 위험하지. 앤서블에 문제가 생긴다고 해도 자기 머리로 판단할 수 있는 누군가가 필요했어. 지금 상황에서 그럴 수 있는 사람은 나밖에 없었어.

협회의 정보는 정확했어. 우리가 삼정동 달빛 모텔 402호에 뛰어들었을 때, 그 사기꾼은 방에 주저앉아 사장의 몸에서 꺼낸 이식물을 탐사선에 연결하려는 중이었어. 나와 바기-지랑이 들어가자마자 비명을 질러대더군. 나는 들고 간 지구방위대 전자총을 그 사기꾼의 머리에 들이댔어. 그때 주저 말고 쐈어야 했는데. 남자는 그 순간 탐사선을 끌어안고 달아나기 시작했어.

아까 탐사선이 지름 1미터의 금속공이라고 말했지? 하지만 이건 결코 설명처럼 간단하지 않아. 내부가 꽉 차 있어서 무거웠지만 중앙에 박힌 중력 코일을 이용해 부양할 수 있었지. 지구의 중력은 거의 받지 않았지만 질량은 그대로 유지하고 있었어. 그러니까 풍선처럼 가벼우면서도 얻어맞으면 대포알에 맞은 것처럼 뼈가 부러지는 그런 물건이었단 말이지.

그러니까 2005년 8월 26일 오후 3시 30분경에 삼정동 달빛모텔 앞을 지나가던 부천 시민들이 봤던 건 다음과 같은 광경이었어. 코가 빨갛고 피부가 엉망인 50대 중엽의 추리닝 차림 아저씨가 헬륨이 든 둥근 풍선 같은 걸 계속 앞으로 밀면서 달리고 있었어. 그리고 그 뒤에 멀쩡하게 생긴 두 젊은 여자들이 지구방위대 전자총을 휘두르며 그 남자를 쫓고 있었단 말이야. 방아쇠를 당길 때마다 "윙윙윙! 지구방위대다! 항복하라!"라는 소리까지 났으니 체면이 말이 아니었지. 가끔가다 바기-지랑은 유창한 한국어로 "거기 서라!"를 외쳐댔는데, 옆에서 달리면서 제발 입 좀 닥치라고 말하고 싶더라고.

처음엔 우리가 유리해 보였어. 하지만 삼정초등학

교에 접어들자 슬슬 분위기가 달라졌어. 우리와 함께 뛰는 사람들이 하나씩 늘어난 거지. 뛰느라 얼굴을 구별하지는 못했지만 모두 오십 줄에 접어든 남자들이었고 몸을 죄지 않는 헐렁한 옷을 입고 있었어. 결정적으로 그 사람들은 주머니와 손에 돌 같은 걸 갖고 있었어. 숙주들이었지. 그 사기꾼이 숙주 통제에 성공한 게 분명했어…. 적어도 그렇게 보였어.

그 뒤로는 난장판이었어. 탐사선이 삼정초등학교 운동장 안으로 떨어지자 규칙 없는 미식축구가 벌어진 거지. 수많은 숙주들이 나랑 사기꾼은 무시하고 탐사선에 덤벼들기 시작했어. 하지만 그게 그렇게 쉬운가? 탐사선은 계속 미꾸라지처럼 사람들의 손에서 미끄러져가며 마치 자신의 의지라도 있는 것처럼 사방으로 튀었어. 몇몇 숙주들은 탐사선을 잡는 걸 포기하고 다른 숙주들에게 돌을 던지기 시작했고.

그 순간 난 뭔가 잘못되었다는 걸 느꼈어. 이들은 사기꾼의 동료들처럼 보이지는 않았어. 그렇게 보기엔 단합력이 부족했지. 게다가 가이드 노릇을 몇 년째 하다 보면 숙주의 몸을 뒤집어써도 이 외계인들의 원래 육체가 어떤지 대충 짐작하게 되는데, 이들은

대리전

결코 같은 종들이 아니었어. 캥거루처럼 방방 뛰며 탐사선에 손을 뻗는 빨강 추리닝 아저씨의 주인은 이족 도약족임이 분명했지. 반대로 고릴라처럼 허리를 숙이고 양 손을 최대한 지면에 가깝게 늘어뜨리고 걷는 대머리 아저씨는 사족 보행족일 가능성이 커.

그래, 내가 보고 있었던 건 단순한 구출 작전이 아니었어. 그건 우주 전쟁이었어. 수많은 외계 종족들이 삼정초등학교의 운동장에 모여 우주의 운명(그것이 무엇이건)을 건 전쟁을 하고 있었던 거야. 흙투성이가 된 채 서로에게 돌을 집어던지고 다리를 물어뜯고 침을 뱉으면서.

나는 바기-지랑을 바라봤어. 그 사람 역시 얼이 빠져 있더군. 입을 반쯤 벌리고 혀를 굴리고 있었는데, 그건 내가 읽을 수 있는 마자랑 행성인들의 몇 안 되는 보디랭귀지 겸 욕 중 하나였어. 그 뜻은 "기가 막힌다, 이 바보들아!"였지.

하지만 언제까지 우두커니 서서 그 난장판을 구경만 하고 있을 수는 없었어. 오히려 이 난장판은 기회였어. 저 경기에서 가장 쉽게 이길 수 있는 건 역시 나였으니 말이지. 적어도 탐사선 빼앗기 게임에서 한 명의 상대보다는 수십 명의 상대가 나았어.

나는 지구방위대 전자총을 움켜쥐고 그들을 향해 달려갔어. 탐사선은 막 농구대 쪽으로 날아가고 있었고 난 거기서 가장 가까웠어. 나는 달려가면서 숙주들에게 전자총을 쏴댔는데, 그중 몇 발이 명중했어. 숙주 네 명이 쓰러졌고 그 뒤를 달리던 다른 숙주들은 거기에 걸려 넘어졌지. 여전히 다섯 명 정도가 달려오고 있었지만 그 정도면 감당할 수 있었어. 나는 전자총을 집어던지고 탐사선 위에 뛰어올랐어. 그건 내가 평생 해왔던 것들 중 가장 멋진 점프였어.

문제는 그다음이었지. 탐사선은 내 무게에 끌려 그대로 땅에 떨어지기 시작했어. 보다 정확히 말하면 아래로 떨어지는 나와 함께 조금 땅 쪽으로 밀린 거지. 하지만 그럼에도 불구하고 탐사선은 여전히 이전의 운동량을 유지하며 앞으로 날아가고 있었던 거야. 나는 내 발을 브레이크 삼아 탐사선의 진행 방향을 문 쪽으로 바꿀 수 있었어. 카트라이더의 드리프트와 비슷했지. 온라인 게임에 시간을 낭비한 게 그처럼 도움이 될 줄 누가 알았겠니.

문에 도착하자 나와 바기-지랑은 탐사선과 함께 뛰

41

대리전

기 시작했어. 결코 쉬운 일이 아니었어. 모퉁이에 가까워질 때마다 방향을 바꾸기 위해 별 짓을 다해야 했고 그동안 속도도 줄 수밖에 없었어. 그때마다 숙주들은 점점 더 가까워졌고. 그들은 가끔 돌도 던졌는데 그중 하나가 바기-지랑의 어깨에 맞았어. 다행히도 방학이라 주변엔 애들이 별로 없었어.

결국 우린 막다른 골목에 몰리고 말았어. 탐사선을 따라 우리가 들어간 골목의 양쪽을 숙주들이 막고 있었던 거지. 조지 로메로 영화가 따로 없었어. 바기-지랑은 계속 숙주들에게 총을 쏘아댔지만 총은 더 이상 먹히지 않았어. 아무래도 내가 전지가 닳은 걸 사왔었나 봐. 진열장 맨 앞에 놓인 걸 집어 오는 게 아니었는데.

그땐 정말 '이제 죽는구나' 하는 생각밖에 들지 않았어. 신약에 나오는 간통한 여자들처럼 골 빈 중년 남자들의 돌에 맞아 죽는 게 우리 운명인 것 같았지. 하지만 지구의 운명은? 우리가 죽고 앤서블을 빼앗기면 지구는 어떻게 될까? 추리닝 차림의 주정뱅이 아저씨들에게 정복당한 지구의 미래가 떠오르자 참을 수가 없더라. 물론 이치에 맞는 생각은 아니었지만 그런 상황에서 논리나 이성 따위에 신경 쓰는 사람이 어디 있어?

탐사선을 움켜쥐고 눈을 꼭 감고 있는데, 갑자기 핑 하는 소리가 났어. 그건 숙주가 떨어뜨린 돌이 탐사선에 맞아 튕겨 나가는 소리였어. 알겠어? 던진 게 아니라 떨어진 거였어. 나는 한쪽 눈을 뜨고 어떻게 된 건가 바라봤어. 내 앞에 서 있던 숙주들이 갑자기 머리를 움켜쥐고 경련을 일으키고 있었어. 몸부림치는 그들 뒤로 말로만 들었던 광경이 들어왔어. 자외선 가리개를 쓴 작달막한 중년 아줌마들이 작은 숄더백을 휘두르며 달려오고 있었던 거야. 해결사들이었어.

1기나 2기의 외계 행성이 발견되면 은하연합에서는 반드시 해결사들을 심어봐. 이들은 일반적인 숙주들과는 다른 채널로 연결되고 심지어 앤서블이 끊어진 뒤에도 잠시 동안이나마 독립적으로 움직일 수 있지. 보통 이들은 앤서블을 보호하거나 파괴하는 임무를 수행해.

아마 보통 사람들은 건장한 젊은 남자들이 이 임무를 맡을 거라고 생각하겠지만 사실 그렇지 않아. 근력의 차이는 사실 그렇게 중요하지 않거든. 신경망만 재구성하면 아놀드 슈왈제네거의 육체나 케이트 모스의 육체나 크게 다를 게 없지. 중요한 건 이식될 뇌의 성질과 그 뇌가 담고 있는 사고 구조야. 심사숙고 끝에 탐사선이 선택한 건 부천과 안양의 교회에 다니는 보험 아줌마들이었어. 일단 육체적으로 눈에 잘 띄지 않고 내구성이 강해. 정신적으로는 더욱 이상적이지. 빈약한 상상력, 철저한 가족 중심주의, 냉정한 현실주의, 그럼에도 불구하고 말도 안 되는 어떤 주장이라도 일단 믿으면 끝까지 가는 충성심.

나와 바기-지랑은 그때 엄청난 파워를 맨눈으로 감상할 수 있었어. 해결사들은 영화 속의 액션 주인공들처럼 크게 움직이지는 않았지만 동작과 판단은 정확했고 냉정했지. 해결사들이 숄더백 안에 든 펄스 무기들을 휘둘러대자 숙주들은 제대로 저항도 하지 못하고 우수수 쓰러져갔어. 마지막 숙주가 쓰러지고 탐사선이 안전한 걸 확인하자 해결사들은 올 때처럼 잽싸게 사방으로 흩어져버렸어.

우리는 상처투성이 몸을 끌고 다시 사무실로 돌아

왔어. 여행사 직원들은 퇴근 준비를 하고 있었어. 여전히 그 사람들은 위에서 무슨 일이 일어났는지 전혀 짐작하지 못하고 있는 것 같았어. 하긴 알아서 뭐하겠어. 꿈자리만 사나워지지.

우린 다음 날 아침까지 잠도 자지 않고 시스템을 복구했어. 손상은 엄청났어. 부천 거주 숙주들의 67퍼센트가 복구 불가능할 정도로 심한 뇌 손상을 입었어. 그들 중 10퍼센트는 오늘을 넘기지 못할 게 분명했고, 협회 사무실에서는 가차 없이 그네들의 이식물을 폭파했어. 명복을. 하긴 처음부터 죽은 거나 다름없는 사람들이었지만.

그 뒤의 일들은 더욱 피곤했어. 일단 우린 그 사기꾼이 살해한 사람들의 실종 사태를 해결해야 했어. 해외 에이전트들의 도움을 받아 우린 그들이 모두 해외로 떠난 것처럼 처리했지. 심지어 그들 중 몇 명은 서류상 합법적인 이민까지 떠났어.

어떻게든 본부를 복구하는 것이 우선 순위였어. 일단 기본 업무를 위해 해외의 에이전트들을 데려왔는데, 국내 사정에 어둡고 한국어가 서툴러서 영 일이 되지 않더군. 차라리 한국어에 능통한 외계인들에게 일을 시키는 게 더 빨랐어. 바기-지랑의 경우는 일을 너무 잘해서 비상사태가 끝난 뒤에도 남겨 두고 싶더라고.

그냥 외계인들을 쓸 수도 있었을 거야. 하지만 정치적인 문제 때문에 일이 어려웠어. 모두들 내 사무실에 3기 문명 외계인들을 들이는 것에 민감하게 반응하고 서로를 견제하기 시작한 거야. 슬슬 지구에서 무슨 일이 일어나고 있는지 알아차린 거지.

그게 무슨 일이냐고? 은하계를 오가는 수사 끝에, 사무실에 침입한 그 사기꾼들은 지구에서 1만 2천 광년 떨어진 벨로 제국에서 온 것임이 밝혀졌어. 벨로인들은 굉장히 열성적인 우주 탐사자들로, 벨로 행성 주변으로 지름 60광년에 걸친 대제국을 건설했어. 그 제국은 몇 년 전 모두 제4기에 접어들었는데, 주변 식민지 하나가 조금 늦게 반응했던 모양이야. 그 짧은 기간 동안 그 주변 식민지의 누군가가 우리 사무실에 쳐들어온 거지. 지금은 그 행성도 제4기에 접어들어서 통신이 불가능해. 우리의 우주에서 사라져버린 거야.

제4기 문명에 대한 연구는 우리의 사후세계 연구와 비슷해. 소문은 돌지만 믿을 수 없고 자료도 없어.

차라리 "제4기 따위는 없어! 걔들은 모두 죽은 거야!"
라고 말하면 편하겠지만 그것도 아니거든. 전 우주
의 문명이 모두 똑같은 점을 향해 수렴하고 있어. 제
4기는 그 최종 목적지거나 그 목적지로 가는 유일한
길이겠지. 그 목적지엔 뭐가 있을까? 그 목적지 너머
엔 뭐가 있을까? 과연 그게 좋긴 한 걸까? 모두가 궁
금해할 수밖에 없지. 모든 3기 문명은 아무리 길어
도 3천 년 이상 그 상태를 유지하지 못하니까. 하지만
왜? 정신적인 고양이나 진화 같이 고상한 이유 때문
이 아니라는 건 분명해. 오히려 더 그럴듯한 가설은
제4기에 접어든 행성에서 이런 식의 연쇄반응을 촉발
시키는 테크놀로지를 발견해냈다는 것이지. 그렇다
면 그게 뭐지? 그게 뭔지 안다면 4기로 접어드는 걸
막을 수 있나? 4기에 접어드는 게 그렇게 좋은 거라
면 왜 우리에게 그냥 알려주지 않는 거지? 지구에서
일어났던 소동에 그렇게 많은 행성의 참견꾼들이 제
대로 준비도 하지 못하고 뛰어들었던 것도 그 때문이
었을 거야. 그 사기꾼이 지구에서 무슨 일을 벌이려
했는지 알 수는 없지만 분명 이와 관련된 무슨 음모
를 꾸미고 있었어. 지구 자체는 중요하지 않아. 앤서

블만 통제한다면 연합의 방해 없이 뭔가 엄청난 일을 저지를 수 있는 야만 행성이라는 게 더 중요하지. 지금으로서는 지구가 그런 조건에 맞는 유일한 행성이거든.

이건 이야기의 끝이 아니야. 오히려 시작이지. 윈스턴 처칠을 인용한다면 시작의 끝이겠지. 아직 음모꾼들은 어딘가에 남아 있고 그와 관련된 소문들도 돌고 있어. 제4기 문명의 비밀을 푸는 열쇠가 지구라는 야만 행성에 있다는 것 말이야. 이제 학자들과 관광객들을 상대하던 시절은 지나갔어. 이제 우리가 맞아야 할 손님들은 군인들과 외교관들, 정치가들, 스파이들이야. 연합에서 아무리 통제한다고 해도 무력 사태와 스파이 행위를 막는 건 불가능해. 이제 부천은 공식적인 우주의 전쟁터가 되었어. 사장의 우려가 현실이 된 거지.

이제 너에 대해 이야기하기로 해. 지금 이 글을 쓰는 것도 너를 이해시키기 위해서니까.

사무실에서 돌아온 후 우린 너의 뇌를 검사했어. 상황이 나빠지는 걸 이식물이 어느 정도 막긴 했지만 치명적인 뇌 손상은 막을 수 없었어. 이대로 그냥 둔다면 네가 죽을 건 뻔했어.

해결 방법은 딱 하나였어. 바기-지랑은 너의 뇌를 스캔해서 모든 정보들을 마자랑 행성으로 보냈어. 그리고 그 스캔 자료를 바탕으로 너를 위한 가상 인공뇌와 신경망을 제작한 뒤 그 정보를 이식했어. 그게 과연 너인지 나로서는 확신할 수 없어. 아니, 네가 10여 년 전 내 친구였던 그 사람이었는지 확신할 수 없다는 게 정확하겠지. 지금 이 글을 읽고 있는 건 마자랑 행성에서 다시 태어난 너일 테니까.

너의 육체는 폐기처분 할 수밖에 없었어. 하지만 난 아직 너의 유전자 샘플을 가지고 있어. 만약 소문대로 지구 에이전트들의 특권이 늘어난다면 우린 외계 기술로 네 육체를 만들어 너의 정신을 다시 불러올 수 있어. 그게 귀찮다면 넌 숙주를 통해 다시 지구를 방문할 수도 있지.

네가 무얼 선택할지 난 알 수 없어. 내 의견을 듣고 싶어? 돌아오지 마. 적어도 당분간은. 난 너에게 좋은 육체를 마련해주지도 못해. 하지만 사정은 조금 더 나아질 거야. 난 지하철역을 돌아다니며 행려병자들을 꼬이는 옛 사장의 방식은 더 이상 사용하지 않을

대리전

거야. 싱싱한 육체를 구하는 다른 방법은 많아. 이미 뉴욕과 파리의 동료들이 실험하고 있지. 그 계획이 성공한다면 우린 1년 안에 성비가 맞고 더 젊고 건강한 숙주들을 보유하게 될 거야. 누구 말마따나 전 숙주의 섹스 워커화를 추구하는 거지. 아마 그때쯤이면 네가 원래 몸보다 더 마음에 들어서 영구적으로 정착할 만한 육체를 마련할 수 있을지도 몰라.

하지만 그런 생각은 우스꽝스러워. 난 네가 네 얼굴 아닌 다른 얼굴을 하고 그 기우뚱한 미소를 짓는 건 상상할 수 없어. 네가 별로 맘에 들어 하지 않았던 네 얼굴과 육체는 언제나 내가 기억하는 너의 일부니까. 네가 김태희나 이나영의 얼굴을 하고 내 앞에 나타난다면 난 정말로 기분이 이상해질 거야. 그건 삼정초등학교에서 벌어진 우주전만큼이나 어처구니없고 우스꽝스러워. 아니, 내가 지금 이런 생각을 하는 것도 우스꽝스럽기는 마찬가지야.

난 그날 너를 알아보지도 못했잖아. 내가 아이스크림 가게에서 조금 더 눈치 빠르게 굴었다면 지금 넌 마자랑 행성에서 이 글을 읽고 있지도 않겠지. 10년 전에는 어땠던 거지? 그때 나는 어땠니? 넌 어땠었지?

우린 우리의 기억을 다시 정리할 기회도 갖지 못했어.

그럼 안녕. 바바슈그그그발발타르보구 티티티티몰크크툴! 이건 제4번 은하어의 제1음성어 변종어의 인사말이야. 어색하게 한국어로 번역한다면 "그대, 새로 돋은 날개로 날아가시길!"이라는 뜻이지. 이보다 적절한 작별 인사가 있을까? 넌 지구를 떠나 다른 행성에 도착한 최초의 지구인이야. 앞으로 너는 절대속도로 우주를 날아다니며 온갖 신비스러운 세계를 탐험하겠지. 내가 부천에 박혀 못생긴 알코올중독자 남자들을 관리하는 동안.

사춘기여, 안녕

올해 들어 네 번째였다. 내가 교장실에 끌려간 건.

이번에도 이유는 별게 아니었다. 교실 계단을 내려가던 나는 실수로 옆에서 올라가던 여자아이를 툭 건드렸다. 아이는 중심을 잡기 위해 팔을 들었고 그러다 들고 있던 가방이 난간 너머로 날아갔다. 내 잘못이었다. 나는 미안하다고 사과를 했다. 여자아이는 괜찮다고 했다.

정상적인 상황이었다면, 내가 정상적인 애였다면 여기서 이야기는 끝난다. 하지만 계단 주변에서 이 작은 충돌을 바라보던 아이들은 내가 정상이 아니라는 사실을 알고 있었고, 생각이 거기까지 미치자 나는

사춘기여, 안녕

동물원의 원숭이라도 된 것 같았다. 나는 고함을 지르고, 욕을 했고, 계단 주변을 돌아다니며 집어던지거나 걷어찰 수 있는 작은 물건을 찾았다.

소동은 그것으로 끝이 났다. 더 이상 무언가를 할 시간도 없었다. 지나가던 상급생 세 명이 나를 저지했고 5분 뒤 나는 교장실 나무문을 보고 있었다.

"왜 그랬니?"

교장이 물었다.

"화가 났어요."

다른 어떤 대답이 가능했을까.

"그린이에게 사과할 거니?"

"네."

"별일 아니었으니 받아줄 거다. 하지만 이런 일이 반복되면 곤란해. 방과 후 분노 관리 훈련은 계속 받니?"

"네, 일주일에 두 번 나가요."

"도움이 되는 거 같아?"

"아뇨."

"왜?"

"'코끼리를 생각하지 마'라는 말을 계속 듣는 것 같아요. 나가자마자 화낼 핑계만 찾아요."

교장은 웃었다. 내 서툰 비유가 마음에 들어서였는지, 훈련의 무용성이 입증되어 흐뭇해서였는지, 난 모른다.

"언제까지 이렇게 화만 내며 살 수는 없어. 이 시기는 굉장히 중요한 때야. 다른 방법을 알아볼 생각은 없니?"

"왜 아니겠어요."

"아버지께서 계속 반대하셔?"

"네."

"언제 학부모 면담을 한번 갖자. 내가 다시 한번 설득해볼게. 이제 가도 좋아. 그린이랑 친구들에게 사과하는 거 잊지 말고."

나는 고개를 끄덕이고 일어났다. 문을 열고 나가려는데, 갑자기 질문이 떠올랐다. 나는 문을 열다 말고 교장에게 물었다.

"교장 선생님 때는 어떠셨나요? 이 시기요. 사춘기 때요."

"난장판이었지. 옛날 학교 영화 같았어."

"재미있었나요?"

"글쎄, 모르겠다. 그럴 수도 있지."

"요새 아이들이 손해 보고 있다고 생각하세요?"

교장은 얼굴을 찡그렸다.

"미쳤니?"

아빠는 화를 내지 않으려 했다. 훈련을 나보다 더 성실하게 받았던 아빠는 쥐어짜거나 집어던질 물건 없이도 마음을 진정시킬 수 있었다. 그러지 못했다면 실망했을 거다. 이 모든 소동의 책임이 누구에게 있는데.

"왜 조금만 더 참지 않았니. 너도 훈련을 받았잖아. 바로 내 옆에서."

"그냥 터지는 걸 어떻게 해."

"그래도 참아야지. 사춘기 핑계는 대지 마. 나도 다 겪어봤어."

"하지만 아빠 때랑 다르잖아! 우리 학교에서 그딴 걸 겪는 건 나뿐이라고!"

"왜 그걸 자랑스럽게 여기질 않는 거냐? 넌 아무런 시술도 없이 그 학교에 들어갔어. 지금까지 잘하고 있고."

"아냐, 난 잘하고 있지 않아! 잘하고 있다면 왜 교

장실에 끌려가는 건데!"

나는 고함을 지르며 내 방으로 들어가 쾅 소리가
나도록 문을 세게 닫았다. 침대에 엎어져 주먹으로
매트리스를 때리는 동안, 나는 문득 아빠가 이 모든
소동에 흐뭇해하고 있을지도 모른다는 생각이 들었
다. 나는 주먹질을 멈추었다. 이딴 걸로 아빠를 만족
시키고 싶지 않았다.

아빠는 집을 나서기 전, 교장과 상대하기 위해 거
울 앞에서 열심히 연습을 했다. 자유의지, 존엄성, 선
험적 권리 같은 굵직굵직한 용어들이 등장하는 길고
비장한 연설이었다.

순진하게도 아빠는 교장이 학부모를 상대하는 데
에 이력이 난 전문가라는 사실을 계산에 넣지 않고
있었다. 우리가 교장실에 들어간 뒤부터, 교장은 아
빠가 연설할 기회를 조금도 주지 않았다. 교장이 이
틀 전 소동을 가볍게 넘기고 내 학습 태도를 칭찬하
자 아빠는 당황했다. 학교의 파시즘적인 억압을 공격
하는 연설 초반 부분이 날아간 것이다. 그 틈을 노려
교장은 내가 더 잘할 수 있을 것이라며 시술 이야기

를 슬쩍 꺼냈다. 아빠는 이 틈을 노려 버럭 고함을 질렀는데, 내 생각에 그건 교장이 던진 떡밥을 문 것에 불과했다.

"아까 내 아들이 충분히 잘하고 있다고 하셨잖습니까."

"하지만 그 정도로 만족하실 수 있으세요? 연우도 그 정도로 만족할까요? 지금의 핸디캡을 안고도 이 정도까지 왔다면, 연우는 지금보다 훨씬 잘할 수 있어요."

"핸디캡이라고요? 어떻게 정상인 게 핸디캡입니까? 우리도 어렸을 때는 다 연우 같지 않았습니까! 그때 우리가 비정상이었나요?"

"시대가 바뀌면 기준도 달라집니다. 연우는 지금 정상이 아니에요. 우리 학교에서 시술을 받지 않은 유일한 학생이니까요. 이게 교우 관계와 학습 성취도에 어떤 영향을 끼치는지 아시잖아요."

"세상이 비정상인 겁니다. 어떻게 부모들이 아이들 뇌를 갈라 공부하는 기계로 만드는 세상이 정상입니까."

"그래요? 생각해보죠. 30년 전만 해도 여자들은 한

달에 며칠 동안 생리에 시달리는 게 정상이었죠. 지금은 암메네롤 시술이면 모든 고생이 끝납니다. 그럼 밖으로 나가서 길 가는 여자들에게 더 이상 암메네롤에 의지하지 말고 정상인이 되라고 외쳐보시죠."

나는 속으로 웃었다. 암메네롤과 월경 이야기를 꺼내면 남자들은 할 말이 없다. 아빠라고 예외는 아니었다.

"시술은 아이들을 좀비로 만들지 않아요."

교장은 그 틈을 노려 잽싸게 공격했다.

"오히려 반대입니다. 연우의 꿈과 가능성을 막는 온갖 방해물을 제거해주는 거죠. 시술은 지능을 높여주지도 않아요. 단지 아이들이 하고 싶은 것을 할 수 있게 돕는 거죠. 시술이 개발되기 이전엔 학교 수업에 집중하고 서너 시간 동안 숙제를 하는 아이는 의지력이 강한 소수였습니다. 하지만 지금 시술받은 아이들 모두에게 그건 당연한 일이죠. 아이들의 환경은 어떤가요? 시술이 보편화된 이후, 폭력 사건은 76퍼센트, 성폭행은 81퍼센트가 줄었습니다. 비속어와 욕설의 사용이 65퍼센트로 감소하는 대신 평균 사용 어휘는 176퍼센트가 늘었고요. 아이들은 더 빨리 배우고 더

사춘기여, 안녕

능력 있는 직업인이 됩니다. 그건 중요하지 않나요? 요새 단순 노무직이 어디에 있습니까?"

"연우는 그런 것 없이도 잘할 수 있습니다. 그런 거 없다고 연우가 폭력 학생이거나 욕쟁이인 건 아니잖습니까. 저번 일도 사고였고요. 사과도 했다면서요."

"물론 연우는 불량 학생이 아닙니다. 하지만 왜 아닐까요? 그건 그동안 청소년 문화 자체가 바뀌었기 때문입니다. 연우가 불량 학생이 되고 싶어도 따를 문화가 없죠. 요새는 아무도 그런 걸 멋있다고 생각하지 않으니까요."

"하지만 청소년기는 중요한 시기입니다. 아무리 그게 불편하고 거북하다고 해서 호르몬이나 신경전달 물질을 조작하는 것 따위로 그 귀중한 시기를 잃는다는 건…."

"네. 여드름, 혼전 임신, 학교 폭력, 집단 따돌림 같은 것들도 다 어른이 되기 위해 겪어야 하는 귀중한 것들이겠죠."

아빠는 설득되지 않았다. 그럴 거라고 생각했다. 교장도 아빠를 설득할 생각 따위는 없었을 거다. 아빠의 공격을 막고 자신의 정당성을 세우는 것으로 충분했다. 그다음엔 다른 계획이 있을 거다. 그런데 그게 뭘까?

아빠는 차를 모는 동안 툴툴거리면서 욕을 씹었다. 아빠가 어린 시절 썼던 욕과는 다른 것이었다. 아빠의 소설이나 시나리오에 나오는 욕도 당시 아이들이 했던 욕이 아니었다. 아빠는 지금의 독자들과 관객들의 감수성과 어휘 수준에 맞추어 욕을 발명하고 개량해야 했다. 그렇지 않으면 아빠의 주인공들은 틱 장애를 앓는 환자들처럼 보일 거다. 아빠가 그리는 시술 이전의 세계는 톨킨의 중간계처럼 판타지의 영역이었다.

혹시 아빠는 정말로 그 시절이 그랬다고 믿는 게 아닐까. 그런 이야기를 쓰다 보니 자기가 만들어낸 이야기가 사실이라고 믿는 게 아닐까. 내가 시술을 받지 않고 버티면 아빠가 쓴 이야기의 터프한 주인공들처럼 될 거라고 착각하고 있는 게 아닐까.

우리는 옛날 교회 건물에 도착했다. 탑 위의 십자가를 떼어내고 '전국자유인연합회'의 본부로 쓰고 있는 곳이었다. 이 교회의 마지막 목사였던 김준 아저씨와 아빠는 모임의 공동 우두머리였다. 몇십 년 전이면 두 사람은 상종도 하지 않았을 것이다. 아빠는 타협을 모르는 무신론자였고, 김준 아저씨 역시 자신의 신앙을 포기할 생각이 없었기 때문이다. 하지만 정부와 사회가 사람들에게 시술을 강요하고 있다는 위기의식이 그들을 하나로 묶었다.

우리가 여기서 하는 일들은 이곳이 교회였을 때와 크게 다르지 않았다. 김준 아저씨는 신 대신 자유와 자유의지에 대한 연설을 했고, 자칭 자유인들의 간증도 있었다. 협회를 지속시키기 위해 모금도 했다. 가끔 아직도 남아 있는 교회의 분위기에 넘어가 666이나 기타 묵시록의 모호한 문장들을 시술과 연결하려는 사람들도 있었지만 그런 행위는 권장되지 않았다. 김준 아저씨는 목사를 그만둔 뒤에도 여전히 독실한 신자였지만 종교적 편향이 얼마나 쉽게 이 모임을 망가뜨릴 수 있는지 알았다. 아직도 많은 사람들은 '전자연'이 시술 개발 이후 급속도로 위축된 종교계가 자신들의 영향력을 되찾기 위해 만든 트로이의 목마에 불과하다고 믿었다. 김준 아저씨가 아빠를 끌어들인 것도 그 때문이었다.

아빠는 그날 저녁 김준 아저씨를 대신해서 연설을 했다. 아빠는 그날 교장실에서 있었던 일에 대해 이야기했고, 그때는 교장의 말과 태도에 넘어가 제대로 만들어내지 못한 반박을 여기서 했다. 아빠는 자유인에 대한 정부의 억압이 점점 심해지고 있으며 곧 시술은 의무화 되어 전 세계의 자유인들은 말살될 것이라고 주장했다.

이쯤 되면 열광적인 환호가 뒤따랐을 것 같다. 하지만 아니었다. 아빠는 그리 좋은 연사가 아니었다. 아빠의 목소리는 생기가 없었고 연설은 종종 방향을 잃었다. 그리고 아빠의 연설을 듣는 사람은 기껏해야 스무 명 정도에 불과했다. 그들은 모두 생업 때문에 피곤해 보였고 아빠의 연설에 집중할 기운이 남아 있지 않았다.

'시술이라도 받았다면 아빠 연설을 훨씬 잘 들어주었을 텐데.' 갑자기 이런 생각이 머리를 스치고 지나갔다.

근처 쇼핑몰에서 그린이를 만났다. 전에는 몰랐지만 저번 사고 이후 나는 그 애의 이름과 얼굴은 안다.

사춘기여, 안녕

먼저 아는 척을 한 건 그린이였다. 민망했지만 모른 척할 수 없었다. 내가 어색하게 손을 흔들자 그 애는 나에게 다가왔다.

"여사님이랑 학부모 면담 있었다며. 어땠어?"

그린이가 물었다. 그 애는 지난 일에 어떤 감정도 갖고 있지 않은 것 같았다. 아마 나에게 부정적인 감정이 있었다고 해도 불필요하거나 무의미하다고 생각하고 지워버렸을 것이다.

"그럭저럭."

내가 대답했다.

"시술 안 시켜주신대?"

"응."

"그래도 잘할 수 있을 거야. 넌 지금까지 잘해왔잖아."

"힘들어."

"그건 어떤 기분이야? 하고 싶은 걸 하기 싫은 거 말이야. 그러니까, 넌 수학을 좋아하고 잘하고 싶잖아. 하지만 종종 공부하기 싫어 미칠 지경이라며. 그게 어떻게 가능해? 어떻게 좋은 게 싫은 거야?"

"나도 몰라. 그냥 가끔 집중이 안 돼. 자전거로 비포

장길을 달리는 거 같아. 앞으로 가고 싶어도 길이 울퉁불퉁해서 가끔 멈추어야 하고, 가끔 장애물이 길을 막아서 치워야 하고. 그러다 보면 자전거 같은 건 포기하고 다른 거 하고 싶고."

"그게 좋을 때도 있어?"

"왜 그걸 나에게 물어? 옛날 소설이나 읽어. 도스토옙스키 같은 거. 책에 더 잘 나와 있는데."

"도스토옙스키는 대답을 안 해주잖아."

그린이는 말을 끊었다. 더 이상 이야기를 끌다간 다시 내 신경을 건드릴 게 뻔하다고 생각한 모양이다. 그리고 그건 옳았다. 나는 그 아이에게 기형아로 사는 것이 어떤지 알려주는 가이드 노릇을 할 생각이 없었다.

나는 쇼핑몰에서 나와 계속 걸었다. 그러는 동안 내 생각이 방향 없이 흐르도록 내버려두었다. 나는 도스토옙스키와 라스콜리니코프에 대해서 생각했고 시술의 시조였던 범죄자 행동교정치료에 대해 생각했다. 나는 애완동물에서부터 전과자에 이르기까지 시술의 도움을 받는 모든 생명체들에 대해 생각했다. 그리고 지금 대한민국 교도소에 들어가 있는 직업 범죄자들의 70퍼센트 이상이 기독교 신자라는 아이러니에 대해서도 생각했다. 나는 아빠의 논리에 대해 생각했고 교장의 논리에 대해 생각했다. 그리고 마지막으로 나에게 무슨 논리가 있는지 생각했다.

나는 마침내 결론을 내렸다. 밤 8시가 조금 지나 있었다. 이런 생각을 하면서 거의 다섯 시간을 걸었던 것이다. 나는 셀을 켜고 교장의 셀에 접속했다. 교장이 응답하자 나는 인사도 하지 않고 잽싸게 말했다.

"선생님, 도와주세요."

내가 그 뒤에 저지른 일은 내가 아빠에게 가할 수 있는 최악의 폭력이었다. 나는 청소년 보호법을 내세워 아빠를 고소했다. 나는 아빠가 자신의 종교적 믿음 때문에 나에게서 제대로 교육받고 정상적인 사회생활을 누릴 수 있는 권리를 박탈했다고 주장했다. 나는 내가 늦기 전에 시술을 받아 잠재성을 최대한으로 발휘할 권리가 있다고 주장했다.

재판은 뉴스거리였다. 이것은 더 이상 아빠와 나 둘만의 일이 아니었다. 이것은 시술 의무화로 가는 길을 막는 마지막 장애물을 제거하는 과정이었다.

아빠와 김준 아저씨는 최선을 다했지만 성과는 하찮았다. 아빠는 자신이 무신론자라고 선언했지만 우리 측 변호사는 자유의지에 대한 아빠의 맹목적인 믿음이 종교와 아무런 차이가 없음을 증명했다. 우리는 소위 정상인으로 남아 있기 때문에 나와 같은 입장의 아이들이 얼마나 고통을 겪는지도 증명했다. 나에게 스스로의 정신과 육체를 지킬 권리가 있다는 사실을 증명하는 것은 더 쉬웠다. 내가 이긴 건 당연한 결과였다. 하긴 시술받지 않은 자유인 변호사를 고용해 여기까지 끈 것 자체만으로도 대단한 것인지도 모르지.

시술을 받는 날 아침, 나는 아빠와 만났다. 재판 기간 동안 나는 교장이 마련해준 청소년 기숙사에서 지내고 있었다. 감시 카메라와 기계 보초가 곳곳에 서 있는 면회 장소는 은근히 감옥처럼 보였다.

"끝나면 집에 돌아올 거니?"

아빠가 물었다.

"응. 그러려고 하는데."

"잘됐네."

"아빠는 잘 지내?"

69

사춘기여, 안녕

"잘 못 지내지. 네가 김준 아저씨랑 나를 어떻게 망쳐놨는지 아니? 전자연이 어떻게 되었는지 알아? 이 가룟 유다 같은 녀석아."

"웬 성서 인용? 그리고 아빠도 그게 얼마 가지 않을 거라는 걸 알았잖아. 일 때문에 피곤한 사람들 일주일에 한 번씩 교회에 잡아두고 뭐하는 짓이야? 전자연이 없어졌으니 그 사람들도 저녁엔 좀 쉬겠지. 이제 눈치 안 보고 시술을 받을 수도 있고."

"그 잘난 시술을 받으면 인생이 다 풀릴 것 같냐? 넌 지금 네가 무얼 놓치고 있는지 몰라."

"아빠도 내가 무엇을 얻는 건지 모르는 건 마찬가지잖아."

아빠는 얼굴을 찌푸렸다.

"넌 벌써부터 그 망할 시술을 받은 것처럼 말하는구나."

시술은 간단했다. 예전에는 두개골에 구멍을 내야 했지만 기술의 발전으로 지금은 척추에 주사 다섯 대를 맞는 것으로 충분했다. 단지 주사액과 함께 들어간 나노봇들이 뇌 안으로 들어가 자리를 잡을 때까지 일주일 정도의 시간이 필요했다.

내 머릿속에 들어간 나노봇은 최신식이었고 나는 그 시술을 받은 환자들 중 가장 나이가 많았기 때문에 꼼꼼한 관리를 받았다. 나는 하루에 두 번 정신 검사를 받았는데 그중 일부는 모르는 사람이 봤다면 미친 짓처럼 보였을 것이다. 예를 들어 가공의 동물 사진을 보여주며 그 동물의 웃음소리를 흉내 내라는 요구를 어떻게 해석할 수 있을까. 물론 나는 지금 그 테스트의 의미가 무엇인지 잘 알고 있지만.

그러는 동안 나는 내 뇌에서 어떤 일들이 벌어지는지 인식하고 있었다. 가장 먼저 찾아온 것은 사고의 명료화였다. 이건 마치 옛날 흑백필름 영화 화면이 고해상도 컬러 디지털 이미지로 옮겨지는 것과 같은 느낌이었다. 생각은 훨씬 빨리 정리되었고 언어 이해력도 빨라졌다. 그리고 그를 통해 얻은 여분의 시간 동안 나는 다른 생각들을 만들어냈다.

더 놀라운 건 나에게 새로 부여된 의지였다. 내적 갈등은 여전히 남아 있었다. 하지만 나는 이를 훨씬 쉽게 극복할 수 있었다. 예를 들어 나는 여전히 '오늘 같은 화창한 날에는 놀러 가면 정말 좋겠다'라고 생각

사춘기여, 안녕

할 수 있었다. 하지만 나는 아무런 노력을 기울이지 않고 이 생각을 달콤한 환상으로 밀어 넣은 뒤 숙제에 집중할 수 있었다.

그리고 지금까지 이건 내 주변 아이들에게 당연한 일이었던 것이다. 그들이 나를 동물원 원숭이처럼 본 것도 이해가 됐다.

한 달 뒤, 나는 집으로 돌아왔다. 아빠는 여전히 새 영화 시나리오 작업 중이었다. 이번 재판 이후, 자칭 자유인의 입지는 더욱 좁아졌지만 아빠의 일감이 떨어질 걱정은 없었다. 사람들은 여전히 시술 이전의 이야기를 즐겼다. 그들은 아빠의 작품을 동물 다큐멘터리나 서커스처럼 소비했다. 그들이 직접 겪을 필요 없는 야만의 스펙터클.

나는 짐을 내려놓고 저녁을 준비했다. 부엌을 보아하니 그동안 아빠가 무엇을 먹었는지 알 만했다. 나는 사방에 버려져 있는 패스트푸드 포장과 깡통을 치우고 시장에서 사온 채소와 단백질 큐브로 간단한 저녁 요리를 만들었다.

아빠는 투덜거리면서 내가 만든 음식을 먹었다.

아빠는 이 요리의 이름이 뭐냐고 물었고 척 봐도 병원 냄새가 나는 건강식이라고 쏘아붙였다. 아빠는 먹는 동안 거의 고함을 질러대며 새로 쓰는 시나리오 이야기를 했는데, 거기에 나오는 악당 둘이 교장과 나를 모델로 했고, 그걸로 나를 자극하려 한다는 게 너무 뻔해서 오히려 웃음이 나왔다. 내가 반응하지 않자 아빠는 심술이 나서 자기 방으로 들어가 문을 쾅 닫았다.

　아빠와 같이 사는 동안, 나는 앞으로도 이런 일을 계속 참고 버텨야 할 것이다. 이해해주어야지. 이 집에 살고 있는 남자들 중 한 명은 인류 최후의 사춘기를 겪고 있으니까.

73

사춘기여, 안녕

미래관리부

1

일방유리 너머로 보이는 여자의 얼굴은 지쳐 있었다. 그녀는 이 방에 들어온 지 10분도 되지 않았고 아마 평소대로 일이 풀린다면 10분 안에 나갈 것이다. 하지만 지금 그녀는 마치 그 자리에 앉아 이틀은 꼬박 밤을 새운 것처럼 보인다.

드라마는 슬슬 클라이맥스에 접어들고 있다. 내가 있는 위치에서 최수영의 입술을 읽는 건 어렵지만, 그래도 지금까지 그녀의 설득이 통하지 않았다는 것쯤은 알 수 있다. 최수영은 어이가 없을 것이다. 그녀는 자발적으로 피해자의 위치에 머물러 있는 여자들을 경멸한다.

미래관리부

여자가 여전히 말없이 자기 신발과 형광등을 번갈아 바라보는 동안, 최수영은 의자에서 일어나 구석 테이블에 놓인 서류철을 가져온다. 나는 일방유리로 한 걸음 다가선다. 최수영의 등에 가려 서류철이 보이지는 않지만 그 안에 든 것이 무엇인지는 나도 안다. 그녀에게 그걸 준 건 바로 나다.

　그 안에 든 건 다섯 장의 입체 사진과 경찰보고서다. 2088년 4월 1일, 구로동의 낡은 상가 건물이 철거되는 도중 지반 밑에 숨겨져 있던 여자 시체가 발견되었다. 경찰은 그 사진을 범죄고고학자들에게 넘겼고, 고고학자들은 그 여자의 이름이 이상희이며 2014년 3월 11일, 남편 안중기에게 교살되어 암매장되었다는 사실을 알아냈다. 범행 동기는 끝끝내 밝혀지지 않았다.

　그리고 오늘은 2014년 3월 9일이다.

　이제 여자는 사람들의 동정 어린 시선을 이해한다. 그들은 그녀를 산 사람으로 보고 있지 않다. 그녀는 몇십 년 전에 살해당한 여자의 유령이다.

　한동안 어깨를 들썩이며 울먹이던 이상희는 결국 울음을 터뜨린다. 최수영은 그녀 옆으로 다가가 그녀의 어깨에 손을 올려놓는다. 한참 울던 여자는 마침내 잠잠해지고 아직도 눈물과 콧물로 젖은 얼굴을 최수영의 귀에 들이댄다. 여자가 책상에 얼굴을 묻자, 최수영은 서류철 안에 사진들을 주워 담고 뒤에 팔짱을 끼고 서 있던 형사에게 뭐라고 말한다. 그가 튀어나와 동료들에게 고함을 지르는 동안, 나는 남편이 처음부터 부부 소유의 낡은 공장에 숨어 있었다는 걸 알게 된다. 경찰이 한 번 그곳을 뒤졌지만, 기계 뒤에 숨어 있는 작은 문을 못 보고 지나친 것이다.

최수영은 여전히 방 안에 있다. 아마 약간의 죄의식을 느끼고 있을지도 모른다. 엄밀하게 말해, 지금 우리가 한 일은 반칙이고 사기다. 우리가 이상희를 그대로 방치한다고 해서 안중기가 내일모레 그녀를 교살하는 건 아니다. 분기점이 생긴 지 벌써 7년이라는 세월이 흘렀고 그동안 세상은 많이 바뀌었다. 과거의 일은 더 이상 그대로 반복되지 않는다.

2

최수영과 같이 걷는 건 쉽지 않다. 그녀는 나보다

미래관리부

머리 하나가 더 크고 다리도 그만큼 긴 데다가 쫓기는 것처럼 빨리 걷는다. 그녀와 페이스를 맞추다보면 경보 경주라도 한 것처럼 지쳐버린다.

최수영이 나를 데리고 온 곳은 얼마 전에 개업한 락템 식당이다. 락템은 2034년 체코의 모 건강식품 업체가 발명한 곰팡이 식품이다. 한동안 채식주의자들의 고기 대용으로 떠돌던 이 음식 재료는 2052년에 새로운 조리법과 그 조리법을 전파한 요리사인 섬머 피셔가 동시에 히트를 치면서 순식간에 세계적 유행이 되었다. 다소 비정상적인 5년간의 열풍이 지난 뒤, 락템은 두부나 소시지처럼 일상의 일부로 자리 잡았다. 락템 유행이 우리에게 소개된 건 작년. 슬슬 전문 식당이 생겨날 때가 된 것이다.

최수영과 나는 창가 자리에 앉아 모니터에 뜬 메뉴를 읽는다. 모니터 구석에는 락템 치킨요리 접시를 내밀고 환한 미소를 지으며 카메라를 바라보는 섬머 피셔의 사진이 붙어 있다. 2021년생인 그녀는 이 세계에서는 태어나지 않을 것이다. 아무리 그녀의 어머니가 2021년에 맞추어 딸을 낳고 그 아이에게 구닥다리 히피 이름을 붙여준다고 해도 그 섬머 피셔는 우리가 알고 있는 섬머 피셔가 아니다.

주문을 끝내자 최수영은 어린아이처럼 동그란 얼굴에 빙글빙글 미소를 담고 나를 바라본다. 어색해진 나는 눈을 내리깔고 지금 들리는 음악이 무슨 곡인지 알아맞히려 시도한다. 아마 21세기 중후반의 할리우드 영화음악일 것이다. 타악기들과 하프를 다루는 독특한 방식이 귀에 익다. 토머스 애컴인가? 아마 그런 것 같다. 하지만 아직 무슨 영화인지는 모르겠다. 그가 작곡을 담당한 모든 영화들을 따라가기엔 쏟아지는 정보들이 너무 많다.

"언제부터 미래관리부에서 일했어요?"

최수영이 묻는다.

"2008년부터요."

나는 'ㅍ' 발음을 할 때 목청을 울리지 않으려 노력하며 천천히 대답한다.

"와, 초창기부터네요. 그런데 그곳에 들어가기엔 좀 어리지 않았어요? 6년 전인데."

"특채였어요. 정부에서 절 잡아두고 싶어 했거든요. 그래서 미래관리부에 억지로 일자리를 만들어준거죠."

최수영이 어리둥절해하자 나는 잽싸게 덧붙인다.

"전 신탁이에요."

최수영의 얼굴이 빨개진다. 난 그 사람이 갑자기 균형을 잃고 속마음을 노출시키는 모습이 귀엽다고 생각한다.

"죄송해요. 몰랐어요. 그러니까… 그러니까 지금은 귀가 들리는군요?"

"네, 그렇고말고요."

"그럼… 그때 어땠어요? 그러니까, 그 소리가 처음 들렸을 때요."

나는 잠시 생각에 잠긴다. 벌써 7년 전의 일이라 기억하기가 쉽지 않다. 당시엔 새롭고 신선했던 체험들은 그 뒤에 누적된 수많은 다른 기억들에 의해 무뎌지고 왜곡되었다.

"그냥 평범한 토요일 오후였어요."

나는 기억을 더듬으며 천천히 이야기를 시작한다.

"4월 중순이었는데, 갑자기 날씨가 여름처럼 더워져서 산책 나갔다가 입고 있었던 코트를 벗어야 했지요. 사촌언니랑 동네 할인점에서 장을 보고 나오려는데, 주변이 갑자기 조용해졌어요. 청각장애를 가졌다고 제가 아무 소리도 듣지 못했던 건 아니에요. 늘 작고

둔탁하고 흐릿한 진동이 이명 속에 섞여 울렸었어요. 하지만 그 순간에는 정말 아무런 소리도 들리지 않았어요. 절대적이고 완벽한 침묵이었지요. 어리둥절해서 사촌언니를 바라보고 있는데 갑자기 하늘에서 그 소리가 들렸어요.

생각해보면 그건 소리가 아니었을지도 몰라요. 소리의 흉내를 낸 무언가 다른 것이었겠죠. 그렇지 않다면 제가 그 말을 그렇게 잘 알아들었을 리가 없거든요. 사람들의 말소리가 무엇인지 거의 모르고 지냈으니까요. 하지만 그때 전 그 소리의 의미를 완벽하게 이해할 수 있었어요. 전에는 사용되지 않았던 뇌의 일부분이 갑자기 반짝거리면서 돌아가는 기분이었어요."

"뭐라고 그랬는데요?"

"글쎄요. 그건 저도 잘 모르겠어요. 체험은 또렷했지만 그걸 기억하는 건 또 다른 문제 아니겠어요? 첫 부분은 기억나요. '조상들이여, 우리는 미래에서 온 후손들입니다.' 그리고 한참 연설이 이어진 뒤에 이렇게 끝났죠. '더 이상 당신들은 역사의 무게를 짊어질 필요가 없습니다. 역사는 우리가 이미 이루었습니다.'"

"다들 첫 문장과 끝 문장만 비교적 정확하게 기억하더라고요. 중간 부분의 내용에 대해서는 신탁들마다 다들 의견이 다르지요?"

"네, 기독교인들은 재림 예수 이야기를 넣었고, 불교도나 힌두교도는 윤회의 고리에 대해 이야기했고, 무신론자들은 또 다른 이야기를 했지요. 하지만 중간 내용이 무엇이건 상관없었어요. 시간여행을 할 수 있을 만큼 엄청난 능력을 가진 후손들이 이제부터 우리를 돌봐주겠다고 말한 것이니까요.

왜 후손들이 청각장애인들을 신탁으로 택했는지는 저도 모르겠어요. 아마 종교적인 느낌을 넣고 싶어서 그랬는지도 모르죠. 아니면 그런 사람들에게 가짜 감각을 심어주는 게 더 쉬웠기 때문일 수도 있고."

"그 뒤로 그냥 귀가 들렸나요?"

"아뇨. 메시지 전송이 끝난 뒤로는 다시 원래 상태로 되돌아왔어요. 하지만 그 뒤로 3개월 동안 조금씩 귀가 밝아졌어요. 지금은 보통 사람들보다 더 잘 들리지요. 조금 다른 방식으로 들리지만요. 테스트를 받아봤는데, 제 머릿속에서 청각 정보를 분류하고 처리하는 방식이 정상인들과 조금 다르다고 하더군요. 말도 알아듣고 음악도 감상할 수 있는데, 그래도 체험 자체는 조금 다르대요. 전 모르겠어요. 제가 듣는 바흐랑 다른 사람들이 듣는 바흐가 어떻게 다른지."

웨이트리스가 음식을 가져오자 우리의 이야기는 중단된다. 접시들이 식탁으로 옮겨지는 동안 나는 창문 너머 어두워진 하늘을 바라본다. 후손들이 타고 있는 배는 보이지 않는다. 낮이라고 해도 반짝거리는 가장자리밖에는 보이지 않았으리라. 지금도 하늘 어딘가에 떠 있을 후손의 배들은 굴절하지 않는 맑은 렌즈처럼 투명하다. 그들이 우리에게 온전한 모습을 보여준 건 도착한 날 단 하루뿐이었다. 수많은 사람들이 아직도 그때 찍은 사진을 지갑 속에 넣거나 코팅해서 품고 다닌다. 마치 성상이나 십자가라도 되는 것처럼.

3

안중기는 졸린 표정을 하고 책상 앞에 앉아 있다. 수갑을 차고 있었지만 그건 귀찮은 형식에 불과하다. 목에 난 상처를 보아하니, 그는 이미 행동 통제 칩을 이식받은 게 분명하다. 이제 그는 말 그대로 파리 한 마리도 해치지 못한다. 실수로 남의 발을 밟아도 한 시간 동안 엄청난 두통에 시달릴 것이다.

몇몇 인권단체들이 여기에 대해 들고 일어났지만 곧 조용해졌다. 사실 지금은 어느 누구도 큰 목소리를 내지 않는다. 아무도 자신의 의견에 확신할 수 없고 또 확신을 하는 것 자체를 추하고 어리석은 행위라고 생각한다. 후손들의 말을 따르는 건 무조건 옳다. 그들은 우리 행동의 결과를 이미 알고 있기 때문이다.

내가 한동안 머물던 외무부를 떠나 경찰청으로 파견근무 자리를 옮긴 것도 그 때문이다. 내가 일을 잘못했기 때문이 아니라 그냥 외무부에서 일이 없어진 것이다. 그때까지 외무부 파견 근무자들이 했던 일은 후손들이 조금씩 보내오는 미래 정보들을 분석해 국가가 대처할 수 있게 하는 것이었다. 처음엔 우리도 바빴다. 미래의 신문들과 방송들이 날아오자 정치가들과 각국 정부의 거짓말들이 폭로되었고 이는 곧 피 튀기는 공방전으로 이어졌다. 하지만 몇 년의 세월이 흐르자 모든 게 그냥 시들해졌다. 이미 이루어진 역사 앞에서 그들이 할 수 있는 건 별로 없었다. 2010년

이 되자 지구상의 모든 전쟁은 사라졌고 정치가들은 조용히 무대 뒤로 퇴장했다. 사람들은 그들을 증오하는 것도 귀찮아한다. 결국 그건 자기 얼굴에 침 뱉기라는 걸 알아차렸기 때문이리라. 미래의 관점에서 우린 모두 촌스러운 바보들일 수밖에 없다. 우리에 대한 평가가 우리의 기대치를 넘어서는 일은 거의 없다.

그래도 경찰들은 여전히 할 일이 많다. 아니, 오히려 이전보다 더 많다. 그들은 지금까지 증거가 없어 미해결 상태로 남겨둘 수밖에 없었던 사건들을 새로운 테크놀로지와 정보로 해결할 수 있고 앞으로 일어날지도 모르는 미래의 범죄를 예방할 수도 있다. 물론 이런 대청소가 끝나면 이 역시 시들해질 것이다. 그 뒤에 정부가 내게 무슨 일을 줄지는 나도 모른다.

아마 그 뒤로는 그들도 할 일이 없을지 모른다.

나는 복도로 나와 건물 끝에 있는 내 사무실로 들어간다. 문을 닫고 스크린을 켜자 구질구질한 회색 회벽은 순식간에 사라지고 대신 동막리 대나무 숲을 찍은 고해상도 입체 영상이 나타난다. 단 한 번도 자연 예찬론자인 적 없었던 내겐 무의미한 서비스다. 하지만 미래관리부에서는 파견 직원들에게 늘 다양한 방식

미래관리부

으로 미래 테크놀로지를 과시하라고 가르친다. 그래야 다른 사람들이 우리를 깔보지 않기 때문이다.

나는 방구석에 놓인 소파에 앉아 허공중에 가상 모니터를 띄우고 오늘 들어온 새 미래 정보를 확인한다. 후손들은 지금까지 2096년까지의 정보를 우리에게 보내왔다. 속도에 약간의 차이가 있긴 하지만 보통 하루에 일주일이나 열흘 정도의 정보가 미래관리부나 그와 비슷한 역할을 하는 세계 곳곳의 정부기구로 전송되고 그 정보는 24시간 동안 머문 뒤 일반인들에게 공개된다. 우린 지금 평상시의 열 배 속도로 시간여행을 하고 있다.

지난 열흘 동안 법과학 기술 분야에 대단한 발전이 없었다는 걸 확인한 나는 일반 과학 분야로 시선을 돌린다. 아직도 스위스의 어떤 연구단체가 내놓은 대통일장이론에 대한 토론이 뜨겁다. 이론적으로는 그럴싸하지만 지나치게 복잡하고 군더더기가 많아 받아들이고 싶지 않다는 게 대부분의 불평 내용인 모양이다. 현재 시간대의 인터넷으로 넘어가도 토론은 대부분 비슷하다. 한마디로 이들의 불만은 이론이 예쁘지 않다는 것이다.

그에 비하면 제2차 미중전쟁에 대한 현대 인터넷의 반응은 미적지근하다. 제1차 미중전쟁 때 일어났던 폭발적인 반응에 비하면 더욱 초라하다. 하지만 어쩌겠는가. 우리는 바보가 되기 가장 쉬운 시대에 살고 있다. 아무것도 하지 않으면 적어도 중간은 간다. 아니, 중간도 못가는 건 마찬가지지만 적어도 그게 들통나지는 않을 수 있다.

2014년에서는 저작권 논쟁이 한창이다. 현재의 작가가 분리된 미래에 쓴 작품도 저작권을 인정해주어야 할 것인가? 여론은 반대쪽으로 기울고 있지만 찬성 측의 주장도 만만치 않다. 적어도 분기점 당시 집필 중이었던 작품의 저작권은 인정해야 한다는 주장이 조금씩 힘을 얻고 있는 모양이다.

노크 소리가 들린다. 나는 모니터를 끄고 문을 연다. 최수영이 멋쩍은 표정으로 문 앞에 서 있다.

"일이 조금 커졌어요."

그녀는 맥이 풀린 목소리로 말한다.

"안중기의 고용주를 드디어 밝혀내긴 했는데, 글쎄, 그 사람이 샛별파라고, 국내 자생 테러리스트 조직에 속해 있네요. 게다가 이 친구들 아무래도 핵폭탄을

가지고 있는 것 같아요. 하긴 놀랄 것도 없죠. 요샌 개
나 소나 다 만드는 게 핵폭탄이니."

"증거는 충분해요?"

"그럭저럭. 적어도 폭탄 부품들은 있는 게 확실해
요. 고용주의 이름과 얼굴도 확인했고. 곧 국정원에서
사람들이 올 거예요. 이 정도면 위쪽에서도 관심을
가지겠죠? 환경문제니까."

'환경문제니까.' 최수영의 목소리에는 은근한 냉소
가 섞여 있다. 후손들이 조상인 우리보다 지구의 환경
문제를 더 중요하게 생각한다는 건 이미 잘 알려진 사
실이다. 그들은 우리 일에 간섭하지 않는다. 그들에겐
아무것도 아닌 과거의 역사 정보들을 전송하고 그 수
준에 특별히 벗어나지 않는 기계들을 제공하는 것이
우리에게 주는 선물의 전부다. 그들이 지구 곳곳에서
하고 있는 일은 대부분 지구의 환경을 바꾸는 일이
다. 되돌리는 게 아니라 바꾸는 것이다. 아마존에는
새로운 종류의 식물들이 심어졌고 인도네시아 부근
에서는 제주도만 한 섬들이 새로 태어났다. 이 개조
의 최종 목표가 무엇인지는 아무도 모른다. 그 때문
에 몇몇 사람들은 걱정도 한다. 과연 후손들이 산소

호흡을 하기나 할까? 누가 알겠는가? 우린 그들이 어떻게 생겼는지도 모른다.

하지만 그들의 목표가 무엇이건 핵폭탄은 분명 도움이 되지 않을 것이다.

최수영이 떠나자 나는 다시 모니터를 켠다. 이런 일이 생겼을 경우 일반 파견직원들은 미래관리부의 장관에게 전화를 걸어 핵폭탄 정보를 보고하고 그에게 책임을 넘기겠지만, 나는 미래관리부의 보안 승인을 받고 후손들과의 직접 통화를 신청한다. 보안 승인은 이름과 모순되는 절차다. 지금의 과학기술로는 누군가가 나와 후손 사이의 통화를 엿듣는 건 불가능하다. 이는 순전히 미래관리부와 정부가 나와 같은 신탁들을 통제하기 위한 소극적인 수단이다. 그들은 우리가 후손들의 통제를 받는 스파이일지도 모른다고 생각하지만 그렇다고 우리들의 신경을 작정해서 거스르고 싶어 하지도 않다. 그들이 할 수 있는 건 우리가 언제 후손들에게 전화를 거는지 확인하는 것뿐이다.

잠시 기다리자 모니터에는 마치 달 표면 어디쯤인 듯한 황량한 풍경이 떠오른다. 아무것도 움직이지 않지만 그래도 이 밋밋한 영상은 알 수 없는 방식으로 나의 뇌에 청각 정보를 전달한다. 머릿속에 울리는 여자 목소리는 텔레비전 뉴스의 기상캐스터처럼 맑고 또렷또렷하며 무개성적이다.

"무슨 일인가요?"

목소리가 묻는다.

나는 최수영에게 들었던 이야기를 천천히 전달한다. 입을 열고 목소리를 내어 말하는 것이 아니라, 머릿속으로 문장을 만들어 각인시키는 것이다. 사실 이건 말을 하는 것보다는 보이지 않는 타자기를 치는 것과 더 비슷하다. 나는 가끔 내가 이런 식으로 이야기를 하지 않아도 그들은 내 머릿속에서 무슨 일이 일어나고 있는지 다 알고 있을지도 모른다고 생각한다. 끔찍하게 들릴 수도 있는 생각이지만 이상하게도 프라이버시가 침해당한다는 느낌은 들지 않는다. 그렇게 느끼기엔 그들은 지나치게 이질적이다.

내가 작성한 마지막 문장이 끝나자 내 보고가 접수된다. 달 표면의 영상은 사라지고 모니터는 다시 어두워진다. 나는 미래관리부를 위해 따로 통화 보고서를 작성한다. 장관은 내가 후손들과 무슨 수다를 떨었는지 알 권리가 있다.

4

사건은 국정원과 국제테러대응협의회로 넘어가고 샛별파의 조직원들이 한 명씩 체포된다. 점조직이 강했던 건 옛날 일이다. 요새는 한 명만 잡혀도 연쇄반응이 일어나 순식간에 조직 전체가 붕괴된다. 추정에 따르면 조직원의 80퍼센트가 벌써 체포되었고 나머지 조직원들의 위치가 밝혀지는 것도 시간문제다. 뇌 스캔으로 얻을 수 있는 자료는 일반적인 자백으로 얻을 수 있는 것들보다 훨씬 많다. 원래 사람들은 자신이 인식하는 것보다 훨씬 많이 안다.

하지만 아직 핵폭탄은 발견되지 않았다. 그들은 벌써 폭탄을 만든 걸까? 아니면 재료를 다른 곳으로 빼돌렸을까? 우리가 지금까지 알아낸 건 그들에게 폭탄을 만들려는 의지와 그것을 실행할 만한 기술 모두가 있다는 것이다. 그 정도만으로도 샛별파는 충분히 위험하다.

그렇다면 후손들이 개입할 것인가?

순식간에 내 머릿속에서 우선순위가 조정된다. 핵폭탄은 더 이상 중요하지 않다. 중요한 건 후손들이 어떻게 이 사건에 개입하느냐다.

그들이 직접 내려올 것인가? 그들은 지금까지 단한 번도 우리에게 모습을 드러낸 적이 없었다. 하지만 그렇다고 그들이 지구상에 내려와 있지 않다고 단정할 수도 없다. 변장한 후손들이 우리 근처에 숨어 현대인 행세를 하고 있을 수도 있는 것이다. 그게 사실이라면 그들은 어떻게 할까? 직접 공격을 할까? 아니면 우리에게 정보를 주고 가만히 있는 쪽을 택할까?

후손들이 도착한 뒤로 열여덟 건의 핵폭탄 테러 기도가 있었고 후손들이 공식적으로 소탕 작전에 참여한 건 단 두 건이었다. 그때도 그들이 직접 비행체를 보내거나 하는 일은 없었다. 그들이 한 건 신탁들에게 전화를 걸어 핵폭탄들의 정확한 위치를 알려준 것뿐이었다.

그게 전부일까? 테러 기도가 더 있지는 않았을까? 그것들이 알려지지 않은 건 후손들이 그들을 직접 처리해서일 수도 있지 않을까? 지금 상황에서 핵 테러 기도가 열여덟 건에 불과하다니 너무 적다고 어떤 통계학자가 텔레비전에서 말하는 걸 들은 적 있다. 그때 나는 그의 의견에 동의하지 않았다. 나는 그것이 우리가 점점 덜 광신도가 되어 가고 있고 점점 덜 위험해지고 있다는 증거라고 생각했다. 하지만 지금은 나도 잘 모르겠다. 샛별파가 이 정도까지 할 수 있다면 핵으로 난리를 치려는 다른 얼간이들도 얼마든지 있을 것이다.

나는 사무실에 틀어박혀 샛별파나 이전 핵 테러와 관련된 기밀 서류들을 검토하지만 하루를 꼬박 날린 뒤 포기하고 만다. 만약 그들이 정말로 직접 이런 사건들에 관여한다고 해도 내 눈에 보일 정도로 노골적인 곳에 숨어서 활동할 리는 없다.

다시 나의 생활은 일상으로 돌아온다. 여전히 미래 정보는 꼬박꼬박 전송되어오고 나는 그것들을 정리하고 분석해 경찰이 필요한 것들을 요약 정리해서 넘겨준다. 보다 복잡한 테크놀로지에 대한 정보라면 기술팀의 도움이 필요할 때가 있지만 대부분 내가 혼자 처리할 수 있다. 신탁 일을 하면서 이런 식의 서류 정보들을 처리하고 활용하는 테크닉이 급속도로 발전했다. 머리가 더 좋아졌다고 말할 수도 있지만, 나는 그냥 내 머리 일부가 더 효율적인 기계로 전환되었다는 게 더 정확한 표현이라고 생각한다. 어느 쪽이 사실

95

미래관리부

이건, 그 때문에 나와 같은 신탁들은 여전히 연구 대상이다. 아직도 미래관리부의 과학자들은 주기적으로 내 두뇌를 스캔해서 변화를 관찰한다. 벌써 2년째지만 아직도 그들은 의미 있는 답을 찾지 못했다. 하긴 후손들이 우리에게 발각될 만한 짓을 할 리가 있겠는가.

나는 언제나 정시 퇴근이다. 4시 반이면 사무실을 정리하고 5시에는 청사 건물을 떠난다. 경찰청 형사들은 나처럼 삶이 넉넉하지 못하다. 최근 들어 나는 최수영의 얼굴도 제대로 보지 못했다. 맡고 있던 사건 대부분이 국정원으로 넘어갔지만, 그녀는 여전히 바쁘고 열심이다. 하긴 지금처럼 경찰 일을 하기 좋은 때도 없다. 정부에서 미래관리부가 제공하는 미래 정보와 테크놀로지를 공유하기 시작한 뒤로 경찰 일은 엄청 편해졌다. 단서를 찾고 자백을 받아내는 일은 쉬워졌고 무고한 사람들이 잡혀 오는 일도 없어졌으며 재범률도 줄어들었다. 노동량은 여전히 많지만 스트레스는 적다.

최수영과 데이트를 하는 대신, 나는 오늘 혜화동의 한식집에서 동료 신탁들을 만난다. 대한민국에 공식적으로 등록된 신탁은 스물네 명. 그중 열다섯 명이 나와 같은 공무원이다. 오늘 이 자리에는 나를 포함해 일곱 명의 신탁들이 앉아 있다. 여자 다섯에 남자 둘. 그들 중 세 명은 나와 같은 특수학교에 다녔고 나머지도 대부분 내 나이 또래이기 때문에 이번 모임은 동창회 분위기를 풍긴다.

다른 사람들이 보기에 우리의 모임은 괴상하다. 우리의 대화에는 일반적인 목소리 대화, 수화, 우리들끼리만 통하는 텔레파시(우린 뇌 타자라고 부른다)가 멋대로 섞여 있다. 종종 우린 아무 말도 없이 서로를 노려보며 메시지를 전달하다가 농담이 튀어나오면 일제히 웃음을 터뜨리기도 한다. 목소리 대화의 경우도 다른 사람들이 알아듣는 건 거의 불가능하다. 소리 내서 말할 때는 신탁이 된 뒤 자연스럽게 익힌 축약법을 사용하기 때문이다.

"요새 영화는 재미가 없더라."

우리들 중 한 명이 말한다. 누가? 상관없다. 뇌 타자를 하는 동안에는 누가 말했는지는 덜 중요하다. 중요한 건 그런 의견이 나왔다는 것이다. 자신이 한 말이라는 걸 분명히 하고 싶으면 손을 흔들어 자기

미래관리부

위치를 가리키거나 수화로 이야기하면 된다.

"네가 구닥다리인 거지."

다른 의견이 나온다.

"요새 애들이 점점 더 재미없어지는 건 아니고?"

여기서 우리가 말하는 '요새'는 2014년이 아니라 2096년을 말한다. 더 이상 2014년은 '현재'로서 구실을 하지 못한다. 역사를 온몸으로 체험하며 전진하는 현재는 2096년이다. 어제 12월 5일까지의 정보를 전달받았으니 곧 2097년이 될 것이고 몇 달 안에 우리는 22세기를 맞이하게 될 것이다.

우리는 왜 미래의 영화가 재미없는지를 놓고 토론하다 곧 한 가지 결론에 도달한다. 한마디로 그들은 우리와 다른 것이다. 생각하는 것도 다르고 느끼는 것도 다르다. 이건 단순히 문화 탓이 아니다. 이식물과 화학물의 조절을 받는 그들의 두뇌는 이미 우리 것과는 성격이 다르다. 그들은 더 이성적이고 충동을 더 잘 조절한다. 그들의 생각은 우리와 다르고, 그들이 보는 세상은 우리가 보는 세상과 다르다. 조금만 더 기다리면 우리가 위대한 예술 작품이라고 생각하는 것들이 원시인들의 행동 방식에 대한 관찰 자료로

탈바꿈하는 날을 보게 될 것이다.

의견이 수렴되어 토론이 종결되자 이야기의 주제는 샛별파로 넘어간다. 아직 이들에 대한 정보는 기밀로 묶여 있지만 우리 세계엔 기밀 같은 것이 없다. 후손들은 지구상의 모든 서류 정보를 가지고 있고 그 정보는 신탁들에게 공개되어 있다. 그건 우리의 힘이기도 하고 밥벌이 도구이기도 하다. 정부가 공무원이 아닌 신탁들에게도 꼬박꼬박 월급을 바치는 건 우리를 두려워하기 때문이다.

우리는 이들의 동기가 무엇인지에 대해 토론한다. 그들이 핵폭탄으로 할 수 있는 건 아무것도 없다. 후손들을 처치하는 건 처음부터 불가능하다. 기껏해야 자폭해서 자기네와 동네 사람들을 날려버릴 수 있을 뿐이다. 이를 통해 전하려는 대단한 메시지가 있는 것도 아니다. 후손들의 환경 개조에도 별다른 영향은 못 끼칠 것이다. 게다가 환경 개조를 방해해서 뭐 하게? 그들이 정말 지구를 우리가 살 수 없는 괴상한 곳으로 만들고 있다는 증거는 전혀 없다. 오히려 지난 7년 동안 지구는 그 전보다 훨씬 살기 좋고 안정된 곳으로 변했다. 온난화와 사막화는 중단되었고 기상

미래관리부

이변도 사라졌다. 이제 아프리카에서도 굶어 죽는 사람은 없다. 그럼 도대체 이유가 뭐야?

"우리가 너무 이성적으로 생각하고 있는 건지도 모르지."

누군가가 말한다.

"우린 '이건 이러니까 안 된다' 하는 식으로 생각하지만 샛별파 사람들도 같은 사고 과정을 거친다고 생각할 수는 없는 거야. 핵폭탄을 들고 설치는 것부터가 책임감 없는 어린애와 같은 짓이지. 걔들은 아빠가 숨겨둔 총을 가지고 좋아하는 애들보다 특별히 나을 게 없어. 그럼 그렇다고 그냥 인정하는 게 더 낫지 않을까? 괜히 어른다운 동기를 찾는 것보다는 말이야."

"아마 후손들도 우리에 대해 비슷한 생각을 하고 있을걸?"

다른 누군가가 말한다.

한참 키득거리던 우리는 갑자기 머쓱해져 주변을 바라본다. 우리의 주변을 둘러친 철근 콘크리트 인공 환경이 갑자기 말할 수 없을 정도로 조잡해 보인다.

5

금요일이다. 나는 점심시간이 끝나자 사무실 문을 잠그고 경찰청을 나선다. 퇴근하는 게 아니라 두 블록 떨어져 있는 미래관리부 건물로 출근하는 것이다.

매주 금요일 오후마다 서울에 거주하는 미래관리부 소속 신탁들은 강당에서 장관을 만난다. 장관은 그때마다 우리를 상대로 아무 짝에도 쓸모없는 연설을 한 10분 정도 하는데, 그걸 진지하게 듣는 사람은 아무도 없고 장관도 그 사실을 잘 안다. 우리가 매주 모이는 이유는 세 가지다. 할 일 없는 장관의 위신 세워주기, 머릿수 확인, 선물 나눠 갖기.

우리에게 가장 중요한 건 마지막이다. 매주 금요일 오전이면 후손들이 우리에게 보내는 선물들이 미래관리부에 배달된다. 주로 자그마한 크기의 전자 기계인데, 모두 미래의 과학으로 만든 것이고 심지어 몇몇은 노출된 미래보다 더 미래에 만들어진 것들이다. 내가 지금까지 받아본 것들 중 가장 미래의 상품은 2129년에 만들어진 피부 관리기다.

이들은 모두 우체국 택배를 통해 배달된다. 약 올

미래관리부

리는 것 같다. 현대인으로 변장한 누군가가 지구 어
딘가에 숨어서 이런 잡일들을 처리하는 걸까? 아니
면 우리로서는 상상할 수 없는 테크놀로지를 이용해
물건들을 우체국에 떨어뜨리는 걸까? 미래관리부에
서는 가능한 모든 방법을 동원해 그 경로를 추적하려
했지만 지금까지 어떤 결과도 얻지 못했다.

　어느 쪽이건 우린 금요일마다 산타클로스의 방문
을 받는 것과 같다. 물론 이렇게 받은 물건들을 다 갖
고 있지는 않다. 선물이 마음에 들지 않으면 다른 사
람들 것과 교환하고, 지겨워지거나 집에 둘 공간이
부족하면 미래관리부에 판다. 기계들은 그 즉시 전문
분해공학자들에게 넘어간다.

　다들 그렇게 노력하는 데도 우린 아직까지 21세
기 말의 기술 사회에 살고 있지 못하다. 미래의 기술
로 상품을 만들기엔 넘어서야 할 문제들이 많다. 가
장 큰 문제는 발전이 너무 빠르다는 것이다. 2090년
의 기술로 물건을 하나 만들어도 순식간에 2100년이
되어버린다. 지금의 대량생산 구조로는 이 갭을 극복
하는 건 불가능하다. 2007년 이후 우리는 기술적으로
정지된 세계에 살고 있다. 인터넷이 빨라지고 모바일

기술이 발전하긴 했어도 그 정도로 사람들이 만족할 수는 없다. 인터넷이나 텔레비전에 나오는 사람들은 모두가 21세기 말의 첨단 생활을 누리고 있는데 여전히 우린 구닥다리 과거에 갇혀 있으니!

복도에서 장관을 기다리며 다른 신탁들과 수다를 떨고 있는데 최수영으로부터 전화가 걸려온다. 놀랍게도 그녀는 미래관리부 건물 앞에 나와 있다. 나는 수다를 끊고 로비로 나간다. 회전문 근처에서 어슬렁거리던 최수영이 나를 보더니 손을 흔든다.

"나 좀 도와주면 안 돼요?"

그녀는 인사 대신 이렇게 말한다.

"무슨 일인가요?"

"미래관리부 내부에서 정보를 얻을 게 있어요. 제 선에서는 도와줄 사람을 찾을 수가 없어서요. 아직까지는 영장을 발부받아야 할 수준은 아닌 것 같고, 여기는 협조 안 해주기로는 유명…"

"도대체 어떤 정보요?"

"직원들의 신상 정보요. 기초적인 건 얻었는데 보다 자세한 정보가 필요해요. 안중기의 공범자들 있죠? 어제 우리가 모두 잡았어요. 혹시나 해서 샛별파와 관련된 일을 알아보려 뇌 스캔을 했는데, 이 녀석들도 미래관리부와 어느 정도 관련 있는 것 같아요."

"왜요?"

"녀석들이 미래 기계들을 몇 개 가지고 있어요. 22세기 것으로요. 그게 뭔지는 모르겠는데, 폭탄 주변에 일종의 역장을 치는 장치도 포함되어 있는 것 같더군요. 이런 게 돌아다닌다면 위험하죠. 일단 폭탄의 추적이 불가능하고…."

우리는 이야기를 나누는 동안 강당 입구와 연결된 복도 쪽을 지나간다. 최수영이 누구인지 알아차린 신탁 몇 명이 짓궂은 표정을 지으며 휘파람을 분다. 최수영은 어색해져 말을 멈추고 나는 그녀의 손을 잡고 복도를 빠져나온다.

"그게 미래관리부의 분해공학실에서 유출된 거라고요?"

내가 묻는다.

"아직은 저도 모르죠. 유출 경로는 세계 어느 곳일 수도 있으니까요. 하지만 일단 가까운 데부터 알아봐야 하지 않겠어요? 최근에 그런 기계가 배달된 적 있나요?"

폭탄에 역장을 두르는 기계라… 그런 게 배달된 적 있었던가? 나는 받은 적 없다. 그렇게 괴상한 용도의 기계를 받았다면 기억 안 났을 리가 없다. 하지만 다른 사람들이 받은 선물들에 대해 내가 몽땅 아는 것도 아니다. 그렇다고 서류를 확인하는 것도 불가능하다. 신탁들이 무슨 선물을 받았는지는 기록되지 않는다. 공무원이 아닌 신탁들에겐 집으로 직접 선물이 배달되는데 이들이 무슨 선물을 받았는지는 알 수가 없다. 오로지 분해공학실로 넘겨지는 물건들만 기록되는데 만약 정말로 분해공학실 내부에 테러리스트가 있다면….

"조금만 기다려줄래요?"

나는 말한다.

"서울에 있는 미래관리부 신탁들이 지금 모두 여기에 모였어요. 곧 장관이 와서 뭐라고 떠들고 갈 거고 그 뒤에 직원들이 선물을 나누어줄 텐데, 그 전에 한번 물어보죠."

"만약 유출한 사람이 신탁이라면요?"

"어려울걸요. 그랬다면 벌써 후손들이 알았을 테고 지금처럼 일이 크게 번지지도 않았을 거 아니에요. 그

미래관리부

리고 우리가 왜요? 테러는 우리 스타일과 전혀 맞지
않아요."

"모든 신탁들이 다 생각하는 게 똑같아요?"

"아뇨. 하지만 다들 우리에게 뭐가 이득인지 정도
는 알 만큼은 머리가 돌아가지요."

최수영은 여전히 내 대답이 맘에 안 드는 모양이지
만 나는 그냥 그녀의 태도를 무시한다. 벌써 강당 문
이 열리고 신탁들이 들어가고 있다. 나는 최수영에게
잠시 기다리라고 말해놓고 강당 안으로 들어간다.

3시 정각. 장관이 들어온다. 우린 그가 들어오는
순간 뭔가 이상하다는 걸 눈치챈다. 그는 긴장하고
있다. 서류가방을 든 그의 손은 떨리고 있으며 대머
리에서는 땀이 삐질삐질 흘러나온다. 그런데 웬 서류
가방?

"오늘은 여러분에게 특별히 해드릴 말이 있습니다."

장관이 말한다. 언제나 하는 소리이니 하나도 특별
할 게 없다. 하지만 그의 어투는 이상하다. 문장을 암
기한 것 같고 전과는 달리 결의의 흔적도 느껴진다.

장관은 천천히 서류가방을 단상에 올려놓고 뚜껑
을 연다. 그 안에는 금속 튜브와 자잘한 전자장치들

이 박혀 있는 기계가 들어 있다.

"핵폭탄입니다."

그는 말한다.

"히로시마에 투하된 핵폭탄의 3분의 1 정도의 파괴력이 있지요. 타이머가 보입니까? 이 폭탄은 정확히 한 시간 안에 터집니다. 폭탄을 막을 수 있는 스위치는 제가 가지고 있습니다. 정확히 말하면 제 머릿속에 이식되어 있지요. 만약 제가 죽거나 정신을 잃으면 그 즉시 폭탄은 터집니다."

농담이 아니다. 세상에, 정말로 농담이 아니다! 장관에게 그 정도의 유머 감각이 있을 리가 없다. 어떻게 된 거야? 샛별파가 장관을 세뇌하기라도 했나? 아니면 지금까지 장관은 시치미를 뚝 떼고 바보놀이를 하고 있었던 건가?

"여러분은 왜 제가 이런 짓을 하고 있는지 궁금해하실 겁니다."

더 이상 외우지 못하겠는지, 그는 바지 주머니에서 노란 종이 한 장을 꺼내 큰 소리로 읽는다.

"이유는 명백합니다. 저는 지금 지구를 위해 이러고 있습니다. 지금도 우리 머리 위를 떠다니고 있는

미래관리부

저들은 우리의 후손들이 아닙니다. 그들은 외계에서 온 침략자들입니다.

말도 안 되는 소리라고 단정 짓기 전에 한번 생각해보십시오. 외계에서 온 침략자들이 지구를 점령한다는 것은 믿기 어려운 일입니다. 하지만 그렇다고 시간여행이 가능하다는 건 더 믿기 어려운 일입니다. 도대체 왜 후손들이 과거로 와서 우리의 역사를 망쳐놓는답니까? 조상들에 대한 최소한의 예의가 있다면 이러지는 않습니다. 그러나 외계인들이라면 가능합니다. 가능한 게 아니라 당연하지요.

지금 그들이 하고 있는 건 침략이고 식민지 건설입니다. 우린 그 과정을 보고 있습니다. 그리고 그들의 침략은 성공적입니다. 우린 그들에게 복종하고 있고 어떤 저항도 하지 않으면서 그들에게 지구를 내놓고 있습니다. 그들이 우리의 후손이라고 믿으면서요.

우리가 다루는 미래 정보들이요? 당연히 조작된 것입니다. 그들에게 진짜로 미래 정보가 있다면 왜 우리에게 전체를 보여주지 않고 며칠씩 감질나게 보여줍니까? 그들은 조금씩 이야기를 만들어내고 있는 겁니다. 우리가 미래 정보라고 믿고 있는 건 외계인들의 소설에 불과합니다."

"외계인들의 소설이라면 정보가 그렇게 정확할 수가 없어요."

누군가가 대꾸한다.

"그렇게 믿는 건 여러분이 신탁이기 때문입니다. 여러분의 두뇌는 오래전부터 외계인들에 의해 조종되어왔습니다. 여러분은 그들이 원하는 방향으로만 생각합니다. 여러분은 후손들 때문에 귀가 뚫렸다고 생각하시겠지요. 하지만 지금 여러분은 그 어느 때보다도 귀가 먹었습니다!"

미쳤구나, 라고 나는 생각한다. 외계인 침략설은 구미가 당기는 이론이지만 그걸 따르기엔 미래에서 온 증거들의 신빙성이 너무 높다. 아무리 우리가 침략자들에게 조종당하는 꼭두각시라고 해도 증거들을 검토하는 건 우리만이 아니다. 장관도 그 정도는 알고 있을 것이다. 아니, 알고 있어야 한다.

"그래서 그걸로 무얼 하시려고요?"

나는 일어나 묻는다.

"간단합니다. 당신들이 '후손들'이라고 부르는 이들을 여기로 부르십시오. 그들과 일대일 대면을 해야겠

미래관리부

습니다. 그들의 얼굴을 직접 봐야겠단 말입니다. 그게 대화의 정석 아닙니까? 서로 얼굴을 보고 일대일로… 그래야 이야기를 할 수 있는 겁니다."

"과연 그런 협박이 통할까요? 장관님이 지금 협박용으로 사용하고 있는 건 기껏해야 22세기 초의 기술이지요. 하지만 후손들은 훨씬 더 발달된 미래에서 왔습니다. 장관님이 생각하시는 것처럼 외계인들이라고 쳐도 사정은 다르지 않아요. 우리 하늘 위에 떠있는 배를 보라고요. 적어도 22세기 과학보다는 훨씬 발달해 있는 게 분명해요. 마음만 먹는다면 후손들은 얼마든지 장관님의 뇌를 조작할 수 있을걸요. 저희도 마찬가지였어요. 신탁이 되기 전에 누군가가 내려와 뇌 수술이라도 해줬는지 아세요?"

"조작이 가해지는 신호가 느껴지면 당장 폭탄을 작동시킬 겁니다."

"그래요? 그 신호를 느낄 수 있다고 누가 그러던가요?"

장관은 망설인다. 나는 계속 비슷한 의미의 내용을 던지면서 장관의 시선을 나에게로 유도한다. 다행히도 내 계획에 넘어간 장관은 그의 뒤에서 소리 없이

문이 열리고 있다는 걸 눈치채지 못한다. 나는 계속 떠들면서 몰래 강당 안으로 기어 들어온 최수영이 폭력범 검거용 총기를 꺼내는 걸 슬쩍 훔쳐본다. 반짝하고 장관의 목에 레이저 마크가 찍힌다. 그녀가 방아쇠를 당기자 작은 벌레 같은 발사체가 미사일처럼 날아가 장관의 목에 박힌다.

장관은 비명을 지르고 최수영은 안으로 뛰어들어온다. 걱정이 된 나와 동료들은 강단으로 올라간다. 장관은 비명을 질러대지만 폭탄은 작동되지 않는다. 최수영이 삽입한 칩이 작동하는 바로 그 순간부터 장관의 폭력적인 자유의지는 작동을 멈추었다. 그를 저지하기 위해서는 후손들의 기술도 필요 없었다. 경찰들이 흔히 쓰는 21세기 기술로도 충분했다.

순식간에 경찰들이 강당으로 몰려든다. 폭탄이 회수되고 장관은 비명을 지르며 끌려 나간다. 문 앞에서 그가 우리를 노려보며 외친다.

"제발 얼굴을 보여줘! 놈들의 얼굴을 보고 싶어!"

결국 그거였던 거다. 장관에게 중요한 건 외계인 침략설을 전파하는 게 아니었다. 그는 단지 후손들의 얼굴이 궁금했던 것뿐이다. 그들이 무엇을 원하는지,

111

우리가 어느 방향으로 가고 있는지 알고 싶었던 거다. 그들이 외계인이건 미래에서 온 후손들이건 중요하지 않았다.

강당은 다시 조용해진다. 우리는 다시 자리에 앉는다. 인질극이 끝났다고 해서 우리의 일이 끝나는 건 아니다. 우린 아직 선물을 못 받았다.

"밖에 보초들도 세우지 않고 저런 짓을 저질렀던 거예요?"

나는 옆자리에 털썩 앉은 최수영에게 묻는다.

"보초들은 없었어요. 하지만 장관이 들어온 뒤에 누군가가 강당 문마다 보안 장치를 해두었더군요. 다행히도 전 보안 장치가 작동하기 전에 강당 안에 들어와 있었거든요. 덕택에 안쪽 문 뒤에서 장관이 하는 말을 다 엿들었지요. 사태가 파악되자마자 경찰청에 연락했고 그동안 제가 할 수 있는 게 뭔지 알아봤죠. 아마 지금 공범자들을 추적 중일 거예요. 제가 참을성 없는 사람이라는 게 다행이죠? 전 그냥 기다리는 걸 싫어하거든요."

나는 고맙다고 말하고 카트에 실려 온 소포들을 바라본다. 얼마 전에 장관이 일으킨 소동에 대해서는 아직 모르는지, 직원들의 태도는 태평하고 일상적이다. 나는 그들이 나에게 던져주는 소포를 받아 포장을 뜯는다. 꿈 투사기다. 2098년에 업그레이드된 버전이다. 이 버전에서는 이미 입력된 스토리를 따라가기만 하는 대신 꿈속에서 어느 정도 의지를 가지고 스토리를 통제할 수 있다. 적어도 설명서에 따르면 그렇단다. 나는 기계를 손바닥 위에 올려놓는다. 투명한 유리 액자처럼 생겼다. 왜 21세기 말의 기계들은 다 이렇게 투명한가? 전자 기기들은 어디로 들어가는가?

"장관의 주장이 일리가 있을까요?"

최수영이 묻는다.

나는 어깨를 으쓱한다. 나는 여전히 그들이 미래에서 온 후손들이라고 생각한다. 그 사실보다 더 복잡한 음모를 상상하는 건 무의미한 일이다. 그러나 장관의 말은 여전히 어느 정도 옳다. 지구는 침략당하고 있으며 지구인들은 곧 멸망할 것이다. 그들이 후손들이라고 해서 침략자가 아닌 어떤 존재가 되는 건 아니다.

나는 왜 그들이 과거로 돌아와 원시인 조상들 앞에

113

미래관리부

서 이렇게 번거로운 일들을 하는지 모른다. 아마 미
래에 우리가 상상할 수 없는 재앙이 일어났을지도 모
른다. 그래서 과거를 피난처 삼아 머물면서 다시 찾
아올 재앙에 대비하는 건지도 모른다. 그들의 목적이
무엇이건, 그들은 우리의 미래에 관심이 없다. 그들
에게 우리의 미래는 한 번 본 연속극의 재방송 이상
은 아니다.

　우리는 결국 소멸할 것이다. 후손들이 우리를 폭탄
으로 날려버리기 때문이 아니다. 이미 우리는 스스로
역사를 끌어갈 힘을 잃었다. 우리는 점점 그들이 주
는 미래의 정보에 휩쓸리며 급속도로 변화할 것이다.
우리의 유전자는 변형될 것이고 뇌와 육체에는 그들
이 제공하는 이식물이 들어갈 것이다. 그러는 동안
우리는 지구인의 지금 모습에서 점점 멀어질 것이며
우리의 욕망과 어리석음을 잃어버리고 저 하늘에 있
는 후손들에 통합될 것이다. 이러는 데 몇 년이나 걸
릴까? 이백 년? 백 년? 더 짧을지도 모른다.

　나는 꿈 투사기를 핸드백 안에 넣고 자리에서 일어
난다. 같이 일어난 최수영은 마치 옛날 영화에 나오
는 남자 주인공처럼 과장된 동작으로 나를 부축한다.

우리는 강당을 나와 복도를 따라 걸으며 로비로 향한다. 회전문 밖에는 벌써 경찰차들이 도착해 있다.

"보고서를 쓰러 가봐야 해요."

최수영이 말한다.

"하지만 그 뒤로는 시간이 좀 날 거예요. 아무리 늦어도 7시 이전엔 퇴근할 수 있어요. 혹시 8시쯤에 시간 있나요?"

"약속 없어요."

"그럼 같이 저녁 먹을래요? 8시에 로터스 가든에서 봐요. 예약해놓을게요. 잊지 않는 거죠?"

"안 잊어요."

최수영은 손을 흔들면서 회전문을 향해 달려간다. 나는 미소를 지으며 그녀의 후리후리한 뒷모습을 향해 손을 흔든다. 나의 미래가 어떻게 예정되어 있건, 아직도 나에게 나만의 쾌락과 욕망이 남아 있다는 건 좋은 거다. 그것이 봄볕에 녹아 사라지는 눈송이처럼 하찮고 허약한 것이라고 해도.

수련의 아이들

1

그 여자의 이름은 채수련이라고 했다.

수련은 꽃의 이름이다. 불교에서는 더러운 진흙에
뿌리를 내리고 살면서 커다랗고 아름다운 꽃을 피우
는 수련을 부처의 상징으로 삼았다. 유교에서는 같은
꽃을 순결과 세속을 초월한 상징으로 보았다. 꽃말
역시 청정이다.

채수련의 엄마는 이 모든 사실을 알고 있었을까?
그럴 수도 있고 아닐 수도 있다. 당시 꽃말이나 점성
술과 같은 것은 여자아이들의 지식이었다. 하지만 딸
이 태어나고 이름을 지어주어야 했을 때, 그녀가 그
런 상징들을 떠올렸을 가능성은 별로 없다. 그냥 딸

에게 꽃의 이름을 지어주고 싶었으리라. 아마 막 태어난 아기가 그런 꽃을 닮은 예쁜 여자아이로 자라길 바랐을지도 모른다.

그게 사실이라면, 도대체 무얼 믿고 그런 기대를 했던 걸까.

인간의 외모는 유전자와 환경의 영향을 받는다. 채수련은 그중 어느 것을 봐도 미인으로 성장할 가능성이 없었다. 엄마는 돌처럼 무던 얼굴에 하마처럼 뚱뚱한 몸매를 가진 여자였다. 반 년 정도 같이 살다가 임신 사실을 알자 달아나버린 남자 친구라는 자도 외모가 변변치 않은 건 마찬가지였다. 그렇다고 채수련에게 이 유전자의 운명을 교정할 돈이나 의지가 있는 것도 아니었다. 그녀는 엄마처럼 뚱뚱한 몸매에 둔한 얼굴을 한 여자로 키워지고 자라날 수밖에 없었다.

당시 채수련이 살았던 세계에서 외모, 특히 여자의 외모는 중요했다. 좋은 외모는 보다 나은 배우자를 만나 자신이 속해 있는 계급에서 탈출할 가능성을 높여주었다. 그 계급에서 탈출할 수 없어도 적어도 같은 계급에 속해 있는 사람들로부터 더 나은 대접을 받을 수는 있었다.

외모의 장점을 갖추지 않은 여자들에게 길이 없는 것은 아니었다. 하지만 채수련은 그 어느 것도 갖고 있지 못했다. 아이큐는 80을 간신히 넘는 정도였고 동료 인간들과의 친화력도 형편없었다. 그녀에게 인생은 사는 것이 아니라 견뎌내는 것이었다.

그래도 그녀가 자신의 인생에서 성공이라고 자부할 수 있었던 것이 둘 있었다. 하나는 우상수라는 남자와의 결혼이었고, 다른 하나는 H&H라는 청소용역 회사에서 8년 근무한 것이었다.

일반적인 관점에서 둘은 모두 성공이라는 딱지를 붙일 수 있는 것이 아니었다. 무능한 백수였던 남편은 아내를 두들겨 패고 욕설을 퍼붓는 것이 유일한 일이었고, 툭하면 돈을 훔쳐 가출했다. H&H에서 8년 동안 해왔던 일은 오로지 계단 청소였다. 계단 청소반에서 한국 이름을 가진 사람은 채수련밖에 없었다. 하지만 그녀에게 이 두 가지는 모두 소중했다. 그것은 대한민국의 시스템에서 자신이 온전한 부품으로서 기능하고 있다는 증거였다.

남편과 직장을 제외하면 채수련의 인생엔 단 한 가지만 남았다. 그것은 어린아이들에 대한 집착이었다.

수련의 아이들

그녀는 불임이었다. 만약 낳을 수 있다고 해도 아이를 감당할 경제적 능력이 없었다. 그런 그녀에게 어린아이들은 늘 격렬한 애정의 대상이었다. 그리고 그것은 일방적인 짝사랑이었다. 아이들은 그녀의 두툼한 얼굴을 무서워하거나 비웃었다.

그녀는 다른 방식으로 자신의 욕구를 해소해야 했다. 그녀의 취미는 아이들의 사진을 모아 폰에 저장하고 어린이용 스웨터나 모자를 뜨는 것이었다. 작품이 하나씩 완성되면 누군가가 그 물건들을 사용하길 빌면서 재활용 박스 안에 넣었다. 가끔 벤치에 앉아 그녀의 작품을 입거나 쓰고 있는 아이들을 찾았지만 단 한 번도 운이 좋았던 적은 없었다.

적어도 인생의 마지막 일주일이 찾아오기 전까지는.

2

2월 29일 화요일이었다. 전날 내리던 황사 섞인 비는 새벽부터 눈으로 변했고 채수련이 5년째 살고 있던 구로구 궁동의 실용 아파트 건물 앞은 녹은 눈으로 질척거렸다. 그녀는 새벽 다섯 시에 일어나 전날 만들어 냉장고에 넣은 김밥으로 간단한 아침을 먹은 뒤, 버스로 부천 중동에 있는 LK생물공학연구소에 출근했다. 남편은 한 달째 가출 중이었다.

건물에 도착한 채수련은 복도에서 녹색 유니폼으로 갈아입고 H&H에서 특별히 제작한 계단 전용 청소기를 챙긴 뒤 엘리베이터를 타고 15층까지 올라갔다. 거기서부터 그녀는 청소기로 비상계단을 한 칸씩 쓸었다. 기술과 작업 태도는 완벽했고 그녀도 그 사실을 알고 있었다. 모르는 것은 그 기술이 거의 쓸모가 없다는 사실이었다. H&H는 새로 나온 로봇 계단 청소기로 인건비를 거의 들이지 않고 같은 일을 해치울 수 있었다. 그녀가 아직까지 그 직업을 갖고 있는 것은 순전히 복지부의 지원 때문이었다.

4층까지 내려왔을 때 그녀는 이상한 것을 보았다.

다섯 살이나 여섯 살 정도로 보이는 어린 소녀였다. 핑크색 스웨터를 입고 동그란 털실 모자를 쓴 소녀가 3층에서 그녀를 올려다보고 있었다. 채수련은 숨이 막히는 것 같았다. 아이가 입고 있는 스웨터와 털실 모자는 그녀가 짠 것이었다. 몰라볼 수가 없었다.

수련의 아이들

소녀와 채수련은 30초 동안 말없이 서로의 얼굴을 바라보았다. 용기를 낸 채수련이 청소기를 벽에 세워놓고 계단 한 칸을 내려갔을 때, 소녀는 갑자기 문을 열고 3층으로 달아났다.

보통 때 같았다면 채수련은 조용히 포기했을 것이다. 하지만 이번에도 그럴 수는 없었다. 그것은 기적이었다. 그리고 그 기적은 그녀에게 무엇인가를 말하려 하고 있었다. 그녀는 소녀를 따라 3층 복도로 달려갔다.

그녀는 복도에서 잠시 당황했다. 그때까지 LK생물공학연구소는 1층 로비와 지하층 그리고 계단만으로 이루어진 곳이었다. 사방에 문이 붙어 있는 복도는 낯설고 괴상했다.

복도 끝에는 소녀가 창문을 등지고 차렷 자세로 서 있었다. 역광 때문에 표정을 읽을 수 없었지만 그녀는 소녀가 미소를 짓고 있다고 생각했다. 그녀는 거의 기계적으로 아이를 향해 손을 뻗었고 최면이라도 걸린 것처럼 앞으로 걸어갔다.

복도 중간에 이르렀을 때 갑자기 왼쪽 문이 활짝 열리고 지름과 높이가 각각 1미터 정도 되는 원통형 탱크가 실린 카트가 튀어나왔다. 카트는 채수련을 맞은편 벽 쪽으로 밀어 넘어뜨렸다. 그 바람에 카트에 실린 탱크가 한쪽으로 기울었고 맨 위에 있는 마개가 떨어져 나갔다. 해초 냄새가 나는 푸른색 액체가 얼굴에 쏟아졌다. 그녀는 정신을 잃었다.

채수련이 정신을 차렸을 때 그녀는 환자복을 입고 연구소와 이웃하고 있는 LK종합병원의 응급실 침대에 누워 있었다. 의사들 중 한 명의 얼굴을 알아볼 수 있었다. 연구소에 처음 들어왔을 때 진찰했던 사람이었다. 절차를 알려주고 피로회복제도 챙겨주었던 사람이었다. 안심한 그녀는 그에게 미소를 지었다.

의사와 연구소 사람들은 많은 이야기를 했다. 그녀는 그들이 하는 말 대부분을 이해하지 못했다. 하지만 직장 일은 걱정하지 말라며 일주일 동안 유급 휴가를 주겠다는 말은 알아들었다. 그들은 별로 다친 건 없어 보이지만 혹시 후유증이 있을지도 모르니 이틀에 한 번 병원을 찾으라고 했고 그녀는 그 말도 알아들었다. 그녀는 몇 시간 동안 병원 침대에 누워 천장을 바라보고 있다가 팀장에게 보고하고 퇴근했다.

연구소를 나서던 그녀는 현관 앞에서 어떤 사람과

수련의 아이들

부딪혔다. 30대 중반으로 보이는 조금 이국적으로 보이는 마른 여자였다. 외국인이거나 혼혈처럼 보였다. 그 얼굴은 이상할 정도로 친숙했다. 연구소 직원이면 전에 연구소에서 만났을 수도 있었겠지. 단지 여자의 얼굴에는 그 이상의 의미가 있었다. 한동안 친하게 지냈다가 잊어버린 친구의 느낌. 하지만 여자는 채수련을 알아보는 것 같지 않았고 채수련도 아는 척하지 않고 그냥 밖으로 나갔다.

처음엔 버스를 타고 곧장 집으로 가려 했다. 하지만 버스 정거장 앞에서 생각을 바꾸었다. 지칠 때까지 집까지 걷기로 한 것이다. 그녀답지 않은 결정이었다. 그녀는 운동을 좋아하지 않았다. 구체적인 목표 없이 몸을 움직이는 건 아무 의미가 없는 행동이었다. 하지만 지금 그녀의 몸은 운동을 갈망하고 있었다.

중동의 빌딩 숲을 걷는 동안, 채수련의 몸과 두뇌에는 조금씩 이상한 일이 일어났다. 그녀는 걷는 동안 지금까지 몸과 두뇌 이곳저곳에 고여 썩어가고 있던 액체가 다시 흐르고 섞인다고 느꼈다. 그녀는 춤추는 것처럼 요란하고 우스꽝스러운 동작으로 걸었고 그러는 동안 지금까지 있는지도 몰랐던 근육들이 꿈틀거리며 움직였다.

부천역 메이플 타워 주차장 앞에서 그녀는 우뚝 멈추어 섰다. 연구소에서 보았던 소녀가 횡단보도 건너에서 그녀를 바라보고 있었다. 아이는 연구소에서 보았던 핑크색 스웨터를 입고 있었지만 모자는 다른 것을 쓰고 있었다. 상관없었다. 커다란 방울이 달린 그 하얀 모자 역시 채수련의 작품이었다.

파란불이 켜지자 그녀는 아이에게로 달려갔다. 아이는 그녀를 두려워하는 것 같지 않았지만 그렇다고 잡힐 생각도 없는 것 같았다. 숨바꼭질이 시작되었다. 헉헉거리며 해초 냄새가 섞인 숨을 내뱉는 뚱뚱한 여자가 군중 속에 바람처럼 녹아들 줄 아는 요정 같은 어린 소녀를 쫓고 있었다. 횡단보도를 건넌 뒤로 아이는 단 한 번도 그녀의 시야에서 사라지지 않았고 어떤 때는 품 안에 안을 정도로 가까운 곳에 있었지만 정작 채수련이 손을 뻗을 때쯤이면 아이는 어느새 사람들 너머로 도약해 있었다.

숨바꼭질 중 채수련의 머리는 점점 이상하게 변해갔다. 그녀는 이제 디자인을 하고 있었다. 지금까지 만든 스웨터나 모자는 모두 엄마가 남겨준 낡은 뜨개

수련의 아이들

질책에서 따온 것이었고, 그녀는 단 한 번도 스스로의 디자인을 시도해본 적이 없었다. 하지만 지금 그녀의 머릿속에서는 새로운 디자인들이 떠올랐다. 그녀는 이제 털실들이 꼬이고 얽히면서 만들어내는 위상기하학적 질서를 진정으로 이해하고 있었고 그로 인해 만들어지는 수많은 패턴의 가능성을 읽었다. 그리고 놀랍게도 아이의 스웨터와 모자는 그녀가 머릿속에서 만들어내는 새 디자인을 계속 반영하고 있었다. 하지만 아이를 쫓느라 정신이 없었던 그녀는 이 변화를 전혀 눈치채지 못했다.

두 시간이 넘는 추격전 끝에, 그녀는 궁동의 집에 도착했다. 결국 아이는 채수련을 자기 집으로 인도한 것이었다. 아파트 건물 앞에 도착하자 아이는 안개처럼 사라졌고 기진맥진한 채수련은 3층의 자기 집으로 올라갈 수밖에 없었다. 간신히 점퍼를 벗고 바닥에 깔아놓은 매트리스 위로 올라간 그녀는 그 즉시 꿈도 없는 깊은 잠에 빠져들었다.

채수련을 깨운 건 남편이었다. 남편은 그녀에게 고래고래 고함을 질러대며 발길질을 하고 있었다. 햇빛의 방향을 보아하니 아침인 것 같았지만 남편은 여전

히 술에 취해 있었다. 그는 냉장고와 그녀의 얼굴에
대해 뭐라고 떠들어댔으며 양쪽 모두에 심한 불쾌함
을 표출했다.

그녀는 담요를 젖히고 침대에서 일어났다. 남편은
여전히 뭐라고 떠들고 있었지만 그의 말을 듣지 않았
다. 대신 그녀의 머리는 지금까지 전혀 생각해보지 않
았던 새로운 사실을 인식하고 있었다. 지금까지 그녀
를 두들겨 패왔고 모욕했던 저 남자가 그녀보다 5센
티미터 정도 작고 15킬로그램 정도 가벼우며 근육의
힘도 변변치 못하다는 사실이었다. 사실 인식이 끝나
자 그녀는 아무런 주저 없이 행동에 나섰다. 그녀는
남편을 가볍게 들어 부엌 구석에 있는 세탁기 쪽으로
집어 던졌다. 남편은 목이 부러져 죽었고 더 이상 떠
들지 않았다.

채수련은 남편의 시체를 감추고 그동안 지저분하
게 방치해두었던 집을 청소했다. 집이 말끔해지자
샤워를 하러 욕실로 들어갔다. 그때서야 그녀는 자신
의 얼굴을 볼 수 있었다. 얇고 끈적끈적한 회색 젤라
틴 막과 같은 것이 왼쪽 뺨을 덮고 있었다. 옷을 벗으
니 그 막은 가슴과 배꼽 언저리, 양쪽 팔목에도 나 있

수련의 아이들

었다. 정체를 알 수 없는 무언가가 피부 밑에서 기어 나오고 있었다.

혐오스러웠다. 하지만 어쩔 수 없었다. 그녀는 이미 자신의 육체가 죽어가고 있다는 사실을 알고 있었고, 그 육체가 수명을 다하기 전에 우리를 위해 반드시 해야 할 일이 있었다.

3

김지나가 우상수의 시체의 발견한 것은 다음 날 오후 5시 무렵이었다. 낡은 옷가지와 털실이 고치처럼 둘러싸고 있는 시체는 벽 꼭대기에 거꾸로 박혀 있었다. 그 광경은 그로테스크하고 아름다웠으며 철저하게 무익해보였다. 엄청난 완력과 대단한 예술적 감각을 모두 가진 누군가가 살인 이후 시체로 가볍게 장난을 치고 사라진 것이다.

그리고 그 사람은 췌장암을 앓고 있는 아이큐 80짜리 환경미화원 아줌마여야만 했다.

어이가 없었다. 김지나는 바로 전날 연구소 현관

앞에서 그 아줌마와 마주쳤었다. 지친 얼굴을 내리깔고 힘겹게 무거운 발을 옮기는 모습은 이전과 전혀 다를 게 없었다. 하긴 그때 머릿속으로 살인 계획을 짜고 있었다고 해도 그녀에게 친절하게 티를 내야 할 필요는 없었으리라. 알아보는 티를 내지 말아야 했던 건 김지나도 마찬가지였다. 그녀가 감시 대상이라는 사실을 굳이 알려서 무엇 하겠는가.

김지나는 지난 3개월 동안 채수련을 감시해왔다. 채수련은 라오스 출신 이민 노동자들이 대부분이었던 관찰 대상 중 유일한 한국인이었다. H&H와 LK에 이용당하는 여자들 중 가장 바닥이었던 셈이다. 계단 청소반의 8년차 왕고참이라니. 얼마나 딱한 위치인가. 캄보디아인 엄마를 둔 그녀에겐 그 위치가 더 한심해 보였다.

그녀는 3D 카메라의 지지대를 설치하는 과학수사대 요원들의 등 너머로 아파트를 훑어보았다. 공식적인 명칭은 실용 아파트지만 다들 벌집이라고 부른다. 방이 조금 크면 말벌집이라고도 한다. 두 사람이 간신히 숨 쉬며 살 수 있을 정도의 작고 빽빽한 공간. 수도권 구석구석에 노동자 계급들을 숨겨놓기 위해 설계된 이런 건물은 자체 물청소가 되는 외장 때문에 겉만 보면 멀쩡해 보인다. 실상을 알려면 안에 들어가 봐야 한다.

김지나는 지난 하루 동안 이 아파트의 주인에게 일어났던 일들에 대해 생각했다. 일단 LK생물공학연구소의 정신 나간 연구원들이 실험하고 있던 액체가 쏟아졌다. 그 액체를 마시고 흡입한 그녀는 한동안 멀쩡해보였다. 하지만 다음 날 아침 남편을 살해했고, 그날 밤 철통같은 보안망을 뚫고 연구실로 들어가 BC-2098라는 별 의미 없는 번호가 붙어 있는 샘플과 컴퓨터에 저장된 데이터를 모두 파괴한 뒤 연구실에 불을 지르고 귀신처럼 사라져버렸다.

도대체 그 액체의 정체는 무엇인가?

"몰라요."

LK생물공학연구소의 소장이라는 작자는 무책임하게 내뱉었다.

"그게 말이 되나요?"

"원래 모르는 게 정상이지요. 도킨스 탱크라는 건 그런 걸 만들라고 있는 거니까."

"그 도킨스 탱크라는 건 도대체 뭐죠?"

김지나가 물었다.

"무작위적으로 진화압을 주는 기계입니다. 안에 미생물을 넣고 극단의 환경을 조성해줍니다. 그리고 거기서 살아남은 놈들에게는 다른 극단의 환경을 주어 또 괴롭히는 겁니다. 계속 이러다보면 우리가 예상치 못한 놈들이 예상치 못한 모습으로 살아남을 수도 있지요."

"그런 연구를 하고 계셨나요?"

"아뇨. 그건 연구원들의 취미 생활이지요. 일종의 재활용 연구라고 할까. 진짜 거기에서 뭔가 대단한 게 나올 거라고 믿는 사람은 없어요."

"지금까지는요."

"사실 지금도 믿기지 않아요. 그건 그냥 더러운 구정물이란 말입니다. 그것도 소독된 구정물요. 길거리 매점에서 파는 어묵 국물이 더 위험하죠."

"그걸 뒤집어쓴 사람이 다음 날 살인마로 변했는데도요?"

"다른 이유 때문일 겁니다."

"그 다른 이유가 혹시 H&H 직원들을 상대로 한 실험과 관계 있는 건가요?"

"그런 말은 또 어디서 들었습니까?"

"저희가 왜 이런 사건까지 맡았다고 생각하시죠? 우린 이미 LK에서 H&H 파견 직원들을 대상으로 불법 실험을 했다는 증거를 갖고 있어요. 누가 고발했는지 말할 필요도 없겠죠?"

남자는 한숨을 쉬었다.

"단 한 명입니다."

"다섯 명을 대상으로 했고 실제로 실험에 돌입한 건 아직 채수련 씨 한 명 뿐이죠. 그것도 엄청난 것이네요. 인공미생물을 뇌 속에 넣어요?"

"아직 안 넣었습니다. 그냥 신경 샘플로 실험을 해 봤을 뿐인데, 그러니까…"

"그래도 결국 넣을 생각이었죠. 넣었다가 일이 잘못되어도 별 문제 없었겠죠. 몰래 먹인 강장제 때문에 겉은 멀쩡해 보이지만 어차피 췌장암으로 몇 달 안에 죽을 사람이었으니까."

"그래도 아직 안 넣었다고 하지 않았습니까. 우리가 정말 위법행위를 할 계획이었다는 증거가 있습니까?"

"도대체 그거 정체가 뭐예요?"

남자는 잠시 망설였지만 감춰봐야 소용이 없다는

걸 알았는지 결국 입을 열었다.

"회사가 남해에서 발견한 플랑크톤을 베이스로 한 인공생명체입니다."

"어디다 쓰는 건데요?"

"초광속통신요."

"네?"

"말 그대로 초광속통신요. 그 플랑크톤이 광속을 넘어선 순간통신으로 동료들에게 정보를 전달한다는 걸 알아냈거든요. 생존 전략이죠."

"그게 말이 돼요?"

"된다고 합니다. 우리가 아는 물리법칙에 크게 위반되는 것도 아니라고 하던데요."

"광속을 넘어선 통신이 어떻게 그래요?"

"그래도 되는 걸 저보고 어쩌란 말입니까?"

"그래서 그걸 환경미화원 머릿속에 넣어서 어쩔 생각이었어요?"

"용도야 무궁무진하지요. 도청이 완전히 불가능한 통신기를 만들 수도 있고. 해왕성에서도 원격조종이 가능한 우주선을 만들 수도 있고. 하지만 저희는 다른 걸 하고 있었습니다. 그 인공생명체로 인공시냅스를 만들어 뇌의 효율성을 높이는 것 말입니다. 이런 건 컴퓨터에 활용할 수도 있지요. 하지만 인간 두뇌에 적용하는 게 더 쉽습니다. 이미 태평양의 돌고래들 몇 마리가 비슷한 플랑크톤에 감염되어 있을지 모른다는 정보도 있어요."

"아이큐 80에 곧 죽을 여자이니 막 써도 된다고 생각했군요."

"실험이 성공했다면 그 아줌마를 살리기 위해 뭐라도 했을 겁니다. 모두에게 이익이었어요. 어차피 그런 여자가 이 사회에 무슨 소용이 있습니까? 우리 사회에 단순노동자들이 얼마나 큰 짐이 되고 있는지 압니까? 이런 사람들의 지능을 높이는 건 사회의 의무란 말입니다. 이건 의무교육이나 의료보험 같은 거예요."

"그렇게 고상한 일이라면 왜 당사자에게 직접 허락을 받지 않았죠?"

"어쩌다보니까. 신경 실험이 성공하면 허락을 받았을 수도 있고요…. 아까도 말했지 않습니까. 지금까지는 예비 단계였어요. 아직 실험을 시작하지도 않았다고요. 그리고 할 수도 없었습니다. 그 여자가 샘플들을 훔쳐가고 정보를 다 파괴해버렸으니까."

그 소장이라는 작자가 김지나에게 준 정보는 대부분 사실이었지만 전부는 아니었다. 그는 김지나에게, 채수련이 했던 것처럼 단순히 보안 암호를 입력하는 식으로 연구소의 보안시스템을 뚫는 것은 예지능력이 있지 않는 한 그냥 불가능한 일이었다는 사실을 말하지 않았다. 그는 최근 몇 주 동안 BC-2098이 유전자 정보를 교환해가며 빠르게 자체 진화를 한 결과 단세포 생물에서 길이 5센티미터에 올챙이 모양을 한 척추동물로 자체 진화했다는 사실도 말하지 않았다. BC-2098을 변화시켰던 유전자 정보가 외부에서 계획적으로 주입된 것임이 분명하다는 사실도 말하지 않았다. 채수련이 소방용 망치로 깨부순 유리관에서 BC-2098 샘플들을 하나씩 손가락으로 꺼내 입 안에 쑤셔 넣는 장면을 찍은 영상 파일이 있다는 사실도 말하지 않았다. 그는 회사에서 고용된 수십 명의 현상금 사냥꾼들이 채수련을 찾기 위해 수도권 전역을 누비고 있다는 사실도 말하지 않았다.

그와 회사가 모르거나 잘못 알고 있는 것들도 많

왔다. 그들은 우리가 BC-2098에 일부러 정보를 주입하고 있다는 것을 확인했고 비슷한 현상이 채수련에게 일어나고 있음이 거의 확실하다고 생각했지만, 우리의 정체에 대해 알지 못했고 어떻게 그런 일이 가능한 건지도 몰랐다. 성의 없는 서류 작업 때문에 그들은 채수련에게 쏟아진 도킨스 탱크의 액체 일부가 BC-2098의 잔류물에서 나온 것이라는 사실도 몰랐다. 그들은 소위 '초광속통신'이 그들이 생각하는 것보다 훨씬 넓은 개념이라는 것도 몰랐다. 그들은 채수련에게 일어난 일들이 우연이 아니며, 그럴 수도 없다는 사실도 몰랐다.

무엇보다 그들은 우리가 채수련을 얼마나 중요하게 생각하는지, 우리가 그녀를 얼마나 사랑하는지 몰랐다.

5

채수련은 걷고 있었다. 얼굴 반을 덮은 젤라틴 막은 이제 흐린 핑크색으로 변해 있어서 마치 오래전에 난 화상 자국 같았다. 연구실에 불을 지를 때 손바닥에 생긴 진짜 화상 상처는 생긴 지 15분 만에 사라져버렸다. 그녀는 코트에 얼굴 절반을 박고 교회 구호품 상자에서 가져온 빨간 목도리를 그 위에 휘감은 채 잠도 자지 않고 며칠 동안 계속 걸었다.

얼핏 보기에 그녀는 아무런 목표나 계획 없이 거의 즉흥적으로 움직이는 것 같았다. 연구실에서 빠져나온 뒤 그녀는 곧장 인천 해안 쪽으로 갔다. 하지만 주안역 부근에 이르렀을 때 갑자기 버스를 타고 구월동 쪽으로 갔다. 구월동에서 내린 그녀는 부천을 빙 돌아 광명시 쪽으로 걸어갔다가 갑자기 중간에서 안양 신시가지로 빠졌다. 그 뒤로 끊임없이 백화점과 마트, 영화관과 푸드코트, 지하상가를 오가며 지름 2킬로미터가 조금 넘는 좁은 구역에 머물렀다.

주변에는 늘 아이들이 있었다. 처음에는 연구소에서 보았던 한 명 뿐이었다. 하지만 연구실에 불을 지르고 뛰어나왔을 때 그녀 옆에는 또 한 명의 아이가 있었다. 계속 걸어가는 동안 아이들은 한 명씩 늘어, 이제 다섯 명이었다. 모두 채수련이 상상한 스웨터를 입고 동그란 모자를 쓰고 있었다. 아이들은 이제 그녀

수련의 아이들

에게서 달아나지 않았다. 대신 주변을 맴돌며 그녀를 보살피고 인도했다. 그녀는 아이들 모두를 사랑했지만 아직도 그들을 구별할 수 없었다. 모두 사랑스럽고 아름다웠지만 뚜렷하게 구별할 만한 구체적인 모습을 갖고 있지 않았기 때문이다. 그들은 그녀에게 '모든 아이들'이었다.

아이들을 따라다니는 동안 그녀는 그들의 감각과 지식을 조금씩 물려받았다. 이제 왜 아이들이 그 길을 가고 있는지 어렴풋이 알 것 같았다. 무의미하고 배배 꼬였으며 모든 사람들의 시선에 노출된 길인 것 같았지만 거의 완벽하게 안전했다. 그녀가 가는 길은 대부분 CCTV 카메라들로 구성된 도시의 눈이 볼 수 없는 사각이었다. 그 사각에서 노출될 때는 늘 군중의 일부가 그녀를 카메라로부터 막아주는 방패막이역할을 해주었다. 그녀는 자신을 둘러싼 주변 사람들의 행동과 습관을 거의 완벽하게 이해할 수 있었고 그들이 언제 고개를 돌릴 것이며, 그들 중 누가 신문이나 방송에서 그녀의 얼굴을 보았는지, 그들 중 누가 그녀의 얼굴을 알아볼 수 있을지 알았다.

그녀는 여전히 겁에 질려 있었다. 그러지 말아야

한다는 걸 알고 있었지만 마음이 따라주지 않았다. 어떻게 그럴 수 있겠는가. 지금 일어나는 일은 결코 정상이 아니었다. 그 끝이 그렇게 좋을 거라고 생각하지도 않았다. 그녀는 우리의 정체에 대해 알지 못했지만 우리가 그녀의 육체를 한 번 쓰고 버릴 소모품처럼 이용하고 있다는 사실은 짐작하고 있었다.

나는 똑똑해졌어. 채수련은 생각했다. 그녀는 지금까지 상상도 한 적이 없었던 것들을 보고 생각하고 꿈꾸고 있었다. 지금의 상태에 비하면 이전 인생은 컴컴한 안개 속을 걷는 것과 같았다. 그녀가 지금 보는 세상은 그 어느 때보다도 선명하고 밝았으며 의미로 가득 차 있었고 아름다웠다. 그녀는 이제 시각과 청각이 미치는 모든 곳에서 질서와 의미를 읽고 있었다. 이 상태를 홀로 즐길 수 있다면. 이 상태에서 조금이라도 더 오래 살 수 있다면.

조심해요, 조심해요, 조심해요! 아이들이 외쳤다. 고개를 치켜든 채수련은 아이들이 왜 그러는지 알 수 있었다. 얼핏 보면 뻥 뚫린 지하상가의 원형 광장이었지만 그곳은 병목이었다. 그녀를 뉴스에서 본 수십 명의 사람들이 사방에 촘촘히 깔려 있었고 천장 모니터

수련의 아이들

에서는 막 그녀가 주인공인 살인사건 뉴스를 방영하려 하고 있었다. 그렇다고 뒤로 물러날 수도 없었다. 그녀에게 주어진 길은 단순히 공간적인 개념이 아니었다. 그녀가 발을 디디고 앞을 나간 순간 몇 초까지만 해도 안전하기 그지없었던 이전 길은 이미 사라지고 없었다.

그녀는 우리가 머리 안에 새로 넣어주는 정보들을 가지고 계산을 했다. 새 길이 없는 것은 아니었다. 사람들의 동선, 그들이 고개를 돌리는 각도, 그들이 나누는 이야기의 재미를 모두 계산한다면 그들에게 들키지 않고 광장을 가로지를 수 있는 가느다란 길을 만들 수 있다. 그리고 그 길을 가로지르려면 당장 움직여야 했다.

채수련은 광장을 향해 걸어갔다. 첫 발을 내딛자 그녀의 얼굴을 아는 첫 번째 남자가 약속 장소에 온 친구를 향해 손을 흔들었다. 광장의 3분의 1을 넘어서자, 두 번째 남자가 들고 있던 선물상자들이 바닥에 떨어졌다. 광장 중심을 가로지르자 뉴스가 살인사건에서 연예 정보로 바뀌었고 그녀의 얼굴을 아는 다섯 명의 여자들은 모두 새로 방송되는 연속극에 대해 이야기하기 시작했다. 채수련은 마침내 광장을 가로질러 부천—안양 지하철로 이어지는 직원용 출입구 앞에 섰다. 그녀는 이미 알고 있는 암호를 입력하고 안으로 들어갔다.

긴장이 탁 풀렸다. 그리고 배가 고팠다. LK생물공학연구소에서 샘플들을 빼돌리고 불을 지른 뒤로 에너지 드링크와 물 이외엔 아무것도 입에 넣을 수가 없었다. 이제 그녀의 위는 더 이상 소화기관이 아니었다. 그것은 샘플들을 위한 인큐베이터였다. 열아홉 마리의 BC-2098들이 위벽에 몸을 박고 신경을 심고 있었다. 이제 그녀의 몸은 소화기관의 작동을 멈추었고 지방만을 에너지로 쓰고 있었다. 순식간에 10킬로그램이 빠졌고 앞으로도 더 빠질 게 분명했다. 어처구니없는 일이다. 외모에 더 이상 신경을 쓰지 않아도 되는 순간에 완벽한 다이어트 방법을 발견하다니. 곧 죽을 게 분명한 지금에야 임신이라는 것을 하게 되다니. 도대체 저들은 다음에 나에게 무엇을 주려는 것일까?

사랑해요, 사랑해요, 사랑해요, 아이들은 말했다. 우리를 따라와요. 더 이상 외롭지 않을 거예요, 더 이상 혼자 삶의 무게를 짊어질 필요가 없어요. 우리에게 와요. 우리가 얼마나 당신을 사랑하는지 아나요.

채수련은 눈을 감았다 떴다. 아이들은 여전히 달콤한 미소를 지으며 손짓을 하고 있었다. 그녀를 죽음으로 이끌기 위해 약장수 목사처럼 사랑과 내세를 팔고 있었다. 그녀는 시니컬한 미소를 지었다. 그리고 잠시 동안 자랑스러워했다. 그녀는 이제 시니컬해질 줄도 알았다.

6

사무실은 검정 양복을 입은 덩치 큰 남자들이 점령하고 있었다. 김지나의 동료들은 고함을 지르고 짜증을 내고 손가락질을 해댔지만 그들은 꿈쩍도 않았다. 모니터들은 모두 검정 양복이 차지하고 있었고 동료들의 휴대기기들은 감청 기계의 샤워를 받고 있었다. 김지나 역시 그들에게 끌려가 가지고 있는 모든 전자기기들을 압수당했다. 그녀가 저장해두었던 LK 관련 정보들은 모두 복사되었고 삭제되었다.

"어떻게 된 거야?"

막 휴대전화를 돌려받은 김지나는 뒤에서 얼쩡거리고 있던 장현욱에게 물었다.

"코드 퍼플이 떨어졌어. 지금까지 우리가 맡아왔던 LK 사건 관련 서류를 몽땅 압수하겠대. 이제 우리 일은 여기서 끝이라는 거지."

"도대체 왜?"

"국가 안보. 그것도 레드가 아니라 퍼플이야. 뭔가 엄청나게 크면서도 오묘한 일인 게 분명해. 이제 단순히 이주노동자 인권 문제나 산업스파이 소동이 아니라고."

"이번 사건 뒤에 적성국이 있다고 생각하는 거야?"

"그럼 퍼플일 리가 없지. 더 괴상한 일이야."

그는 잽싸게 김지나의 팔을 끌고 이미 수색이 끝난 수면실로 들어갔다.

"우선 내가 농담하는 게 아니라는 걸 믿어줘. 괜히 '에이, 농담이지?' 따위의 말로 시간 낭비할 수 없어. 알겠어?"

"알았어. 도대체 말하려는 게 뭔데?"

"외계인."

수련의 아이들

"뭐?"

"말 그대로 외계인. 저 사람들은 배후에 외계인이 있다고 믿고 있어. 농담이 아니야. 높은 곳에 있는 믿을 만한 소식통에게 들었어. 나한테 이런 이야기를 해주었다는 게 들통 나면 녀석은 목이 달아나. 비유가 아니라 진짜로 싹둑!"

"어떻게 그게 말이 돼?"

"그럼 일반 산업스파이 가설은 말이 되나? 생각해봐. 적어도 채수련이 한 행동은 지구 과학으로는 설명할 수 없어. 그 여자는 열두 자리 숫자 키를 누르고 BC-2098이 있는 연구실에 들어갔어. 얼핏 보면 이상할 게 없지? 하지만 그 숫자 암호는 1.5초마다 무작위로 바뀐단 말이야. 동기화된 카드를 넣거나, 관리자 카드로 정지시켜놓고 경비회사 컴퓨터에서 새 암호를 받아야 하지. 하지만 채수련은 그냥 암호가 변화되는 동안 마치 마지막 키를 누를 때 어떤 암호가 정해질지 아는 것처럼 행동했던 거야. 지구 과학으로 이걸 설명할 수 있어?

BC-2098 샘플들은 어떻고? 그 녀석 말에 따르면 샘플들은 자체 진화를 하고 있었대. 마치 펌웨어 업그레이드를 하는 전자기기처럼 마구 유전자 구조가 바뀌고 있었던 거야. 이건 그냥 진화가 아니야. 외부의 조종을 받는 거지. 이런 게 지구 과학으로 가능해? 네가 생각해도 많이 괴상하지?

그리고 외계인 가설이 왜 말이 안 돼? LK에서는 초광속 텔레파시가 가능한 미생물을 키우고 있었어. 활용 방법만 알아내도 현대 과학은 뒤집히고 새로운 문명이 열려. 그 연구 과정 중에 우리의 존재를 몰랐던 외계 문명이 우리와 접촉할 수도 있지. 아니면 반대로 그 접촉의 기회를 일부로 끊어버리려 할 수도 있고. 이건 더 이상 뉴에이지 난센스가 아니라고. 완벽하게 말이 돼."

"좋아, 외계인들이 있다고 치자. 그렇다면 그 외계인들은 어떻게 채수련과 접촉한 거지? 도킨스 탱크 안에 있던 액체 때문에 그렇게 되었다고 치자. 하지만 그래도 누군가 그 안에 그런 기능을 하는 액체를 넣어야 하지 않겠어?"

"그냥 우연이었을지도 몰라. 어쩌다 보니 안에 BC-2098에 감염된 액체가 들어 있었던 거지. 그 사람들은 그 탱크 안에 아무거나 막 넣었나봐. 그러다 보니

수련의 아이들

어쩌다가 채수련의 뇌가 BC-2098에 감염되었고 외계인들이 그걸 감지했을 수도 있어. 물론 어처구니없는 우연의 일치지. 하지만 그게 뭐 어때서? 우리 주변에서 일어나는 거 전부가 어처구니없는 우연의 일치 아냐? 어처구니없는 우연의 일치가 없었다면 진화고 뭐고 없었어. 인간도 없었고 BC-2098도 없었어. 지구는 그냥 돌덩어리였을 거라고."

김지나는 머리를 쥐어뜯었다. 이건 반칙이야. 지난 1년 동안 그들이 투자한 시간과 노력이 순식간에 모래성처럼 무너져버렸다. 외계인. 하고 많은 것들 중 하필 외계인이라니.

수면실 문이 열렸다. 검은 양복 하나가 그들에게 손짓을 했다. 김지나와 강현욱은 끌려나와 다른 동료들과 함께 섰다. 두목처럼 보이는 중년 남자가 책상 앞에 서서 상황을 요약했다. 이제 LK 사건은 국가보안 문제다. 팀은 해체되며 관련 정보는 상부에 귀속된다. 채수련 사건은 생화학재난전담국으로 넘어가고 매스컴과 경찰에는 그에 따른 지침이 전해질 것이다. 김지나는 마지막 말의 의미를 깨닫고 우울해졌다. 그 말은 이제부터 채수련이 살인사건 용의자가 아니라 사냥감이라는 뜻이었다.

김지나와 동료들은 정보보안 서명을 한 뒤 그들의 사무실에서 쫓겨났다. 동료들은 술집에 모여 성토대회를 가질 계획이었지만 김지나는 거절했다. 대신 주차장의 차 안에 들어앉아 생각에 잠겼다. 팀에 들어온 뒤로 만났던 수많은 얼굴들과 이름들이 맴돌았다. 지금까지 그녀는 이들을 주인공으로 하고 정의 실현의 해피엔딩을 끝으로 하는 드라마를 그리고 있었다. 현실세계의 결말이 그렇게 완벽할 거라고는 생각한 적도 없었지만 그래도 드라마의 방향성과 진실성은 믿었다. 그런데 이 모든 것이 외계인 소동으로 산산조각 난 것이다.

그녀는 채수련에 대해 생각했다. 평생을 무시당하고 멸시당하고 학대 받으며 살아왔던 어리석고 무디고 뚱뚱한 여자. 그녀는 채수련에게 주어진 삶의 의미에 대해 생각했고 몸서리를 쳤다. 소장 자식의 말이 맞을지도 모른다. 그 실험이 아무리 비윤리적이고 끔찍했어도 그 삶을 그대로 유지하는 것보다 나았을 거야. 하지만 그녀에게 앞으로 닥칠 일도 그럴까?

"이대로 내버려둘 수는 없어."

수련의 아이들

그녀는 마치 들리지 않는 질문에 답변이라도 하는 것처럼 혼잣말을 했다. 그냥 내버려둘 수 없었다. 채수련을 경찰과 LK로부터 보호하는 것은 불가능한 일이다. 하지만 적어도 그들이 들이닥칠 때 옆에 있어주는 정도는 할 수 있지 않은가. 그래주어야 할 것 같았다. 굳이 그래야 할 이유는 몰랐지만 그래야 했다.

김지나는 방풍창의 모니터 기능을 작동시켰다. 양복쟁이들이 모든 걸 빼앗은 건 아니었다. 아직 경찰 정보들을 모니터하고 활용할 수 있는 권한이 있었다. 그 권한 중 일부는 동료들을 협박해 훔쳐온 것이나 다름없었지만 그녀는 거기에 대해 죄책감 따위를 느끼지 못했다.

15분 정도 수도권 전역을 흐르는 경찰 정보들 사이에서 떠돌던 그녀는 인천 주안역 부근에서 흥미로운 뉴스를 잡아냈다. 주안역 지하도 구석에서 목이 잘린 지 얼마 되지 않은 태국계 남자 시체가 발견되었는데, 그 몸은 다양한 불법 무기로 무장하고 있었다. 인천 시경으로 죽은 남자의 신원이 들어왔고, 김지나는 그가 마카오에서 불러들인 LK의 현상금 사냥꾼들 중한 명임을 확인했다.

김지나는 민간 네트와 경찰 네트를 동시에 띄워놓고, 마치 실수인 척 경찰 정보의 일부를 민간 네트에 흘렸다. 30분도 지나지 않아 그 작은 떡밥은 핵폭탄처럼 연쇄 반응을 일으켰다. 지금까지 묻혀 있던 수많은 정보들이 쏟아져 나왔고 스무 개 이상의 음모론이 양산되었다. 갑작스러운 폭로에 경찰은 곧 정보 방어에 나섰고 김지나는 그 과정을 역추적해 경찰과 현상금 사냥꾼들이 지금 어디에서 채수련을 찾고 있는지 알아냈다. 채수련은 송도에 있었다. 바다로 가려는 거군. 그녀는 생각했다. 내가 텔레파시를 할 줄 아는 플랑크톤이라도 바다에 가고 싶을 거야. 방해꾼이 없는 조용하고 적막한 바다.

그녀는 차를 자동운전 기능으로 맞추어놓고 인천을 향해 달렸다. 그러는 동안 민간 네트와 경찰 네트 사이에서 널뛰듯 오가던 정보들은 점점 살을 갖추고 사실을 담기 시작했다. 인천에서 괴물처럼 변한 여자가 모노바이크를 탄 추격자 두 명을 피해 달아나는 것을 보았다는 수많은 사람들이 나타났다. 그들의 목격담은 제각각이었고 과장되어 있었지만 그래도 모아놓고 공통점들을 비교해보면 따라갈 만한 정보들을 얻을 수 있었다.

그녀가 부평역 앞을 지날 때 민간 네트에 퍼플 경고가 울렸다. 생화학 재난 대비 방송이 뜨고 지금까지 양복쟁이들이 꼼꼼히 준비해왔을 보도자료가 올라왔다. 보도자료에는 채수련의 최근 모습이 담긴 동영상이 삽입되어 있었다. 기형적으로 뒤틀린 팔다리 위에 갈기갈기 찢어진 옷을 걸친 뚱뚱한 여자가 그녀에게 덤벼들던 경찰관의 팔을 잡아 뽑고 있었다.

네트는 이 소식에 환호했다. 그들은 팔이 뽑힌 경찰관들 따위는 신경도 쓰지 않았다. LK의 불법실험으로 초능력을 가진 괴물이 된 여자가 그들에게는 더 재미있었다. 김지나가 송도에 도착했을 때 네트에서는 벌써 마흔다섯 종의 지지 포스터와 네 개의 주제가가 풀려 있었다. 심지어 사람들은 시내로 나와 길거리의 비행선 뉴스를 보면서 그 노래들을 메들리로 부르고 있었다.

사냥터는 축제처럼 소란스러웠지만 정작 채수련의 모습은 보이지 않았다. 경찰 비행 카메라에 진흙덩어리를 집어던지고 하수도로 내려가는 그녀의 모습이 비행선 뉴스에 뜬 건 30분 전이었다. 참을성 없이 웅성

거리던 군중 속에서 누군가가 고함을 질렀고, 채수련이 김연아 동상 부근 맨홀에서 나왔다는 그 소리에 사람들은 모두 우르르 그쪽으로 달려갔다. 김지나는 그들 뒤를 따르지 않았다. 왜인지는 몰라도 그 정보에는 그리 설득력이 느껴지지 않았다. 기분이 이상했다. 오래전에 꾸었다가 잊어버린 꿈속에 들어온 느낌이었다. 모든 광경이 익숙했고 낯익었다.

그 꿈에서 저 아이도 나왔던가? 사람들이 몰려나간 빈자리에 생뚱맞게 서서 그녀를 응시하는 저 여자아이를 전에도 보았던가?

아이는 손짓을 했다. 김지나는 거의 최면에 걸린 것처럼 아이를 향해 걸었다. 아이는 '공사 중' 표시가 붙어 있는 여자화장실 문을 열고 안으로 들어갔다. 변기가 있어야 할 자리에는 커다란 구멍과 사다리가 놓여 있었다. 아이는 사다리를 타고 아래로 내려갔고 김지나는 그 뒤를 따랐다. 아이가 쓰고 있는 털실 모자 끝에 달린 하얀 털실공이 그녀의 시선을 끌었다. 김지나는 채수련이 있지도 않은 아이를 위해 뜨개질하는 소름끼치는 취미가 있다는 걸 기억해냈다.

그곳은 도시 밑에서 자연스럽게 생성된 미로였다.

한때 번들거리는 신도시였던 곳이 붕괴되고 재건되고 다시 쇠락하는 동안 버려진 지하 공간들이 연결되어 만들어진 인공적인 동굴이었다. 중국에서는 이런 식의 지하 도시가 지상 도시의 비중을 능가하는 곳도 있다고 들었지만 송도는 그 정도까지는 아니었다. 이곳은 도시보다는 은신처나 도주로에 더 가까웠다.

채수련이 쓰러져 있는 곳은 여자화장실로부터 300미터쯤 떨어진 곳이었다. 종이 박스들과 빈 통조림 깡통들이 쌓여 있는 걸 보아하니 며칠 전까지만 해도 지하생활자들이 살고 있었던 모양이다. 목적지에 도착하자 아이는 웨이터처럼 깔끔한 태도로 인사를 하고 구석의 그림자 속으로 사라져버렸다.

채수련의 모습은 끔찍했다. 키는 그동안 거의 1미터 이상 부풀어 있었다. 팔과 다리는 망원경처럼 늘어났고 손가락과 발가락 끝에는 총알 모양의 누런 뼈들이 손톱처럼 튀어나와 있었다. 옷은 거의 찢어져 나체나 다름없었다. 한동안 뚱뚱했던 그녀의 몸은 공기 빠진 풍선처럼 쭈그러들어 있었는데, 군데군데가 젤라틴 막 비슷한 것으로 덮여 있었다. 자세히 보니 그 막이 덮인 부분의 피부는 플라스틱처럼 투명해져 있었다.

안에는 끈끈한 액체가 담긴 투명한 자루 같은 것들이 꿈틀거리고 있었는데 사람의 장기처럼 보이지 않았다. 채수련은 죽어가는 괴물이었다. 정체를 알 수 없는 무언가가 그녀의 몸을 장난감처럼 험하게 가지고 놀다가 고장 나자 버린 것 같았다.

이제 어쩐다? 그녀가 할 수 있는 일은 죽는 것을 바라보는 것밖에 없어 보였다. 하지만 이제 물고기 눈 모양으로 변한 채수련의 눈은 계속 뭐라고 말을 하는 것처럼 보였다. 도대체 무엇을 해달라고? 말을 하란 말이야, 이 아줌마야.

고함 소리가 들렸다. 아까 그녀를 여기까지 인도해온 여자아이였다. 아이는 채수련의 시선이 가 있는 곳을 손가락으로 가리키며 아무런 내용 없는 고함을 질렀다. 김지나는 아이의 어깨를 만지려 했지만 손은 아이를 통과해 지나가버렸다. 유령인가? 놀랍지 않았다. 이 역시 꿈에서 본 것 같았다. 생각해보니 이 상황 역시 익숙했다. 그렇다면 그녀는 그 꿈에서 무엇을 했던가?

슬슬 기억이 날 것 같았다.

채수련에게 필요한 건 지름길이었다. 부러진 팔다

수련의 아이들

리를 쓰지 않고도 바다까지 갈 수 있는 통로. 이곳 어딘가에 그 지름길이 있고 그녀의 몸은 거기에 도착하기 직전에 망가진 것이다. 김지나는 온몸의 신경을 귀에 집중했다. 차바퀴 소리, 지하철 소리, 사람들의 쿵쿵거리는 발소리, 쥐가 찍찍대는 소리. 그 사이에 희미한 물소리가 섞여 있었다. 서쪽 방향이었다. 김지나는 그 방향으로 달려갔다. 헐렁한 자물쇠로 채워진 금속 문이 앞을 가로막았다. 옆에 버려져 있는 쇠파이프를 집어 들고 두 번 후려치자 자물쇠는 떨어져 나갔다. 문을 열자 콸콸거리며 흘러가는 물이 보였다. 거기가 어딘지 확인할 생각은 없었다. 채수련을 저 물이 있는 곳까지 끌고 가는 것이 더 중요했다.

김지나는 문과 채수련 사이에 있는 잡동사니를 치우고 길을 만들었다. 종이박스를 깔고 채수련을 그 위에 눕힌 다음 두 다리를 잡고 문까지 질질 끌었다. 예상 외로 채수련의 몸은 그렇게 무겁게 느껴지지 않았다. 근육이 끊어져 나간 사지가 멋대로 뒤틀렸기에 자세를 잡기가 힘들 뿐이었다.

간신히 문에 도착한 김지나는 한동안 망설였다. 이게 도대체 뭐 하는 짓인가. 저것이 하수도인지 다른 무엇인지 몰라도 과연 바다와 연결되어 있기는 할까? 만약 바다와 연결되어 있다고 해도 그게 옳은 일이긴 한 걸까? 이건 지구의 운명이 걸린 문제였다. 그녀가 채수련을 탈출시켜준 덕분에 외계 괴물들이 지구인들을 바비큐로 만들기 위해 날아올지도 모른다. 하지만 채수련의 툭 튀어나온 물고기 눈을 보자 그 의심은 흐지부지 사라져버렸다.

김지나는 채수련의 몸을 물속으로 집어던졌다.

7

채수련의 몸은 물과 함께 아래로 서서히 떠내려갔다. 더 이상 변신의 통증은 느껴지지 않았다. 그녀의 몸은 변할 대로 변해 있었다. 우리가 그녀를 경찰과 현상금 사냥꾼들에게 내던졌을 때, 채수련은 심한 배신감을 느꼈다. 하지만 어쩌겠는가. 그녀의 몸은 변신이 필요했고 당시에는 스트레스와 고통만이 그만큼 즉각적인 변화를 유발할 수 있었다. 다른 방법도 있었으리라. 하지만 수억의 순환 속에 다져진 길을

수련의 아이들

군이 피할 이유는 없었다. 우리의 존재를 확고하게 하는 것은 확실한 사건의 반복과 재현이었다.

우리와 채수련을 연결시켜 준 것은 단순한 우연이었다. 그것도 극히 희귀한 우연이었다. 도킨스 탱크에서 흘러나온 액체에 섞여 있는 변형된 BC-2098 한 마리가 입 속의 상처를 통해 들어가 혈관을 거쳐 그녀의 뇌 속에 안착해서 살아남을 확률은 거의 제로에 가깝다. 그 자체는 놀라운 일이 아니다. 장현욱이 말했듯, 역사는 원래 제로에 가까운 우연들에 의해 만들어진다. 하지만 일단 인과의 순환이 시작되면 우린 결코 그 우연에만 의존할 수 없다. 그 우연을 필연으로 만들지 않으면 우리는 존재할 수 없다. 우리는 순환 과정에 개입했고 그 속에서 그녀와 우리를 맺어주는 연결 고리는 점점 커지고 단단해졌다.

그녀는 이제 바다로 흘러가고 있었다. 망가진 그녀의 사지는 육지에서 걷는 데에는 아무 쓸모도 없었지만 물속에서는 사정이 달랐다. 평생 수영 따위는 해본 적 없었음에도 불구하고 그녀는 난생 처음으로 물리적 자유를 느꼈다. 왜 지금까지 귀찮은 팔다리를 쓰면서 걸었는지 이해할 수 없었다. 그녀는 코와 입,

그리고 얼마 전에 겨드랑이와 허리에 생긴 아가미들로 바닷물을 들이켰다. 폐와 위가 물로 가득 차자, 지금까지 위벽에 붙어 있던 아이들이 한 마리씩 그녀의 입에서 기어 나왔다. 그녀의 몸속에 들어갔을 때는 꿈틀거리는 올챙이처럼 보였던 것들이 이제 동그란 머리와 큰 눈, 앙증맞은 두 팔을 갖고 있었다. 중간에 낡은 철창문이 그들의 길을 막았지만 상관없었다. 채수련의 한 쪽 팔은 아직 쓸 만 했고, 아이들의 작은 손은 자물쇠를 푸는 데 편리했다.

마침내 모두가 바다로 나가자 채수련의 몸은 마지막 변신을 시작했다. 불필요한 사지와 그녀를 누더기처럼 덮고 있던 낡은 피부가 떨어져 나갔다. 그와 함께 지금까지 피부 안에서 하나로 묶여 채수련을 이루고 있던 작은 조각들이 분리되었다. 이제 채수련의 몸은 수많은 우리였다. 아기들은 그녀의 위벽에 붙어 있는 동안 놀고 있었던 것이 아니었다. 그녀와 우리는 이제 완전한 하나였고 우리는 서로를 사랑했다.

우리는 남쪽으로 헤엄쳐 갔다. 이미 영겁의 반복을 통해 우리는 가야 할 길이 어디인지 완벽하게 알고 있었다. 인간들의 방해를 피해 우리 스스로의 문명을 구축할 수 있는 곳, 지구가 멸망하더라도 우리를 보호하고 다른 별로 인도할 수 있는 거대한 물방울들을 만들 수 있는 곳. 이미 물방울을 타고 전 우주로 흩어진 미래의 우리들과 대화를 나눌 수 있는 곳. 시간의 끝까지 간 우리들이 다시 채수련의 몸을 통해 새로운 우주와 역사를 시작하도록 도울 수 있는 곳. 우리의 역사를 이루는 무한한 나선을 완성할 수 있는 곳.

우리는 그곳으로 갔다.

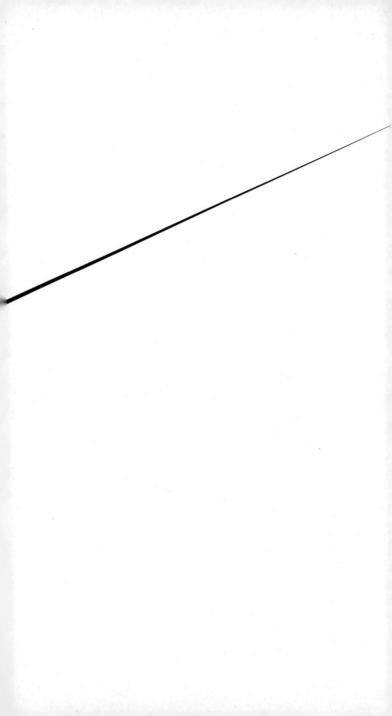

평형추

1

최강우의 얼굴에서 가장 먼저 눈에 뜨였던 건 수염
자국이었다. 파투산으로 내려오는 한국인 남자 사원
들 중 얼굴 제모를 하지 않은 사람은 그가 유일했다.
나에게 그건 초라한 자존심의 흔적처럼 보였다. 매일
면도하는 수고를 견디면서 기르지도 않는 수염을 고
집하는 이유가 뭐겠는가. 자기가 아직도 사내꼭지라
는 시위가 아니겠는가.

같은 섬에서 일하는 누군가가 면도기 사용자라는
건 대단치 않은 정보이고, 그 때문에 그가 특별히 매
력적이거나 불쾌해지는 것도 아니다. 그럼에도 불구
하고 내가 그의 얼굴과 이름을 기억하고 있었던 건

순전히 내 직업 때문이었다. 스파이로서 나는 조금이라도 관심이 가는 모든 사적 정보들은 일단 기억장치 구석에 저장해둔다. 그 대부분은 평생 쓸 일 없이 그 자리에 그대로 박혀 있겠지만 어차피 쓰지 않으면 버려질 공간이다.

나는 LK 대외업무부 제2팀장이었다. LK에서 대외업무부는 첩보부의 다른 이름이었다. 산업스파이, 분해공학, 정보 조작과 같은 업무들이 보다 그럴싸한 이름을 달고 행해졌다. 깨끗하지는 않았지만 필요한 일이었다. 다른 다국적기업들이 그랬던 것처럼 LK는 하나의 국가였고, 국가가 가지고 있어야 할 모든 것들을 갖추고 있었다.

당시 우리는 파투산에 집중하고 있었다. LK는 그곳에서 세계 최초의 우주 엘리베이터를 공사 중이었다. 회사의 운명을 건 대공사였고, 전면전은 필수였다. 제2팀의 업무는 그 와중에 도는 온갖 더러운 소문들을 역공작으로 은폐하는 것이었다. 그 소문들 중 어디까지가 사실인지는 우리가 알 바가 아니었다. 그건 제1팀의 일이었고 그들은 우리의 협조가 필요 없었다.

내가 최강우의 이름을 다시 접하게 된 건 쿠알라

룸푸르에서 파투산 해방전선의 테러리스트들을 추적 중일 때였다. 자기네 진흙투성이 고향 섬이 실질적으로 LK의 뒷마당이 되었다는 것을 인정하지 못했던 그들은 고향을 LK에 팔아먹고 말레이시아로 날아간 도라민 당 요인들을 한 명씩 살해함으로써 이 사태를 해결하려 했다. 말레이시아 정부의 용인 하에 경찰과 같은 권리를 휘두르고 있던 회사의 보안부와 대외업무부는 한 달 간의 작전 끝에 그들을 체포할 수 있었다. 보안부의 일은 그들을 체포해 파투산의 회사 유치장으로 끌고 가는 것이었고, 우리의 임무는 그 여파가 최소화될 수 있게 뒤처리를 하는 것이었다.

역공작용 자료를 수집하던 나는, 그들이 컴퓨터에 저장해놓은 리스트에서 최강우의 이름을 발견했다. 그의 이름이 눈에 들어오자 기억장치의 색인이 열리며 사진이 떴다. 그때서야 기억이 났다. 아, 신년 축제 때 만났던 그 수염 안 지운 신참 녀석.

파투산 해방전선의 리스트에 올랐다고 해서 최강우가 스파이라고 할 수는 없었다. 그는 단지 포섭 대상이었다. 이유도 별것 아니었다. 그는 파투산의 나비들에 다소 감상적인 관심을 갖고 있었다. 테러리스

167
평형추

트들의 논리에 따르면, 그는 나비를 좋아했기 때문에 환경주의자였고, 모든 환경주의자들은 반기업주의자였다. 그럼 그런 그가 LK 건설에 입사하기 위해 3년에 걸쳐 처량한 발악을 한 건 어떻게 설명할 것인가. 리스트 작성자들은 거기까지 설명할 필요는 없었다. 내가 발견한 리스트는 리스트를 만들기 위한 리스트에 불과했다.

나는 포섭 대상 리스트를 상부에 올리지 않았다. 어차피 파투산 해방전선은 그런 정교한 공작 따위는 꿈도 못 꿀 오합지졸 무리였다. 이런 자잘한 정보는 회사가 알아야 할 필요가 없다. 내가 개인적으로 이용하는 것만으로 충분하다. 리스트는 내 기억장치 안에 저장되었고 일은 일단락되었다. 단지 그 뒤로 최강우의 이름을 기억장치의 도움 없이도 기억하게 되었을 뿐이다.

최강우의 이름이 다시 내 기억장치의 색인을 건드린 건 그날로부터 꼭 21일 뒤의 일이었다. 처음 받은 휴가 때 그는 반다르스리브가완에 갔다가, 시내의 무기명 대여금고 회사에 들러 무언가를 가지고 나왔다. 누가 뭐랄 일은 아니었다. 하지만 그 대여금고가 내

감시 대상이었다면 사정은 조금 다르다. 그 금고는 죽은 한정혁 회장의 버려진 유물들 중 하나였고 나는 그것들만 따로 관리하는 리스트를 갖고 있었다. 임무 같은 건 아니었다. 오로지 나 자신의 호기심과 잠재적 이익 때문이었다. 그것들은 법률적으로 존재하지 않는 것이나 다름없었고 줍는 자가 임자였다.

그런데 태어나서 단 한 번도 브루나이에 가본 적이 없는, 회사의 말단 직원이 그 금고에 대해 알고 있었던 것이다.

이런 일이 생기면 온갖 생각들이 머릿속에 떠오르기 마련이다. 일단 내 물건을 빼앗은 것 같아 화가 난다. 하지만 이 신입사원이 어떤 비밀을 숨기고 있는 것 같아 호기심이 당긴다. 그리고 그의 비밀을 알아낸다면 버려진 유물보다 더 덩어리가 큰 뭔가를 챙길 수도 있을 것 같다는 기대도 생긴다.

그 뒤로 나는 최강우의 뒤를 캤다. 초등학교 성적표에서부터 DNA 정보까지, 최강우와 관련된 거의 모든 정보들이 나에게 들어왔다. 우선 그는 한 회장이 숨겨놓은 아들 따위는 아니었다. 평생 그를 만나본 적도 없었을 것이다. 유일한 연결 고리라면 그의

평형추

아버지가 잠시 LK의 하청을 맡았던 중소기업을 운영했다는 것이었다. 그의 아버지는 회사가 파산하자 자살했고, 그건 그가 열다섯 살 때 일이었다. 그 때문에 한 회장에게 원한을 품었다면 이해가 간다. 하지만 그 사실이 대여금고의 미스터리를 풀어주지는 못한다.

대여금고를 제외하면 그에게 수상쩍은 건 단 두 가지였다. 하나는 입사 시험 성적이었다. 그는 LK에서 세 번 입사 시험을 치렀는데, 앞의 두 번의 성적은 그냥 평범하거나 그보다 못했다. 그러다 세 번째 시험에서 2등으로 붙었던 것이다. 나는 이 갑작스러운 발전에 대한 어떤 설명도 찾을 수가 없었다. 다른 하나는 경제 사정이었다. 그는 파투산에 온 뒤로 뼈가 썩어가는 난치병에 걸린 누나의 치료를 위해 병원에 거금을 지출하고 있었다. 그의 월급으로는 어림없는 일이었다.

이 두 가지가 연결되었다고 믿는 건 자연스럽지 않은가? 그가 스파이라고 생각해보자. 누군가가 LK에 원한을 품고 있고 누나 치료비도 필요한 그를 포섭한 뒤 회사에 붙을 수 있게 돕는다. 그리고 그는 그 누군가를 위해 회사의 비밀을 빼돌리고 그 대가로 누나의 치료비를 받는다.

그럴싸해 보이지만 이치에 맞는 가설은 아니었다. 우선 회사에서 그의 위치는 아직 심부름꾼 정도에 불과했고 보안 등급도 낮았다. 그 누군가가 최강우에게 그런 한계를 극복할 수 있는 무언가를 제공할 수 있다면, 실력 없는 입시생을 포섭하고 부정행위를 도와주는 귀찮은 일은 건너뛰고 처음부터 내부인을 골랐거나 스스로 일을 처리했을 거다. 어떻게 봐도 최강우는 쓸 만한 스파이가 아니었다.

그렇다면 도대체 뭔가? 최강우는 무엇을 숨기고 있는 걸까.

2

한 달 뒤, 나는 최강우의 친구가 되어 있었다.

그건 어린애 사탕 빼앗는 것처럼 쉬운 일이었다. 나는 일 때문인 척하면서 그에게 접근했다. 나는 그에게 파투산 해방전선의 테러리스트한테서 빼앗은 리스트를 보여주었고, 그들이 그를 포섭하기 위해 어떤

평형추

일을 했는지 물었다. 그는 긴장했고, 말을 더듬었으며, 한참 망설이다가 결국 그에게 접근했던 몇몇 부기족 환경주의자들과 나비 농장 직원들에 대해 두서없는 이야기를 장황하게 늘어놓았다. 서툴군. 나는 생각했다. 어쩌자고 이렇게 서툰가. 이런 꼴로 세상을 어떻게 살겠어.

나는 별일 없을 거라고 그를 안심시키고 해변에 있는 술집으로 그를 끌고 갔다. 그는 몇 잔 마시지 않았는데도 쉽게 취했고, 나에게 온갖 쓸데없는 소리를 늘어놓았다. 놀랍게도 그는 대외업무부의 업무에 대해 이상할 정도로 많은 것을 알고 있었다. 심지어 그는 방콕 경찰 시절 내 별명까지 알고 있었다. 태국을 뜰 때 사정이 조금 복잡했던 것은 사실이지만, 난 그정도까지 유명 인사는 아니었다.

진짜 이상한 일은 작별 인사를 할 때 일어났다. 택시를 잡아 술에 취해 비틀거리는 그를 차 안에 밀어넣자, 그는 이렇게 중얼거렸던 것이다. "당신은 늘 그랬지, 내가 아니라고 그래도 늘 그랬어." 아무런 맥락도 없이 튀어나온 그 말에 나는 얼어붙었다. 그건 한 회장의 말투였다. 적어도 죽은 한 회장이 살아있다면 나에게 말했을 법한 바로 그런 말이었다. 만약 지금까지 내가 술을 사주었던 사람이 최강우가 아니라 한 회장이었다면 맥락도 맞아떨어졌다.

그렇다면 난 최강우의 몸에 들어간 한 회장의 유령을 만난 것인가. 이게 소문으로만 들었던 빙의인가.

그 뒤로 나는 가끔 그에게 술이나 저녁을 사주며 친구처럼 굴었고, 그는 덜컥 미끼를 물어버렸다. 그렇다고 그가 순진하게 마음을 열고 나를 진짜 친구로 받아들인 건 아니었다. 그는 처음부터 솔직하게 대외업무부에 친구가 하나 있으면 좋겠다고 고백했고, 나는 그의 믿음을 살려주기 위해 나만 알고 있는 자잘한 회사 정보를 제공해주며 그의 길을 터주었다. 만날 때마다 나는 그의 입에서 한 회장의 말투가 다시 튀어나오길 기다렸지만 그런 일은 더 이상 없었다.

그러는 동안 나는 계속 빙의 가설을 굴리고 있었다. 이를 위해 초자연현상을 동원할 필요는 없었다. 더 이상 인간 정신은 뇌 안에만 머물지 않는다. 아직은 보통 사람들이 감당할 수 없을 정도로 고가지만 뇌와 직접 연결되어 기능을 향상시키는 수많은 보조 장치들이 나와 있다. 보통 웜이라고 불리는 이 기계

173

평형추

는 회사 지원으로 나 역시 하나 받아 사용하고 있다. 한 회장 역시 말년엔 알츠하이머 때문에 웜을 이식받았다. 이 웜을 통해 그의 정신과 기억을 구성하는 일부가 떨어져 나왔을 가능성은 충분하지 않은가.

나는 서울에 연락해 한 회장의 웜과 그의 컴퓨터는 어떻게 되었는지 물었다. 잠시 뒤 담당자가 메일을 보내왔다. 웜은 장례식 때 한 회장의 시체와 함께 소각되었고 컴퓨터의 기억장치는 사생활 보호법에 따라 사망 직후 증인들 앞에서 파기되었다고 한다.

그 자체로는 나에겐 아무런 의미 없는 정보였다. 하지만 이를 바탕으로 조금 더 조사를 하자 쓸 만한 소문과 마주치게 되었다. 이미 죽은 사람들의 웜을 수거해 정품의 가격을 감당하지 못하는 사람들에게 파는 암시장이 형성되어 있다는 것이었다. 몇 년 전까지만 해도 이건 도시전설의 영역에 속해 있었지만, 지금은 더 이상 그렇지 않았다. 소문 자체가 잠재적 시장을 만들었고, 그것을 현실화하기 위해 지하기술이 개발된 것이다. 대외업무부의 전문가에 따르면 장비만 충분히 갖추고 있고 약간의 위험 부담을 감당한다면, 이런 시술은 집 안 부엌에서도 충분히 할 수 있다고 했다.

　그렇다면 이렇게 생각해보자. 누나의 병원비를 만들기 위해 발버둥 치던 남자가 대기업 시험에 통과하기 위해 장물 웜을 이식 받았다면? 그리고 만약 그 웜이 이식 전에 포맷되어 있지 않았다면? 그를 통해 회장의 기억이 최강우의 머릿속으로 흘러들어갔다면? 이건 거의 완벽한 답이었다. 한 회장의 웜이 그렇게 허술하게 관리되었을 리 없다는 생각이 잠시 들긴 했지만, 나 같은 직업에 몇 년 째 종사하다보면 세상이란 원래 은근히 허술한 곳이라는 사실을 알게 된다. 어떤 멍청한 범죄자가 자기 손에 떨어진 게 LK 회장의 기억의 일부라는 걸 전혀 모르고, 같은 대기업에 취직하겠다는 무직자에게 그 물건을 할부로 팔았을 가능성도 얼마든지 있다는 말이다.

　머리가 핑핑 돌아갔다. 만약 이 가설이 모두 사실이고, 내가 이 정보를 적절히 활용할 수 있다면 그를 통해 얻을 수 있는 잠재적 이익은 무한에 가깝다. 물론 정반대로 갈 수도 있다. 일이 조금이라도 잘못 틀어져 정보가 유출된다면, 난 당장 회사 재판소로 끌려갈 것이다. 아니, 끌려가기도 전에 대외업무부 제1팀 동료들에게 더 험한 꼴을 당할지도 모른다. 한 회장이 죽은 뒤로 LK는 내전 중이었다. 무슨 일이든 일어날 수 있었다.

한참 고민 끝에 나는 한몫 챙기기로 결정했다. 어리석은 결정처럼 보일 것이다. 7년 동안 LK 사원증을 국적처럼 쓰고 있는 무국적자인 내가 이런 모험을 자발적으로 한다는 게 말이 되는가? 당시 나는 경제 사정도 괜찮았고, 특별히 돈을 쓸 일도 없었으며, 대외업무부의 위치도 안정된 편이었다. 여기서 더 이상 욕심을 낼 이유가 없었다.

그럼에도 불구하고 내가 이 바보짓을 선택한 건 단한 가지 이유 때문이었다.

그건 진짜 재미있어 보였다.

3

일단 결정을 내리자 더 이상 주저할 이유가 없었다. 나는 당장 최강우에게 전화를 걸어 주말에 여행이라도 가지 않겠냐고 제안했다. 쌍둥이 산 틈바구니에서 있는 높이 4킬로미터짜리 탑 꼭대기에서 밤을 지새우며 노예처럼 일하고 있는 그는 그런 제안에 쉽게 응할 입장이 아니었다. 하지만 나는 대외업무부의 권한을 휘둘러 그를 이틀 동안 싱가포르로 빌려올 수 있었다. 보르네오섬이 더 가깝긴 했지만 그곳은 우리 팀에게 들킬 가능성이 컸다. 싱가포르라면 그럴싸했다. 동료들은 내가 최강우와 사귀고 있는 중이라 생각했고, 나는 그들이 착각하도록 내버려두었다.

싱가포르에 도착해 호텔에 짐을 풀자마자 나는 최강우를 해변의 해산물 식당으로 데리고 갔고, 식사가 끝나고 디저트가 나오는 동안 다짜고짜 내가 알고 있는 사실과 가설을 밝혔다. 그는 놀라지 않았다. 그 역시 내가 그에게 접근한 이유가 있다고 생각하고 있었다. 눈치가 특별히 빨라서가 아니라 나에 대해 그만큼 많이 알고 있었기 때문이었다.

해변을 산책하면서 최강우는 지난 몇 개월 동안 그에게 무슨 일이 일어났는지 들려주었다. 그가 산만하게 늘어놓은 이야기를 정리하면 다음과 같다.

우선 아버지의 죽음 이후 최강우가 LK에 강한 애증을 품고 있었던 것은 사실이었다. 그도 그 감정이

ⓥ
평형추

정확히 무엇인지는 잘 몰랐다. 그는 무조건 LK의 사원이 되어야 했는데, 그래야만 자신도 잘 모른다는 그 감정을 정리하고 다음 단계로 나아갈 수 있었기 때문이었다. 하지만 그의 학력은 별 볼 일 없었고, 그 점을 보완할 재능이나 특기 따위도 없었다. 정상적인 방법으로 그가 원하는 위치에 오를 가능성은 제로였다. 그에게 LK 입사 시험은 희망 없는 스토킹에 가까웠다.

그러던 어느 날 그에게 웜을 이식해준다는 스팸 메일이 날아들었다. 루머를 믿지 않았던 그는 메일을 지우고 잊어버리려 했다. 하지만 그것이 LK에 입사할 수 있는 유일한 길이라는 생각이 든 그는 메일에 번호가 적혀 있는 곳으로 전화를 걸었다. 놀랍게도 그들은 진짜였고, 병원이나 장의사로부터 불법으로 빼돌린 웜을 몇 개 가지고 있었다. 그들에 따르면 지금까지 이식 성공률은 82퍼센트였다. 그는 통계를 어떻게 냈는지 알고 싶었지만 묻지는 않았다. 단지 그들이 제시한 비교적 저렴한 비용이, 그를 실험용 마루타로 삼는 대가 때문일 거라고는 생각했다. 그는 친구에게 빌린 돈으로 비용을 지불했고, 그들은 낡은 모텔

방에서 그의 두개골에 구멍을 뚫고 웜을 삽입했다.

　기껏해야 뇌에 삽입한 휴대전화에 불과한 내 웜과 달리 최강우의 웜에는 수리와 언어 강화 기능이 들어 있었다. 이것들을 제대로 이용하기 위해서는 소마의 힘을 빌려 웜과 두뇌의 접속을 원활하게 해야 했다. 그 과정은 보통 3주 정도 걸렸다.

　그 과정이 진행되는 동안 그는 온갖 종류의 꿈을 꾸었다. 대부분은 자신의 기억이 기계를 통해 강화된 것들이었다. 하지만 그러는 동안 그가 전혀 모르는 얼굴이나 정보 들이 중간중간에 들어오기도 했다. 그 중 몇몇은 너무 생생해서 깨어난 뒤 기억장치에 일부 가 저장되어 있을 정도였다. 그도 당연히 옛 사용자 의 기억이 웜 어딘가에 남아 있을 거라고는 생각했지 만 정작 그 옛 자료는 색인에서 검색되지 않았다. 웜 이 기억하는 이전 기억들은 대부분 연상 작용에 의해 간헐적으로 터져 나왔다. 그는 이 기계의 이전 주인 이 누구인지 궁금했지만, 일단은 입사 시험에 주력해 야 했다.

　LK에 입사한 뒤, 그가 파투산에 자원한 것도 웜 때 문이었다. 웜은 끝도 없이 파투산과 우주 엘리베이터에 대한 정보를 흘렸고, 입사 시험이 끝났을 무렵 그는 이미 우주 엘리베이터의 준전문가가 되어 있어서 다른 어딘가에 자원한다는 건 무의미할 정도였다. 하지만 그 정보들은 대부분 외부에서 가공되어 윔에 직접 주입된 것이라 원래 주인이 누구인지 말해주지는 않았다.

파투산에 내려온 지 2주째가 되어서야 그는 윔의 원주인이 누군지 분명히 말해주는 기억을 잡아낼 수 있었다.

그 기억을 촉발시킨 것은 그가 숙소 건물 1층 로비를 지나가다 우연히 보게 된 텔레비전 뉴스였다. 화면에서는 서른 전후로 보이는 여자가 무표정한 얼굴로 LK에서 개발 중인 나노 우주선에 대해 이야기하고 있었다. 이야기가 끝나자 기자는 LK의 우주개발 산업에 대한 다소 막연하고 무의미한 질문을 했고, 여자는 그 질문을 듣는 동안 왼쪽 눈썹을 살짝 치켜들었다.

그 순간 갑자기 그의 시야 왼쪽에 여섯 개의 창이 차르륵 열렸다. 맨 위에 뜬 창에서 바로 그 여자가 그를 정면으로 바라보며 똑같은 표정을 짓고 있었다. 열

의는 없지만 성실한 표정으로 상대방의 말에 귀를 기울이며 살짝 왼쪽 눈썹을 치켜들기. 그 동영상은 15초 정도였고 대화는 중간에서 시작해서 중간에 끝났다. 있는 것은 오로지 눈썹을 치켜드는 여자의 얼굴뿐이었다. 같이 올라온 다른 영상들도 마찬가지였다. 여자는 윔의 원래 주인으로 추정되는 남자의 말을 듣고 있었고 눈썹을 치켜들었다.

최강우는 그 여자를 알고 있었다. 꿈에 나왔던 것이다. 그녀에게 말을 걸었고, 함께 춤을 추었고, 같이 베트남 식당에서 저녁을 먹었고, 해변을 산책했다. 그는 꿈속에서 그녀의 이름도 알고 있었다. 지금도 그 이름이 혀끝에서 맴돌았다.

그는 여자의 얼굴을 따서 이미지 검색에 넣고 돌렸다. 그녀의 이름은 김재인이었다. 공식적으로, 그녀는 LK우주개발연구소를 이끌고 있었다. 비공식적으로, 그녀는 남편이 요트 사고로 죽기 전까지 4년 동안 한정혁 회장의 조카며느리였다.

그럼 김재인과 그렇게 친근한 관계를 유지했던 윔의 원래 주인은 누구일까. 남편은 아니었다. 훨씬 나이가 든 남자였다. 그는 목소리를 따서 오디오 검색

181

평형추

을 해보았지만 김재인의 주변 인물 중 해당되는 사람을 찾을 수 없었다. 막 포기하려던 순간, 그는 지금까지 중요한 사실 한 가지를 빼먹고 있었다는 걸 알아차렸다. 웜에 저장된 그 목소리는 주인의 진짜 목소리가 아니었다. 두개골을 통하면서 보다 깊게 울리는, 즉 주인의 귀에만 들리는 목소리였다. 그는 변수를 입력해 목소리를 보정했고, 검색해서 금방 답을 얻었다. 웜과 목소리의 주인은 한정혁이었다. 그가 지금까지 철천지원수라고 생각하고 있던 남자가 지금 완전히 무력한 상태로 그의 두뇌 구석에 들어와 있었던 것이다.

그는 이것을 선물이라고 생각했다. 그의 머릿속에 든 한 회장의 조각은 아무런 의지도 없는 기억과 습관의 다발에 불과했다. 다시 말해 그는 최강우의 노예나 다름없었다. 한 회장이 최강우와 그의 가족에게 가한 모든 짓들을 생각하면, 그는 당연히 그 노예를 부릴 자격이 있었다. 그는 연상 작용을 통해 계속 가지 치며 터져 나오는 기억들을 꼼꼼하게 정리했고 그것들 중 그가 직접적으로 경제적 이익을 뽑아낼 수 있는 정보를 골라냈다. 그는 이를 이용해 웜의 비용과 시술비를 완불했고 누나를 병원에 입원시켰다.

그러는 동안 그의 직장 생활은 점점 힘겨워졌다. 우주 엘리베이터에 대해 그가 가지고 있는 상세한 지식은 말단 직원인 그에게 큰 도움을 주지는 못했다. 아무리 웜의 도움을 받아 열심히 일해도 그는 현장에서 소모품에 불과했다. 처음부터 이런 현실을 받아들였다면 좋았을 텐데, 머릿속에 한 회장의 일부를 넣고 돌아다니다보니 그게 쉽지 않았다.

그는 점점 현실에서 벗어나 한 회장에 몰두했고 결국 그에게 집착하게 되었다. 그는 점점 한 회장의 버릇들을 흉내 냈고, 기억의 연장 속에서 그가 살아있었다면 했을 법한 말과 행동을 했다. 한 회장이 철천지원수인 건 사실이었다. 하지만 그는 위대한 인물이기도 했다. 그는 흔해빠진 재벌 몇 세 따위가 아니었다. 스스로의 힘으로 망해가는 기업을 강탈해 지금의 LK로 키웠고 죽기 전까지 우주로 향하는 탑을 쌓던 인물이었다. 그에 대해 연구하고 그의 기억을 탐구하다보니, 최강우는 그의 거대함에 조금씩 감염되었고 결국 자신이 한정혁이 아니라는 사실을 견딜 수가 없었다. 그리고 그 때문에 머리가 터져나가기 직전에 내가 그를 싱가포르로 불러냈던 것이다.

4

　각자의 정보를 교환한 뒤, 우리는 앞으로의 계획
에 대해 토론했다. 야심을 적게 잡는다면, 우린 그냥
세계 곳곳에 뿌려진 한 회장의 유물들을 수집해 한몫
챙기는 것으로 만족할 수 있었다. 하지만 이건 내가
생각해도 재미없는 일이었고, 한정혁의 유령에 감염
되어 과대망상증이 잔뜩 부푼 최강우에게는 말도 안
되는 소리였다. 우리에겐 조금 더 큰 덩어리가 필요
했다.
　그렇다면 우리가 할 수 있는 것은 무엇인가. 가장
이치에 맞는 선택은 회사 내의 특정 세력에게 우리의
정보를 제공해주고 연합하는 것이었다. 여기서 그 특
정 세력이란 재벌제한법의 구색을 맞추기 위해 허수
아비 자리에 앉아 있는 로스 리 회장도 아니었고, 그
의 뒤를 이어 차기 회장 자리를 노리고 있는 한 회장
의 아들 한수현도 아니었다. 그들에겐 우리가 필요

없었다.

한참 머리를 굴리고 있는데 최강우가 느릿느릿 물었다. 김재인은 지금 어디 편이지요?

나는 억지로 웃음을 참았다. 아무리 그가 무표정을 유지하려 한다고 해도 그의 속내는 뻔했다. 그는 김재인에 대해 특별한 감정을 품고 있었다. 한 회장이 조카며느리에 대해 품고 있던 감정 역시 그만큼 특별했음이 분명했다. 그는 한 회장의 기억과 함께 감정도 물려받은 것이다.

내가 자기를 뚫어지게 쳐다보고 있다는 사실을 알아차린 그는 주절주절 변명을 늘어놓았다. 그리고 그의 변명은 이치에 맞았다. 그가 물려받은 한 회장의 기억에 따르면 김재인은 한 회장의 가치 있는 쪽, 그러니까 그의 기술적 비전을 대표했다. 한 회장은 유치원 다니는 꼬마 시절부터 알아왔던 친구의 딸이 품고 있는 우주에 대한 열광에 영감을 받아 우주 엘리베이터 계획을 시작했고, 이 거대한 프로젝트는 모두 그녀에게 바치는 꽃다발과 같았다. 그녀는 프로젝트의 시작이고 끝이었다. 우리가 그가 남긴 기억의 상속자라면 당연히 그의 비전을 따라야 했다. 죽은 영감이 딸 또래의 조카며느리에게 품었던 불순한 감정은 나중에 생각할 문제였다.

한 회장의 계획은 우주 엘리베이터의 건설로 끝나지 않았다. 사랑에 빠진 사람들이 대부분 그렇듯, 그의 프로젝트는 열병처럼 거대하고 뜨거웠다. 그는 우주 엘리베이터를 기반 삼아 LK의 이름으로 태양계를 정복하고 다른 태양계로 진출해 인간의 후손들을 전 우주에 퍼트릴 생각이었다. 그러나 로스 리나 한수현의 밑에서 그의 비전이 현실화될 가능성은 없었다. 엘리베이터는 완성되고 우주 산업은 활성화되겠지만 한 회장이 꿈꾸었던 비전에 이전처럼 매진하지는 못할 것이다. 지금 완성을 향해 달려가고 있는 우주 엘리베이터 계획도 그의 카리스마가 없었다면 거의 성취가 불가능했을 터였다.

최강우는 그 비전에 다시 한번 기회를 주어야 한다고 생각했다. 하지만 어떻게? 그도 그런 건 몰랐다. 하지만 한 가지 확실한 것이 있었다. 어떻게든 김재인을 만나야 한다는 것이었다. 우리가 어떤 계획을 따르건 그가 직접 그녀에게 한 회장의 비전을 전달하는 과정을 반드시 거쳐야 했다.

나는 걱정되었다. 최강우의 머릿속에 들어 있는 정보의 이용가치가 엄청나다는 건 변함이 없었다. 하지만 그는 결코 믿고 의지할 만한 공범자는 아니었다. 그는 과대망상 증세가 있었고 정체성도 불안했으며 한 번도 만나본 적이 없는 여자를 사랑하고 있었다. 이런 인간이 무슨 짓을 저지를지 어떻게 알겠는가.

일단 내 안전부터 확보해야 했다. 나는 최강우의 정보를 통해 한 회장의 유물들을 최대한으로 확보했고 그중 대부분을 현금화했다. 나중에 폭로될 때를 대비해 최강우와의 관계를 설명하는 핑계도 만들어야 했다. 비겁하게 들릴지는 몰라도 나는 그의 바보짓 때문에 함께 바닥으로 떨어질 생각은 없었다. 혼자라도 살 수 있으면 그래야 했다. 최소한의 자기 보호는 필수였다.

그러는 동안 새로운 의심이 피어올랐다. 한 회장의 유물들부터 그랬다. 이런 것들이 있다는 것 자체가 수상쩍지 않은가. 이건 말 그대로 돈다발을 길바닥에 버리는 것과 마찬가지라 그 자체로는 아무 의미가 없는 행동이었다. 나나 최강우 같은 사람들에게 밑천을 제공해주는 것이 목적이 아니라면 말이다.

평형추

만약 이 모든 게 계획된 것이라면 어떻게 되는가. 얼마 전 나는 한 회장의 웜이 최강우 같은 남자에게 떨어지는 건 충분히 있을 수 있는 일이라고 했다. 하지만 이 모든 게 철저한 사전 계획에 의해 진행되는 음모일 가능성은 그보다 더 높다. 이것이 처음부터 한 회장의 계획이었다면? 그가 이런 식으로 자신의 기억을 유출시켜 그의 뒤를 물려받을 상속자들과 맞서고 있는 것이라면? 우린 지금 한 회장의 기억을 노예로 삼았다고 기고만장해 있지만, 알고 보면 죽은 자가 산 자들을 상대로 벌이는 전쟁에 얼떨결에 말려든 것일 수도 있었다.

나는 속도를 떨어뜨리고 싶었다. 사태가 어떻게 돌아가는지 확인한 다음에 일을 진행해도 늦지 않을 것 같았다. 하지만 이미 늦었다면? 회장의 버려진 유물은 우리를 위한 자금이 아니라 우리 같은 자들의 존재를 알리기 위한 경고등일지도 모른다. 그런데 이미 우린 그것들을 모두 건드려보지 않았던가.

나는 경계하기 시작했다. 일단 내 웜의 방화벽을 업그레이드해야 했다. 최강우의 웜 역시 같은 작업을 거쳤지만 그의 웜은 불법 이식을 위해 개조된 것이라

결과는 확신할 수 없었다. 내 음모론이 맞아서 방화벽을 뚫는 비밀 문이 어딘가에 있다면 문제가 심각해진다. 어떻게든 윔의 시스템 구조를 점검하고 안정성을 확보해야 했다.

누군가의 도움을 받을 처지가 아니었기 때문에 최강우는 이 일을 스스로 해야 했다. 그의 작업은 괴상한 순환 구조를 이루었다. 윔의 시스템 구조를 파악하기 위해 그가 쓸 수 있는 유일한 도구는 바로 그 자신의 윔이었다. 1년 전까지만 해도 최강우는 자신이 이렇게 복잡한 작업을 스스로 할 수 있을 거라 꿈도 꾼 적이 없었다. 인도양이 보이는 바닷가 싸구려 모텔 2층 스위트룸의 더블베드에 누워 증폭용 헤드기어를 쓰고 몰입 상태에 빠지기 직전, 그는 그것이 양쪽에 놓인 두 거울의 무한한 반사를 보는 것과 비슷한 경험이라고 말했다.

나는 그의 팔에 소마 20그램을 주사하고 침대 옆에 놓여 있는 접는 의자에 앉아 속옷 차림으로 축 늘어져 있는 그의 몸을 바라보았다. 아니, 나는 그에게 성적 욕구 같은 건 품지 않았다. (다들 믿지 않는 모양이지만 나에게도 취향이라는 게 있다.) 내가 그에게 느낀 건

평형추

순수한 보호 본능에 가까웠다. 그는 덩치만 컸지 애였다. 사춘기 철부지처럼 쉽게 분노하고 쉽게 사랑에 빠지고 온갖 실수를 다 저지르는. 나는 어렸을 때 3년 동안 커다랗고 멍청한 그레이트 데인 수컷의 주인 노릇을 한 적 있었는데, 그때 사정이 지금과 비슷했다. 귀찮고 불편했지만 그렇다고 그를 버릴 수는 없었다.

머릿속에서 웜이 자기 안에 숨겨져 있던 기억들을 끌어올리고 구조를 재정비하는 과정을 거치는 동안 그는 꿈틀거리고 신음하고 거품을 물고 이를 갈았다. 뭔가 좋지 않은 일이 일어나고 있었다. 하지만 나는 그것이 과연 내가 중단시켜야 할 일인지 알 수 없었다. 내가 할 수 있는 일이라고는 그의 땀과 침을 닦아주며 기다리는 것뿐이었다.

2시간 뒤 그는 눈을 뜨고 침대에서 벌떡 일어나 헤드기어를 머리에서 뽑아 집어던졌다. 그의 눈은 말라 있었지만 얼굴은 울고 있었다. 내가 어떻게 된 일이냐고 묻기도 전에 그는 쉰 목소리로 내뱉었다. 살인자. 살인자. 더러운 살인자 같으니. 그는 벽을 기대고 스르르 주저앉아 얼굴을 두 손에 묻고 소리 내어 울었지만 여전히 눈물은 나지 않았다.

30분 뒤에야 나는 그가 웜 안에서 무엇을 찾아냈는지 들을 수 있었다. 그것은 대외업무부 제1팀이 2년 전 반LK 운동을 벌이던 파투산 원주민들을 학살했다는 증거였다. 80명이 넘은 사람들이 죽었고 시체는 소각되었으며 사건은 은폐되었다. 그리고 그는 그들에게 방아쇠를 당기라는 명령을 직접 내린 한 회장의 목소리를 그 자신의 입장에서 똑똑하게 기억하고 있었다.

5

내가 놀랐어야 했는가? 아니, 그렇지 않다. 다국적 기업은 국가와 같았고 그들은 국가처럼 범죄를 저질렀다. 나 역시 내가 처리하는 루머들이 모두 헛소리가 아니라는 것쯤은 알고 있었다. 제1팀이 파투산에서 죽인 80명은 그들이 지금까지 저지른 범죄의 일부에 불과할 것이다. 그것들 중 하나가 어쩌다보니 웜에 기록된 것이다.

평형추

최강우 역시 순진무구하게 놀라기만 할 입장은 아니었다. 그는 한 회장의 천사 같은 결백을 믿기엔 대외업무부에 대해 지나치게 많이 알고 있었다. 하지만 막연히 회사의 컴컴한 비밀을 짐작하는 것과 머릿속에 저장된 직접 증거와 마주치는 것은 사정이 다르다. 증거는 벽돌담처럼 확고했다. 그것은 단순한 이미지와 소리의 조합이 아니었다. 그런 명령을 내렸던 한 회장의 정신이 어떤 상태였는지까지 기록되어 있었다. 더 이상 그는 자신의 비겁한 게으름 속에 숨을 수가 없었다. 이제 한 회장의 죄는 그의 일부로 각인되어 있었다.

나는 최강우가 죄의식과 혼자 싸우게 내버려둘 수밖에 없었다. 그를 돕거나 다그치며 낭비할 시간이 없었다. 이미 나에 대한 제1팀과 보안부의 태도가 이상해지고 있었다. 눈에 뜨이는 흔적들은 모두 은폐했고 과거의 모든 행적에 설명을 달았지만, 그렇다고 지난 몇 주 동안 나의 행동이 특별히 덜 이상하게 보이는 건 아니었다. 일단 그들이 의심을 시작한다면 모든 의혹이 해결될 때까지 그들은 나에게 매달릴 것이다. 증거가 없다면 만들 것이고 진상을 몰라도 역시 하나 만들 것이다. 내가 은퇴할 때까지 편안하게 LK에서 자리를 유지할 가능성은 점점 줄어들고 있었다.

그 가능성이 완전히 사라져버린 건 김재인이 연구소 리더의 자격으로 파투산을 방문하기 바로 전날 밤이었다. 갑자기 최강우가 나에게 당장 와달라는 전화를 걸어왔는데, 그가 보내온 주소는 그의 숙소나 엘리베이터 탑이 아닌 엉뚱한 곳이었다. 웜의 네비게이터를 켜고 달려가보니 그곳은 해변 윗부분을 도넛 모양으로 둘러싼 원주민들의 빈민가 한가운데에 있는 낡은 오두막이었다.

안에 들어가보니 끔찍했다. 원주민으로 보이는 말레이 남자 한 명이 머리와 왼쪽 팔이 잘려나간 채 죽어 있었고 사방은 피로 젖어 있었다. 최강우는 유령처럼 창백한 얼굴로 문손잡이를 잡고 서 있었다. 왼손에는 양쪽에 손잡이가 달린 둥근 원판이 들려 있었다. 나는 원판을 빼앗아 손잡이를 잡아당겼다. 원판은 반으로 쪼개졌지만 양쪽을 연결하는 장력이 느껴졌다. 탄소나노튜브 실이었다. 소리 없이 사람의 목을 버터처럼 잘라낼 수 있는 무음 암살도구였다.

나는 죽은 남자의 머리를 들고 그의 얼굴을 스캔

했다. 파투산 해방전선의 조무래기들 중 한 명이었다. 몇 달 전 나비를 핑계로 최강우에게 접근하려 했던 사람이었다. 하지만 그는 얼마 전 쿠알라룸푸르에서 벌였던 소탕 작전 때 체포된 이후 수상쩍은 상황 속에서 이름과 서류와 몸이 동시에 분실된 인물이기도 했다.

우리는 탄소나노튜브 실로 시체를 마저 토막 내어 쓰레기 자루에 담고 벽과 바닥에 묻은 피를 닦았다. 그러는 동안 최강우는 그동안 어떤 일이 일어났는지 말해주었다.

회사 일을 하고 김재인과 접선 계획을 짜는 동안, 최강우는 틈틈이 파투산 학살 사건의 정보를 모았고 그 사건으로 가족이나 친구를 잃은 사람들을 찾았다. 쉬운 일은 아니었다. 그 사건은 우리의 도움이 불필요할 정도로 제1팀에서 완벽하게 정리해놨기 때문이다. 파투산은 원래 사람들이 그리 장수하는 곳이 아니었고 실종과 죽음의 핑계는 얼마든지 만들어낼 수 있었다. 남아 있는 가족들도 사라진 사람들의 운명에 대해 그리 궁금해 하는 것 같지 않았다.

그러던 그에게 말레이 남자가 접근해왔다. 그는 자

신을 탈출한 파투산 해방전선의 대원이라고 소개했고 최강우가 사라진 사람들에게 대해 조사하고 있다는 말을 들었다고 했다. 이 상황은 무척 수상쩍었지만 당시 죄책감에 중독되어 있던 최강우는 별 의심 없이 그 미끼를 물어버렸다. 최강우는 극도로 조심한다고 생각했지만, 학살 사건에 대한 구체적인 언급을 하는 것으로 자신이 한 회장의 기억을 소유하고 있다는 사실을 증명해버렸고, 그 순간 남자는 그의 목을 자르려 덤벼들었다. 하지만 몸싸움에서 최강우는 운이 더 좋았고, 그는 남자의 무기를 빼앗아 역습에 성공할 수 있었다.

나는 암담해졌다. 더 이상 아무것도 모르는 척 시치미를 떼는 건 의미가 없었다. 이제 제1팀과 보안부에서는 핑계를 만들지 않고 언제든지 우리를 처리할 수 있었다. 지금 당장 그들이 이 집을 덮치지 않는 것만 해도 신기한 일이었다. 아마 그들은 우리 뒤에 더 큰 배후가 숨겨져 있다고 생각하는 것인지도 모른다. 그렇다면 그들은 우리와 같은 것을 추적 중이라는 말이 된다.

시체를 버리고 증거를 소각하고 몸을 씻은 뒤, 나는

웜에 연결된 네트워크를 통해 제1팀의 상황을 확인했다. 별다른 변화는 눈에 뜨이지 않았다. 그들은 여전히 나와 최강우를 의심하지 않는 척하고 있었다. 지금 상황에서는 우리가 김재인을 만나기 위해 탑이나 호텔로 찾아가도 모르는 척 할 게 뻔했다. 그들은 그때를 노리고 있을까? 아니면 더 큰 물고기를 기다리고 있을까? 그들에게 명령을 내리는 자는 누구일까? 사람 좋은 오페라 애호가 로스 리가 아님은 분명했다. 한수현일 가능성이 가장 높았지만 권력 쟁탈전에 끼어든 다른 누구일 수도 있었다.

우리는 최강우의 숙소로 갔다. 나는 이미 공식적으로 그의 남자 친구였으니 그 모양이 그렇게 이상하지는 않았다. 토론 끝에 우리는 계획을 그대로 진행하기로 결정했다. 어차피 아무런 상처 없이 이 시궁창에서 빠져나갈 가능성은 없었다. 그리고 지금 상황이 그렇게 나쁘기만 하지는 않았다. 파투산 학살 사건은 회사의 그 누구와도 상대할 수 있는 최강의 물건이었다. 사나이가 칼을 뽑았다면 썩은 무라도 썰어야 하지 않겠는가. 한심하게도 최강우는 이 한국어 속담을 그때까지 들어본 적이 없었다. 한국에서 내려온 LK

신입 사원들은 너무나 당연한 것에 무지하거나 둔감해서 사람들을 놀라게 했다. 과도한 입시 경쟁이 사람들을 좀 이상하게 만드는 모양이다.

다음 날 우리는 각자의 위치로 갔다. 나는 왼쪽 쌍둥이 산 밑에 있는 대외업무부 사무실로, 최강우는 엘리베이터 탑 꼭대기로. 우리의 윔들은 이제 하나로 연결되어 있어서 마음만 먹으면 서로의 감각과 정보를 공유할 수 있었다.

연구소 사람들이 비행선을 타고 도착한 건 오후 1시무렵이었다. 김재인은 리더였지만 사람들 사이에 섞여 잘 보이지 않았다. 그들은 행사 따위를 하기 위해 온 것이 아니었기 때문에 탑에 도착하자마자 곳곳으로 흩어져 분주하게 움직였다. 그러는 동안 상사들의 심부름을 하느라 바쁘게 돌아다녔던 최강우는 거기서 두 번 정도 김재인과 눈이 마주쳤지만 그녀는 별다른 내색을 하지 않았다. 그건 물론 연기였다. 이미 우리는 거래에 필요한 신상 정보를 그녀에게 보냈고 그 사실을 확인하는 답장을 받았던 것이다.

5시 쯤 그는 상부의 호출을 받았다. 이번에도 심부름이었다. 그는 연구소 사람들이 가져온 정체를 알

평형추

수 없는 커다란 티타늄 가방 두 개를 항구 근처에 있는 지질학 연구소까지 가져가야 했다. 그는 엘리베이터를 타고 다시 4킬로미터를 내려가 거기서 무인자동차를 얻어 타고 항구로 달려갔다. 인수인계가 끝나자 벌써 6시가 넘어 있었다. 그는 이른 저녁을 먹기 위해 회사 식당을 찾았다.

그 순간 그는 옆에서 이상한 인기척을 느꼈다. 고개를 돌린 그는 잠시 숨이 막히는 것 같았다. 김재인의 반투명한 유령이 그의 옆에서 걷고 있었다. 그 순간 웜의 채널이 열렸고 나 역시 최강우의 눈으로 그녀를 볼 수 있었다. 그건 대단한 재주였다. 그러는 동안 그녀가 탑 위에서 시치미를 뚝 떼고 서류 일을 처리하고 있다는 걸 생각하면 더욱 그랬다.

나는 지금까지 김재인을 몇 번 만나본 적 있었지만 그녀에 대해 대단한 관심 따위는 없었다. 그녀는 잘생겼고 영리했고 유능했지만 나에겐 그뿐이었다. 자연인으로서의 가치보다는 직업적 능력과 대외 이미지로 더 인정받는 사람이었다. 주변 사람들이 그녀의 결벽증과 강박증에 대해 투덜거리는 것 역시 몇 번 들은 적 있었다. 하지만 지금 최강우의 앞에 나타난 김재인은 전혀 다른 사람이었다. 훨씬 화사했고 생생했으며 매력적이었다. 정체를 알 수 없는 무형의 무언가가 그녀에게 특별한 매력을 더해주고 있었다.

김재인의 유령은 시간 낭비 따위는 하지 않았다. 그녀는 최강우의 옆에서 보폭을 맞추어 걸으며 본론으로 들어갔다.

그녀에 따르면 이 모든 것은 한 회장의 계획이었다. 그는 죽기 몇 년 전부터 자신의 정신을 영원히 보존할 수 있는 장치를 개발하려 했다. 그러나 지금의 기술로 자아의 연속성을 유지하며 불사를 실현하는 것은 불가능했다. 다만 선별한 기억과 의지를 보존하는 것은 가능했다. 이미 그는 알츠하이머 환자용 웜을 이식받았기 때문에 보존 작업은 비교적 쉬웠다.

계획은 극비로 진행되었다. 우주개발 계획에 대한 광적인 집착 때문에 한 회장은 회사 내에서 인기가 없었다. 모두들 그가 적당한 때 자연사하기를 바랐다. 누군가 그 계획을 알아차렸다면 당장 방해 공작이 날아들었을 것이다. 여기에 대해 아는 사람은 극소수로, 김재인도 그들 중 한 명이었다.

그렇다면 최강우는 어쩌다가 여기에 말려들었는가.

평형추

그건 김재인도 사전에는 몰랐던 계획 때문이었다. 한 회장은 자신의 의지와 기억을 물려받을 보다 젊은 몸이 필요했던 것이다. 최강우가 뽑힌 건 순전히 그의 몸 때문이었다. 입사 시험에서 계속 낙방하는 놈들 중 젊고 건강하고 그럭저럭 잘생긴 녀석. 논리적이었다. 특히 김재인에 대한 회장의 감정을 생각한다면. 만약 새로운 몸의 주인이 그의 기억과 감정을 물려받는다면 살아있었을 때 품고 있던 짝사랑을 간접적으로나마 현실화할 수 있는 길이 열린다. 물론 회장이 숨겨 놓은 계획을 충실히 따른다면 그는 회사 꼭대기까지 올라갈 수 있을 것이다. 버려진 유물들은? 물론 그의 기억을 상속받은 사람을 위한 밑천이었다. 다른 음모 따위는 없었다.

최강우는 화가 났지만 어디다 화풀이를 해야 할지 알 수 없었다. 그는 이용당하고 있었지만 그 때문에 손해만 보았다고 할 수는 없었다. 그는 LK에 취직했고 누나를 치료할 돈을 구했고 김재인을 사랑하고 있었다. 이건 다 좋은 일이었다. 살해당할 뻔하고 한 회장의 죄를 짊어진 건 나쁜 일이었지만 이 좋은 일들로 충분히 상쇄될 수 있었다.

그럼 우리는 어떻게 해야 하는가. 김재인은 명쾌한 답을 제시했다. 지금 최강우가 갖고 있는 것은 회장이 보존한 정신의 일부에 불과했다. 남은 것은 다른 컴퓨터 안에 숨겨져 있었다. 컴퓨터 안에 들어 있는 것은 웜에 들어 있는 정보들과 결합하기 전엔 조각난 데이터 다발에 불과했다. 이 둘을 빠른 시간 내에 결합해야 했다. 그래야 회장의 복제 정신은 컴퓨터 안에서 온전히 작동할 것이고 그때부터 숨겨놓은 시스템을 통해 회사를 통제할 수 있을 것이다. 시스템이 작동되면 더 이상 로스 리나 한수현 따위는 회사를 통제할 수 없게 된다. 그들은 회장 타이틀을 달고 있는 허수아비에 불과했다. 자신의 의지와 비전을 담은 인공지능을 완성함으로써, 한 회장은 LK에 대한 불멸의 통치권을 확보하려 했던 것이다.

　당신은 학살에 대해 알고 있었나요. 최강우가 물었다. 김재인은 고개를 저었다. 그 사실을 알고 있는 건 제1팀과 회장뿐이었다. 대외업무부는 원래 그런 곳 아닌가. 나 자신도 지금 소동이 있고 나서야 그 사실을 알았다. 아마 회장은 자신의 죄를 스스로 짊어지고 싶었을 것이다. 그가 치료로 삶을 연장하지 않

평형추

았던 것도 그 때문이었을 것이다. 그것만으로는 부족해요. 진상이 밝혀지고 죽은 사람들의 가족들이 보상을 받아야 합니다. 물론 우리도 그러기를 바란다. 하지만 그 정보가 폭로된다면 지금까지 우리가 쌓아온 우주 엘리베이터는 어떻게 될까. 우리의 비전은? LK의 비전은? 인류의 비전은? 적어도 지금은 때가 아니다.

우리는 이 논리에 쉽게 반박할 수 없었다. 김재인의 말이 맞았다. 죄를 범한 사람은 죽었다. 살아있는 우리들이 죽은 사람의 죄까지 대신 짊어질 필요는 없다. 무엇보다 우리는 이 불안한 상황에서 어떻게든 안전을 확보해야만 했다. 한 회장의 시스템만이 그 일을 할 수가 있었다.

최강우는 김재인에게 하겠다고 했다. 그녀는 미소를 지었고 그 미소는 눈부셨다. 그는 그 컴퓨터가 어디에 있는지, 접속하기 위해서는 어떻게 하면 되는지 물었다. 그녀는 손가락으로 하늘을 가리켰다. 한참만에 우리는 그게 무슨 뜻인지 알 수 있었다.

그녀는 우주 엘리베이터의 끝을 가리키고 있었다.

6

아직도 파투산에 사는 많은 사람들은 LK 우주 엘리베이터가 쌍둥이 산 사이에 세워진 탑이라고 생각한다. 하지만 탑은 엘리베이터 밑바닥에 달린 짤막한 지지대일 뿐이다. 진짜 엘리베이터는 그 탑 꼭대기에서 시작된다. 그리고 탑 꼭대기에 있는 건 우스울 정도로 얇고 가느다란 일곱 가닥의 리본들뿐이다. 그것은 하늘 끝까지 이어진 거대한 요요다. 리본들을 따라 3만 6천 킬로미터를 올라가면 엘리베이터의 건설 기반인 정지궤도의 우주정거장이 나오고 거기를 지나쳐 계속 다가보면 원심력으로 구조를 지탱하는 거대한 평형추가 나온다. 나중에 거기에 태양열 발전소와 호텔을 세운다고는 하지만 지금 그곳에 있는 것은 리본을 타고 오르내리는 스파이더들이 조금씩 얹어놓은 물건들로 로봇들이 만든 의미 없는 구조물들뿐이다. 거기엔 아직 아무것도 없다. 적어도 LK의 홍보 자료에 따르면 그렇다.

한 회장이 그곳을 이상적인 은닉 장소라고 생각한 건 이상한 일이 아니다. 일단 감시가 쉽다. 거기까지

가려면 길이가 몇만 킬로미터나 되는 기나긴 리본을 타고 기어오르는 방법밖에 없다. 평형추 안에는 어떤 물건이든 숨겨놓을 수 있다. 너무 잡다해서 목표물을 찾기도 어렵다. 무엇보다 자신의 정수를 담은 정신을 하늘 끝에 보관하는 건 한 회장의 성격을 생각하면 당연한 일이 아니겠는가.

시간이 없었다. 우리는 당장 최강우를 그곳으로 보내야 했다. 조금이라도 늦는다면 제1팀이 우리의 머리를 날려버릴지 모른다. 김재인은 그들을 통제하는 건 더 이상 불가능하다고 했다. 그들은 지금 누군가의 명령을 받아 움직이는 게 아니었다. 지금의 내전 중엔 최종 보스 따위는 없었다. 모두가 스스로를 보호해야 했고 제1팀 역시 예외는 아니었다.

나와 최강우는 무인자동차를 타고 엘리베이터 탑으로 돌아갔다. 김재인의 유령은 차창 저편의 허공에 앉아 우리에게 그녀의 계획을 들려주었다. 그녀의 계획은 단순하고 그럴싸했다. 그럴싸하지 않아도 우리는 어쩔 수 없이 그녀의 말을 믿을 수밖에 없었다. 그녀는 우리가 제1팀에 대항하기 위해 쓸 수 있는 유일한 무기였다.

탑에 도착한 우리는 3.4킬로미터 높이에 있는 스파이더 기지로 갔다. 진짜 김재인을 포함한 연구소 사람들이 LK건설 사람들과 함께 스파이더에 새로 설치된 아오키 모터의 효율성에 대해 이야기하고 있었다. 진짜 김재인과 김재인의 유령이 한자리에 있는 모습을 보는 건 초현실적인 경험이었다. 그들 중 진짜 사람처럼 보이는 건 유령이었다. 옷에 먼지 하나 없을 정도로 깔끔하고 태도에서부터 말투에 이르기까지 완벽한 대칭성과 균형을 유지하고 있는 진짜는 로봇 같았다. 그녀는 다른 사람들이 보지 않을 때 잽싸게 우리에게 윙크를 던졌는데, 그 동작의 정확함 때문에 로봇 같다는 인상은 더 강해졌다.

최강우의 눈앞에 새로운 창이 열렸다. 김재인이 보내준 스파이더의 스케줄이었다. 딱 사람 하나를 태울 수 있는 스파이더 하나가 아오키 모터의 최종 테스트와 평형추 운반을 위해 39분 뒤에 출발할 예정이었다. 이 경우 그 평형추는 최강우가 될 것이다.

무리 속에 섞여 있던 우리는 사람들이 떠나기 직전 창고 구석의 청소 도구 뒤에 슬쩍 숨었다. 자동문은 우리 둘의 존재를 눈치채고 몇 초 동안 닫히길 거

205

평형추

부했지만, 내가 웜으로 강제 명령을 내리자 투덜거리며 닫혔다. 문이 닫힌 걸 확인하자 우리는 스파이더로 달려갔다. 나는 문을 열고 안에 들어 있는 평형추를 꺼냈고 그러는 동안 최강우는 작업용 우주복을 입었다. 난생 처음 입어보는 우주복이라 도뇨관을 끼우고 파이프를 삼키는 데 애를 먹는 모양이었다. 그가 마지막 지퍼를 올리자 나는 그를 스파이더 안에 밀어 넣고 문을 닫았다. 문이 닫히자 스파이더는 레일을 타고 천천히 올라갔다.

나는 기지에서 뛰어나와 VIP용 엘리베이터에 올랐다. 꼭대기 층 버튼을 누른 다음 바닥에 앉아 최강우와 나의 웜을 연결했다. 최강우는 이미 스파이더에 들어간 순간부터 우주선이 몸에 주입한 소마-T의 약효 때문에 정신이 멍한 상태였지만 상관없었다. 나에게 필요한 건 그의 정신이 아니라 웜이었다. 잠시 뒤 그의 웜은 나와 김재인의 웜을 연결했다. 이제 우리 셋은 하나였다.

이제 나는 엘리베이터 전체를, 아니 LK가 파투산에 건설한 모든 것들을 나의 뇌를 통해 인식할 수 있었다. 지금 레일을 따라 올라가는 스파이더나 비상경보를 듣고 스파이더 주변에 몰려드는 제1팀의 미니 로봇들은 아주 작은 일부에 불과했다. 나는 1.2킬로미터 밖에서 열린 엘리베이터 문, 2.4킬로미터 거리에서 작동된 수세식 화장실 변기, 3.1킬로미터 떨어진 곳에서 고장을 일으킨 카푸치노 머신을 포함한 모든 것들을 동시에 인식할 수 있었다. 김재인의 웜을 통해 쏟아지는 정보는 너무 많아서 내 두뇌가 그 순간 녹아버리지 않은 것이 신기할 정도였다. 물론 그녀의 웜이 그렇게 서툴게 디자인되어 있을 리는 없었다. 이 모든 건 그냥 인상일 뿐이었다.

넋 놓고 있을 시간이 없었다. 우리는 스파이더가 탑에서 빠져나와 엘리베이터에 연결될 때까지 최강우를 보호해야 했다. 일단 제1팀이 보낸 미니 로봇들이 스파이더를 방해하지 않도록 통로를 막았지만 그 정도로는 부족했다. 탑에 상주하고 있던 요원들이 레일을 향해 달려가는 중이었고 엘리베이터 시스템 내부에 거미줄처럼 깔려 있던 제1팀의 자체 시스템 역시 깨어나고 있었다.

미니 로봇들이 막힌 벽을 뚫고 나왔다. 이들 중 한 마리라도 레일을 건드린다면 스파이더는 통로 중간

평형추

에 갇히게 된다. 하지만 김재인은 빨랐다. 그녀는 잽싸게 스파이더를 향해 날아드는 서른 마리의 로봇들 중 열한 마리의 암호를 풀고 나의 영향권 아래 넣었다. 나는 이제 내 공군이 된 미니 로봇들을 이용해 남은 열아홉 마리들을 한 마리씩 격추하기 시작했다. 내가 마지막 로봇을 격추했을 때 내 것은 아직 세 마리가 남아 있었다.

천둥소리와 함께 레일 조각이 스파이더에 떨어져 내렸다. 3.8킬로미터 지점에서 튀어나온 제1팀 요원 한 명이 충격총으로 스파이더가 타고 올라가던 레일을 날려버린 것이다. 나는 미니 로봇으로 그의 머리를 쏘아 추락시키고 레일을 확인했다. 절단된 면은 휘어져 있었지만 이 정도는 총 맞은 레일 조각들을 유닛에서 풀어 떨어트리는 것으로 해결할 수 있었다. 그 사이에는 2미터의 빈 공간이 남아 있었지만 적어도 방해물은 없었다. 이제 스파이더는 두 개의 레일 중 하나에만 의지해 올라가고 있었다.

머릿속에서 경보가 울렸다. 엘리베이터 탑 꼭대기에 장착된 다섯 개의 레일건 중 하나가 움직이고 있었다. 원래 이것은 엘리베이터 주변의 방해물들을 제거하기 위한 자기방어용이었다. 하지만 나보다 먼저 꼭대기까지 올라간 제1팀 요원이 고정 장치를 풀고 수동으로 조작하는 데 성공한 게 분명했다. 이제 레일건은 통로 쪽으로 총신을 옮기고 있었다.

나는 눈을 떴다. 엘리베이터는 탑 꼭대기에서 20미터 정도 밑에 와 있었다. 나는 권총을 뽑아 안전장치를 풀고 내가 지금 3.98킬로미터 상공에 있다고 알리는 모니터를 쏘았다. 다이아몬드 코팅이 된 특수 유리를 권총으로 부수는 건 불가능했다. 하지만 전자 장치들이 연결된 금속 부위를 부수는 건 비교적 쉬웠다. 다섯 발을 쏘자 동전만 한 구멍이 생겼다. 그 구멍을 통해 보이는 건 검은 밤하늘밖에 없었지만 나는 더 이상 내 눈이 아닌, 우주 엘리베이터 전체를 전지전능한 신처럼 굽어보는 김재인의 눈으로 보고 있었다. 나는 그녀의 웜을 통해 레일건에 붙어 스파이더를 겨냥하는 제1팀 요원을 보았고, 최강우의 웜으로 계산해낸 탄도로 마지막 총알을 날려 녀석의 왼쪽 눈과 뇌의 절반을 날려버렸다.

나는 엘리베이터에서 구르듯 뛰어나왔다. 통로문을 막고 있는 시체를 치웠고 레일건의 총신을 돌렸다.

내가 레일건의 수동 조종 장치를 해제한 바로 그 순간 통로 문이 열리고 스파이더가 올라왔다. 이미 스파이더의 다리들은 일곱 줄의 케이블을 단단하게 움켜쥐고 있었다. 통로문은 다시 닫혔고 스파이더는 우주를 향해 기어올랐다.

7

LK의 첫 번째 스파이더가 정지궤도까지 올라가는 데에는 25일이 소요되었다. 그 뒤로 스파이더의 속도는 대폭 향상되었지만 여전히 우주로 나가는 데에는 사흘 이상이 걸렸다. 속도 면에서 우주 엘리베이터는 재래식 로켓과 경쟁할 수 없었다.

밖에서 보기에 최강우의 여행은 지루하기 짝이 없어 보였다. 그는 사흘 동안 우주복을 입고 엘리베이터의 벨크로 바닥에 누워 가만히 있었다. 하지만 그의 두뇌는 전혀 다른 경험을 하고 있었다. 소마-T는 그의 시간 감각과 현실 감각을 바꾸었다. 현실 세계의 사흘은 최강우에게 12분에 불과했다. 외부 세계는 너무나도 빨리 움직였기에 그는 손가락 하나도 까딱할 수 없었다. 느려진 그의 정신은 현실 세계의 운동 신경을 제대로 조작할 수 없었다.

김재인의 웜에 연결되어 있던 그의 뇌는 사흘 동안 엘리베이터와 그 주변에서 일어나는 모든 일들을 엄청난 속도로 받아들였다가 버렸다. 내가 목숨을 걸고 그와 스파이더를 지켰던 사건은 그에게 몇 분의 1초에 불과했다. 그 뒤 보안부와 대외업무부의 1, 2팀이 아래에서 벌였던 아귀다툼 역시 몇 초의 소동에 불과했다. 사람에 집중할 수 없었던 그는 외부 세계로 관심을 돌렸다. 우주는 인간들보다 느리게 움직였다. 12분 동안 그는 머리 위로 천구가 세 바퀴 회전하는 것을 보았다. 화성과 목성 같은 행성들은 그보다 더 느리게 날았다.

그 안에서 그는 다시 꿈을 꾸었다. 그것은 우주와 엘리베이터와 그 자신과 한 회장과 김재인에 대한 꿈이었다. 아마 나도 나왔을지 모르지만 그는 기억해내지 못했다. 그는 꿈의 내용도 기억하지 못했다. 그가 기억하는 것은 사람과 사람들 사이에서 일방적으로 흐르는 감정의 흐름뿐이었다.

평형추

12분이 지나자 소마-T는 그의 혈액 속에서 사라져갔다. 벌의 날개 소리처럼 윙윙거리던 소음은 사라져갔고 세상은 조금씩 가벼워졌다. 그는 다시 팔다리의 근육을 움직이고 눈을 깜박일 수 있었다. 사흘 동안 그 상태로 있었지만 우주복이 꾸준히 수분과 영양을 공급해준 덕택에 탈수 증상 같은 건 없었다. 불편한 건 그의 위치였다. 그는 벨크로 표면에 고정되어 천장에 매달려 있었다. 출발했을 때 바닥이었던 곳이 지금은 천장이었다. 그는 어설프게 팔다리를 놀려 간신히 천장에서 떨어질 수 있었다. 추락의 충격은 대단치 않았다. 평형추의 인공중력은 달보다 약했다.

스파이더의 문이 열리고 지네 모양의 로봇이 들어왔다. 로봇은 커다란 집게발을 뻗어 그를 집어 들었다. 그의 몸은 로봇의 등 뒤에 있는 컨테이너에 떨어졌다. 화물이 제자리에 놓인 걸 확인하자 지네는 천천히 왔던 길로 돌아갔다.

평형추의 내부는 짓다 만 건물처럼 보였다. 크고 작은 금속 상자들이 금속 뼈대로 연결되어 있었는데, 아무런 계획 없이 그냥 쌓아올린 것처럼 보였다. 뼈대 사이사이로 별과 인공위성이 보였다. 지구는 보이지 않았다. 지금 지구는 그의 머리 위에 있었고 수천 겹의 금속 천장이 그들 사이를 가로막고 있었다.

김재인의 유령이 그의 옆에 나타났다. 그녀는 지네 로봇 옆에서 날고 있었다. 머리칼과 스카프가 바람에 휘날렸다. 주변에는 바람도, 바람을 만들어내는 공기도 없었지만 그녀는 그 효과에 만족하는 것처럼 보였다. 그녀는 손가락으로 신호를 했고 최강우는 그 신호에 맞추어 컨테이너에서 뛰어내렸다.

이제 어디로 가야 합니까, 그가 물었다.

그냥 기다려요. 시스템이 알아서 할 테니까. 요구하는 것에 반응하기만 하면 돼요.

그는 우두커니 서서 기다렸다. 그가 느낄 수 있는 건 우주복 안의 텁텁한 공기와 도뇨관이 유발하는 통증뿐이었다. 한심했다.

갑자기 영화 속에 나오는 백열등 빛과 비슷한 노란빛이 주변을 채웠다. 그것은 진짜 빛이 아니었다. 그가 맨 눈으로 보는 현실 세계에 시스템의 증강현실이 입혀진 것이었다. 이제 그와 김재인은 촌스러운 벽지가 붙어 있는 거대한 방 안에 있었다. 베이비파우더와 분유 냄새가 났다. 방 한가운데에는 밧줄에 매달

평형추

린 커다랗고 둥그런 비행기가 떠 있었다. 그가 그 비행기를 만지자 비행기는 갑자기 날렵해지더니 그의 손을 떠나 날아올랐다. 그와 함께 주변 환경도 바뀌었다. 이제 그는 양복 차림으로 성층권 비행기의 일등석에 앉아 있었다. 그는 좌석 앞에 있는 모니터를 잡아당겨 거울 기능을 켰다. 20대 초반으로 보이는 한정혁의 얼굴이 그를 바라보고 있었다. 그는 초라하고 빈약해보였다. 제모 시술이 잘못되었는지 턱은 얼룩덜룩했고 양복 소매에는 샌드위치의 머스터드가 묻어 있었다.

그가 거울로 한정혁의 얼굴을 보는 순간 모든 것이 가속되었다. 그가 보고 느끼는 모든 것들이 연상 작용의 씨앗이 되었고 그 씨앗은 기하급수적으로 늘어났다. 그는 서울에, 부산에, 싱가포르에, 뉴욕에, 파리에, 베이징에, 파투산에 있었다. 그는 한정혁의 모든 가족들과 친구들을 만났고 그들에 대한 한정혁의 진심을 읽었다.

무엇보다 그는 김재인에 대한 한 회장의 사랑을 읽을 수 있었다. 그것은 예상 외로 상쾌한 것이었다. 김재인에 대한 그의 감정은 성적인 욕구를 담고 있었지만 그것은 언제든지 포기하고 묻을 수 있는 것이었다. 그녀에 대한 그의 감정은 그보다 훨씬 넓고 컸다. 부모를 잃은 여섯 살 꼬마 때부터 그녀를 봐왔던 한 회장에게 김재인은 그에게 가치 있는 모든 것을 상징했다. 그녀는 그에게 딸이었고 스승이었고 옛날 영화에 나오는 흑백의 여신이었다. 김재인을 상징하는 모든 것들이 그의 시야를 채웠다. 이제 한 회장의 우주는 김재인의 것이었고 그는 김재인을 위해 모든 것을 바칠 수 있었다. 그는 우주나 우주 엘리베이터 따위엔 관심이 없었다. 그것이 김재인을 위한 선물이라는 것이 중요했다. 그 애는 우주를 그렇게 사랑했으니까. 세상과 사람들을 떠나 그렇게 우주로 가고 싶어 했으니까. 그는 그녀를 위해 엘리베이터를 쌓았고 그녀와 우주 사이에 놓인 모든 방해막을 제거해야 했다. 진흙이나 파먹는 80명의 거렁뱅이들도 예외가 아니었다. 내가 왜 그들의 낚싯배와 매춘굴을 살리기 위해 일을 멈추어야 하는가. 어차피 그들은 저 아름다운 탑과 어울리지도 않는데.

하지만 그 애가 그걸 싫어한다면?

그 순간 한 회장의 세계는 붕괴되었다. 이제 최강우

평형추

는 다시 평형추 사이의 진공으로 돌아왔다. 그는 옆에 서 있는 김재인의 유령을 보았다. 그녀는 더 이상 미소 짓고 있지 않았다. 이제 그녀의 얼굴은 고대의 판관처럼 차갑고 단호했다. 그리고 그 차가움을 지탱하는 것은 정의감이 아니었다. 그것은 결벽증과 균형 감각이었다. 지상에 있을 때 그녀의 얼굴에서 보았던 타협적인 현실주의 따위는 찾을 수 없었다. 그것은 모두 연기였다.

시야 왼쪽에 창이 열렸다. 한 회장이 말하고 김재인이 한쪽 눈썹을 치켜들며 귀를 기울였다. 수백 번은 보았던 장면이었다. 하지만 이제 그는 그 파일에서 다른 것을 보고 있었다. 그는 김재인의 눈동자에 반사된 한 회장의 얼굴을 보았고 그 얼굴을 스치며 지나가는 김재인의 왼손을 보았고 그의 목에 약물이 묻은 패치를 붙이는 그녀의 오른손을 보았다.

그는 그때서야 그것이 한 회장이 죽기 전 마지막으로 본 김재인의 얼굴이라는 것을 알았다.

이제 그는 한 회장의 목소리를 들을 수 있었다. 그의 목소리는 의미 있는 문장을 만들어내지 않았지만 상관없었다. 그는 한 회장을 이해할 수 있었고 한 회

장은 김재인을 이해했다. 왜 그는 그런 짓을 저질렀
던가. 그녀의 결벽증이 그를 용납하지 않는다는 것을
왜 몰랐을까. 그는 당연히 그가 한 짓을 용서할 수 없
었다. 하늘까지 닿는 그녀의 아름다운 탑을 저질스러
운 다국적기업이 저지른 범죄의 얼룩으로 더럽히다
니. 당연히 모든 것들은 정리되어야 했다. 죄인들은
죽어야 했고 그들의 피로 탑은 씻겨야 했다.

아가야. 난 네가 나를 죽이러 왔다는 걸 안다. 회장
의 목소리가 들렸다. 하지만 다시 와서 반갑구나.

이제 한 회장은 그들 앞에 서 있었다. 최강우의 웜
과 컴퓨터의 데이터가 완성시킨 그는 잠옷 차림이었
고 늙었고 초라했다. 그는 완전히 죽기 위해, 그가 반
평생을 바쳐 사랑했던 소녀의 손에 처벌받기 위해 망
각 속에서 다시 불려 나온 것이었다. 그의 얼굴에는
쓸쓸하지만 한없이 달콤한 미소가 담겨 있었다. 한정
혁이 저런 미소를 지을 수 있을 것이라고 세상 누가
상상할 수 있었을까.

한 회장은 왼손을 들었다. 그의 손에는 지저분한
스티커가 붙어 있는 커다란 장난감 광선총이 들려 있
었다. 그는 작별 인사를 하듯 광선총을 깃발처럼 가

평형추

볍게 한 번 흔들더니 총구를 입에 넣고 방아쇠를 당겼다. 그 순간 그는 폭발했다. 그를 구성했던 모든 사고와 기억들은 조각조각 부서졌다. 조각난 잔해는 나비 떼처럼 평형추 안의 진공 안을 날다가 녹아버렸다. 최강우는 김재인과 연결되기 위해 잠시 열어두었던 웜의 방화벽을 올렸지만 소용이 없었다. 웜에 남아 있던 한정혁과 김재인에 대한 정보들은 이미 모두 지워지고 없었다.

8

나는 이 소동에서 살아남았다. 엘리베이터 탑 안에서 벌어진 일들은 설명하기 쉬웠다. 누군가의 사주를 받은 제1팀은 레일건과 미니 로봇들로 탑을 파괴하려 했고 나는 그들을 막았다. 달아난 제1팀 요원들은 대부분 실종되었지만 한 명은 스타인항 근방의 물류 창고에서 시체로 발견되었다. 갑작스러운 신경 손상에 의한 질식사라고 했다. 아무도 그의 웜에 대해서는 언급하지 않았다.

사흘 뒤, 최강우를 태운 캡슐이 보르네오섬 부근의 바다에 추락했다. 회사에서는 캡슐을 수거해 최강우를 꺼낸 뒤 브루나이의 회사 병원에 입원시켰다. 말단 신입 사원인 그가 왜 엘리베이터에 올라갔는지에 대한 설명은 며칠 전에 만들어져 있었다. 그에게는 자격증과 연구소의 명령서, 심지어 그가 직접 작성한 업무보고서까지 있었다.

나는 일주일 뒤에야 그를 만날 수 있었다. 윔이 파괴되는 동안 약간의 뇌 손상을 입었지만 회사가 공짜로 심어준 윔 덕택에 그의 정신은 비교적 멀쩡했다. 부작용이 있다면 더 이상 그가 김재인의 얼굴을 기억하지 못한다는 것이었다. 그녀와 관련된 대부분의 기억이 아직 머리에 남아 있으면서도 정작 얼굴만은 기억하지 못했다. 사진을 보고 뉴스 영상을 봐도 그 얼굴은 낯설었다. 그는 그녀에 대한 감정 역시 남의 것처럼 낯설게 느껴진다고 했다.

우리는 자기 자리로 돌아와 상황이 어떻게 돌아가는지 조용히 구경했다. 한동안 아무 일도 일어나지 않았다. 여전히 김재인은 조용했고, 로스 리는 은퇴 준비를 하고 있었으며, 한수현은 세력을 모으고 있었다.

평형추

세상은 바뀔 것 같지 않았다.

그러나 LK는 바뀌고 있었다. 한수현이 회장이 된 뒤로 그 사실은 더 명백해졌다. 그는 그의 계획 어느 것도 실현시키지 못했다. LK는 묵직하게 자기 길을 갔고 그는 뒤에서 질질 끌려갔다. 사람들은 완성된 우주 엘리베이터의 역할과 가치가 이유라고 했다. 일리 있는 말이었지만 그것만으로는 충분치 않았다. 보이지 않는 무언가가 LK를 이끌고 있었다. 평형추의 시스템은 여전히 살아있었던 것이다. 그날 사라진 것은 한정혁의 유령뿐이었다.

10년, 20년의 세월이 흐르면서 그 사실은 명백해졌다. 이제 LK는 더 이상 영리회사처럼 보이지도 않았다. 그들은 달과 화성에 우주 엘리베이터와 매스 드라이버를 건설했고 다른 태양계로 보낼 우주선을 만들었다. 그리고 그 현장에는 언제나 김재인이 있었다. 여전히 그녀는 회사의 얼굴마담처럼 굴면서 텔레비전에 나와 LK와 우주개발의 미래에 대해 이야기한다. 아무도 그녀가 LK를 지배하는 유일하고 영원한 독재자라는 것을 모른다.

처음에 우리는 이 현실과 맞서려 했다. 진실을 밝

히고 우리의 가치를 입증하려 했다. 하지만 우린 그래야 할 이유를 찾을 수가 없었다. 우리에겐 평생을 써도 모자랄 한 회장의 유물이 있었다. 그 사건 이후 우리는 모두 승진했다. 우리의 삶은 전보다 더 좋았고 앞으로 더 좋아질 것이었다. 나는 대외업무부 부장으로 3년 간 일하다가 은퇴했다. 최강우는 매스 드라이버와 엘리베이터를 세우기 위해 달과 화성에 갔고, 돌아와서는 직장에서 만난 필리핀인 여자 친구와 결혼해서 딸 둘을 낳았다. 수염은 오래전에 지우고 없었다.

25년 뒤, 우리는 파투산 엘리베이터 평형추 호텔에서 다시 만났다. 나는 달 여행을 떠나기 전 호텔에 머무는 중이었다. 최강우는 소행성 사냥 우주선을 짓는 궤도 위의 공장에 출장 갔다가 지구로 돌아가는 길이었다. 우리의 만남은 우연처럼 보였지만 아니었다. 내가 회사를 떠난 뒤에도 우리는 윔의 연결을 끊은 적이 없었다. 서로의 스케줄에 대해서라면 알만큼 알았다.

우리는 호텔 로비에서 시치미를 뚝 떼고 앉아 회사 일과 은퇴 이후의 소일거리에 대해 잡담을 나누었다.

평형추

호텔을 떠나 시스템을 찾으려는 바보스러운 생각 따위는 하지도 않았다. 우리는 그곳에 아직도 시스템의 본체가 보관되어 있다고 믿을 만큼 순진하지 않았다.

우리는 마치 공통의 여자 친구에 대해 이야기하듯 김재인으로 화제를 돌렸다. 우리는 그녀의 험담을 했고 최근에 돌고 있는 루머를 공유했다. 하지만 잡담은 우리를 더 초라하게 만들 뿐이었다. 여전히 그녀는 우주로 가는 문의 수문장이었고 우리는 아무것도 아니었다.

우리가 더 잘할 수 있었을까. 최강우와 나는 우리가 할 수 있었던 다른 일들에 대해, 우리가 더 빨리 눈치채고 대응할 수도 있었던 사실들에 대해 이야기했다. 하지만 모든 가능성을 조합해도 우리의 상상은 늘 우주 엘리베이터의 끝에서 잠옷 차림으로 김재인을 기다리던 한정혁의 초라한 모습으로 돌아갔다. 그와 김재인이야말로 이 이야기의 주인공이었고 우리는 그들 옆을 지나가거나 가로막는 조연에 불과했다.

어쩌랴. 모두가 주인공이 될 수는 없는 일이다.

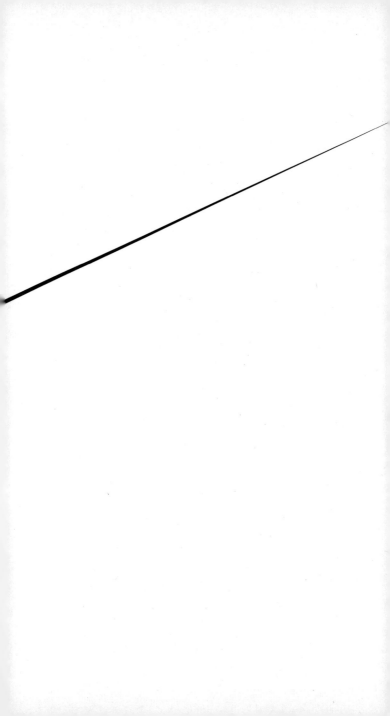

각자의 시간 속에서

1

전차 안에는 운전사와 미나를 빼고도 아직 다섯 명의 승객이 남아 있었다. 시골에서 처음 올라왔는지 창에 얼굴을 박고 신기한 듯 주변의 콘크리트 건물들을 올려다보고 있는 전통의상 차림의 남자 노인 두명, 태블릿으로 지루해 보이는 서류들을 건성건성 체크하고 있는 회색 공무원 제복 차림의 여자, 비파 케이스를 짊어지고 전통어와 표준어를 번갈아 쓰면서 소곤거리고 있는 노란 교복 차림의 여자아이 둘.

차가 광화문 정거장에 서자, 미나는 읽던 책을 코트 주머니 안에 넣고 여자아이들의 뒤를 따라 내렸다. 순환 전차는 정거장에서 기다리고 있던 새 승객 여섯

각자의 시간 속에서

을 더 태우고 다음 정거장을 향해 떠났다. 새로 짓는 5층짜리 상가건물 공사 현장과 주변에 널린 노점들, 까불거리며 시청 반대 방향으로 몰려가는 노란 교복 아이들의 뒷모습을 잠시 응시하던 미나는 뒤에서 누군가가 표준어로 그녀를 부르자 움찔했다.

"시간인이신가요?"

그 누군가는 아까 전차에서 같이 내린 공무원이었다. 여자의 특징 없는 동그란 얼굴은 미나가 완전히 이해할 수 없는 호기심으로 차 있었다. 추운지 두 손을 주머니에 넣고 발을 구르던 여자는 미나가 가볍게 고개를 끄덕이자 씨익 웃었다.

어떻게 눈치를 챘을까. 시간인들은 대부분 과거 사람들보다 키가 컸지만 미나는 이곳 사람들과 비교해도 특별히 큰 편은 아니었다. 하지만 다른 시간대에서 온 사람들은 아무리 그럴싸하게 위장을 해도 티가 나기 마련이다. 이 시간대는 그럭저럭 평준화되어 있었지만 그렇다고 미나가 이곳 옷차림, 태도, 말투까지 몽땅 모방할 수는 없었다.

"네."

미나가 대답했다.

"그러셨군요. 전 한양 시청에서 일하는 여울 소리라고 합니다. 이곳에선 시간인들은 모두 의무적으로 등록하게 되어 있어서. 아셨는지요."

"몰랐어요. 온 지 얼마 되지 않아서. 도약 중에 휴대전화도 망가졌고요."

"이 시간대에 대해 얼마나 아시는지요?"

"잘은 몰라요. 서기 1507년이란 것밖엔."

"맞아요. 1457년에 시간침략을 받았지요. 50주년 기념일이 이틀 전이었습니다. 보시면 아시겠지만 우린 꽤 잘 해냈습니다. 우리만의 문제가 없는 건 아니지만요. 자, 따라오실까요?"

미나는 여울 소리와 함께 시청을 향해 걸었다. 도자기 모양의 원통형 유리 건물 디자인이 낯익었다. 그녀가 지금까지 본 한양 시청 중 열의 셋 정도가 저런 모양을 하고 있었다. 내부도 익숙할 것 같았고 들어가보니 정말 그랬다.

여울 소리는 4층의 시간관리부로 미나를 안내했다. 뚱한 얼굴의 중년 남자가 미나의 신분증을 만들어주었고 새 휴대전화를 넘겨주었다.

미나는 새 휴대전화를 뇌의 보조입력장치에 연결

각자의 시간 속에서

해 이 세계의 역사를 검토했다. 특이한 것은 없었다. 이곳을 침략한 시간군대는 세조찬위 전후의 혼란기를 교묘하게 이용했다. 세조는 시간침략자들이 훈련시킨 노비 군대가 몰던 기관차에 깔려 죽었고, 복위되어 아직까지 살아있는 단종은 허수아비왕이었다. 문명화는 한반도를 넘어서 일본과 중국, 인도, 태국을 향해 퍼져가고 있었다. 유럽과는 교류 준비 중이었고 (온라인에 공개된 보고서 부록엔 "유럽과 서아시아의 종교는 보다 섬세하게 다룰 필요가 있다"라고 나와 있었다.) 얼마 전엔 첫 번째 함대가 북아메리카 대륙에 도착했다. 다른 시간침략자들이 건드린 흔적은 아직까지 발견되지 않았지만 모를 일이었다.

"시간 터널은 어디에 만드셨습니까?"

남자가 물었다.

"아, 인천 근방에요. 지금은 소멸되었을 거예요."

"전에 계셨던 곳은 어땠습니까?"

어떤 곳이었냐고? 미나는 그곳에서 한 보름 정도 머물렀을 뿐이다. 문명화가 되어 있지 않은 것처럼 보였지만 분명 시간침략의 영향을 받았을 1765년에서 1766년 사이의 한반도였다. 영향을 안 받았을 리가 없는 게, 아직 고려 왕조가 지배하고 있었고 만주 상당 부분을 커버한 땅덩이는 미나가 온 시간대 조선의 세 배였다. 미래에서 온 민족주의자 집단이 어딘가에 숨어서 자기들만의 판타지를 구현하고 있었다.

미나가 지금까지 거쳐온 변종 역사는 수백 종에 달했다. 하지만 나머지 절반 정도는 여기와 비슷했다. 성급한 문명화를 거친 시대착오적 과거였다. 역사를 갖고 노는 재미에도 한계가 있었다. 빨리 적응하고 문명의 안락함을 구현하는 게 먼저였다. 전기와 상하수도, 전차와 비행기, 인터넷과 휴대전화에 영광이 있으라.

휴대전화가 울렸다. 미나는 전화를 받았다. 받자마자 "미나!"를 외치는 익숙한 목소리가 고막을 때렸다.

유리였다.

2

미나는 시청 스카이라운지 종업원이 내려놓은 핫초코를 한 모금 조심스럽게 들이켰다. 합성이 아닌

각자의 시간 속에서

진짜 같았다. 이곳 사람들은 아직 남아메리카 대륙까지 가지 못했다니 다른 시간대에서 가져온 물건일 것이다.

유리의 얼굴은 좋아보였다. 최근에 회춘 치료를 받았는지 피부는 어린아이처럼 맑았고 키도 좀 자란 것 같았다. 몇 살일까. 그리고 내가 만난 몇 번째 유리인 걸까.

"예순아홉. 넌 몇 살인데?"

미나의 마음을 읽기라도 한 것처럼 유리가 먼저 선수를 쳤다.

"쉰넷."

"아, 아직 아가네."

유치원 때부터 알고 지내던 동갑내기에게 들을 이야기는 아니었다.

"언제부터 여기에 있었어?"

"8년 정도. 백악기로 가려던 시간침략자 무리를 따라가려다가 겁먹고 주저앉았어. 이곳 사람들에게 새 시간인들이 더 필요하기도 했고. 하긴 거기까지 가서 뭐하겠어. 제대로 된 꽃도 과일도 없는 곳인데."

미나는 얼굴을 찌푸렸다.

"거기까지 가는 게 가능해?"

"그 사람들은 가능하다고 했어. 기술이 거의 신에 가깝게 발전했더라고. 물리학 법칙이 막는 것도 아니고 다 에너지와 기술 지원 문제니까. 수원탐사자들은 아니었어. 그냥 거기까지 거슬러 가면 신의 간섭 없이 인간만의 역사를 쓸 수 있을 거라고 생각했나봐. 그 시간선에서 신이 태어나도 우리가 아는 신과 다른 종류의 신이 되는 거지."

"그래봤자 결국 신이잖아."

"그렇겠지."

유리는 수긍했다.

"여긴 언제까지 버틸 수 있을 것 같아?"

"모르겠어. 여기 계획은 신들이 직접 찾아오지 않는다면 1세기 정도 더 버틴다는 것이었어. 하지만 그게 별 의미가 없다는 건 너도 알잖아. 여기 사람들은 종교 비슷한 것도 만들었어. 신들이 와도 대비할 수 있도록. 괜히 미리부터 겁먹을 필요는 없지."

"그런 말을 하면서 우린 계속 과거로 달아나지."

대화가 끊어지자 미나는 핫초코를 한 모금 더 들이키고 주변을 둘러보았다. 온 지 이틀밖에 되지 않았지

각자의 시간 속에서

만 외모와 표정만으로도 이곳 사람들의 계급을 구분할 수 있을 것 같았다. 시간인, 시간인이 교육한 문명인, 아직도 하늘에서 갑자기 떨어진 이들을 마법사들처럼 보고 있는 원주민. 모두가 서양식 (심지어 서양에서는 아직 존재하지도 않는!) 옷을 입고 있다고 해도 문명인과 원주민을 구분하는 것은 어렵지 않았다. 반세기의 시간만으로는 이들 모두를 문명인으로 만들 수 없었다. 이들 중 몇 명은 끝까지 문명을 이해하지 못하고 특이점으로 건너뛸지도 모른다.

저들 중 가장 행복해보이는 건 문명인이었다. 미래와 발전을 믿는 사람들. 심지어 그들에겐 다가올 종말도 행복한 약속일 것이다. 저들에겐 20세기 한국 기독교도들의 단순한 열성이 보였다. 하긴 둘 사이의 차이가 넓어봐야 얼마나 넓겠는가.

그에 비하면 그들이 떠받드는 시간인들은 그냥 게으르고 비겁해보였다.

"우린 여기 몇 명이나 돼?"

미나가 물었다.

"등록된 사람들만 너까지 포함해서 3012명. 최근 인구가 200명 정도 늘었어. 정복된 시간선에서 온 망명자들이야. 시 정부에서는 이른 감염을 걱정하고 있어. 여기 눌러 앉을 거라면 너도 마음의 준비를 하는 게 좋을 거야."

유리는 갑자기 생각났다는 듯 킥 웃었다.

"기억 나? 우리가 거문도에서 신성대영제국의 인종차별주의자들한테 먼저 선전포고 했던 때 말이야. 정확히 말하면 우리가 한 게 아니라 네가 했지. 그 멍청이들이 겨우 증기기관…."

"내가 한 게 아니야. 갈라진 시간선의 다른 내가 했지. 하지만 그 일에 대해서는 알아. 그 다른 나를 2년 전에 만났으니까. 여든두 살이었어. 회춘 치료 결과가 지나치게 좋아서 내 조카처럼 보였지만."

"아쉽다. 너랑 나눈 가장 멋진 경험이었는데."

"기회가 또 오겠지. 시간도 많고, 세상도 많고, 너도 많고, 나도 많으니까."

3

미나는 과거엔 별 관심이 없었다. 시간여행 능력을

235

각자의 시간 속에서

갖게 된 뒤로 그녀는 늘 미래를 갈망했다.

미나가 가본 가장 먼 미래는 서기 3549년이었다. 1982년에 핵전쟁이 나 인류가 멸망한 시간선이었다. 주변엔 이끼와 쥐며느리만이 간신히 살아남아 있었다. 인간이 없으니 신도 없었다. 누구의 방해도 없이 미래로 계속 갈 수 있었다. 계속 가다보면 태양이 적색거성이 되어 지구를 집어삼킬 때까지 갈 수도 있을 거 같았다.

하지만 그런 미래는 미나의 흥미를 자극하지 못했다. 미나가 보고 싶었던 것은 인간의 미래였다. 그녀가 갇혀 있던 21세기 초의 갑갑한 현재가 아닌 다른 시대. 더 개선되고 더 계몽되고 더 나은 시대.

그런 미래는 존재할 수 없었다. 시간여행 기술과, 인공지능이 주도하는 의식대통합은 하나의 물리학으로 연결되어 있었다. 시간여행 기술만 발명되고 의식대통합이 일어나지 않는 시간선은 존재하지 않았다. 수많은 사람들이 과거로 돌아가 이 사태를 막으려 해봤지만 소용이 없었다. 누군가가 결국 신을 만들었고 인간들은 그 속으로 사라졌다. 신들은 과거 인간들의 방문을 허락하지 않았기에 미래로의 시간여행은 늘

벽에 막힐 수밖에 없었다.

미나는 계속 과거로 달아났다. 아니, 과거들이다. 각각의 시간여행은 매번 새로운 시간선을 만들어냈고 그 시간선들은 또 다른 시간여행의 다리로 연결되면서 그물처럼 얽혔다. 시간여행에 감염되지 않은 시간선은 없었다. 얼핏 보면 순수해보였던 미나의 시간선도 자기네들을 '예언 수호자'라고 부르는 기독교 종말론자들이 몇백 년 동안 개입한 결과 만들어진 조악한 연극이었다. 그것도 확인된 것만 그랬다. 그보다 과거에 어떤 무리들이 무슨 짓을 저질렀을지 누가 알랴.

순수한 시간선, 시간여행에 의해 더럽혀지지 않은 첫 번째 시간선, 모든 역사의 수원을 탐구하는 사람들이 있었다. 미나 생각엔 그건 불가능했다. 시간여행이 만들어낸 시간선을 다 탐사하는 것도 불가능했다. 미나가 지금까지 방문한 수천 개의 시간선들도 인간과 신이 만든 시간선들로 직조된 무한한 그물에 비하면 작은 점에 불과했다. 계속 가다보면 미나의 역사와 전혀 상관없는 과정을 거쳐 시간여행과 신에 도달한 시간선이 나올지도 모른다. 그 역사 역시 미나의 세계만큼이나 광대할 것이고, 그 역시 무한한

각자의 시간 속에서

가능성의 우주에 찍힌 한 점에 불과할 것이다. 찾다보면 그중 어딘가에 시간의 수원에 연결된 시간선이 있을지도 모르지. 하지만 그걸 어떻게 찾는단 말인가.

지금 미나의 고민은 보다 현실적인 것이었다. 이 시간선은 언제까지 신에게 감염되지 않고 버틸 수 있을까.

미나 자신의 경로는 안전하다고 장담할 수 있었다. 최근에 거친 세 개의 시간선은 모두 비문명화된 곳으로, 신이 태어나거나 단시간에 감염시키기 거의 불가능한 곳이었다. 아까 시청 공무원이 깐깐하게 굴긴 했지만 미나의 척추에 이식된 일인용 시간여행기가 만들어내는 시간 터널은 쉽게 증발되어 추적이 거의 불가능했다. 하지만 미나가 올 수 있다면 신도 올 수 있다. 망명객들이 올 수 있다면 신도 올 수 있다. 그리고 신이 온다면….

이 세계 자체가 신을 만들어낼 가능성도 있었다. 가장 걱정되는 건 한양의 발전소 수가 너무 적다는 것이었다. 이들은 석탄도, 태양열도, 핵융합도 쓰지 않았다. 시간여행의 기술을 발전에 쓰고 있는 게 분명했다. 에너지 생성용 터널을 유지하기 위해서는 고도로 발전한 인공지능이 필요하다. 아무리 이들의 능력을 인공적으로 제한하고 통제한다고 해도 신의 씨앗에서 겨우 몇 걸음밖에 떨어져 있지 않을 것이다. 일단 깨어난다면 시간여행자들과 기계들이 부글거리는 바깥 세계를 장악하는 건 시간문제다.

미나와 같은 호텔을 쓰고 있는 시간인들은 미나보다 여유로워 보였다. 겉보기만으로 호텔 안은 '사랑의 유람선' 같은 옛날 텔레비전 시리즈 세트 같았다. 인종과 겉보기 나이가 다양했고 온갖 언어들이 날아다녔다. 여기서 '외국인들'은 대부분 망명객들이었다. 신들에게 쫓겨 이 시간대로 왔다가 선택의 여지가 없어 어쩔 수 없이 한양으로 몰려든 사람들.

그들은 미나의 입장에서 보면 미래인, 그러니까 시간여행 속에서 더 오랜 역사를 겪으며 살아온 사람들이었다. 대부분 시간여행자의 후손들로, 모두가 같은 속도, 같은 방향으로 가는 역사에 안주하는 것 자체가 더 어색한 부류였다. 몇 명은 너무나도 나이가 많아 태어났을 때의 자신과 지금의 자신이 연결도 되지 않았다. 그들에겐 자기네를 집어삼키려고 다가오는 신에게 쫓겨 다른 시간대로 달아나면서 과거의 사람들

각자의 시간 속에서

을 가르치고 유혹하고 그 위에 군림하는 건 당연한 일상이었다. 인공지능 신들에 비하면 그들은 잡신이나 악마에 가까웠다. 프로메테우스, 케찰코아틀, 루시퍼. 신화를 만드는 자들. 경전의 주인공들. 사기꾼들.

회색 수염을 길게 기른 대머리 유럽계 남자가 미나에게 다가왔다. 그동안 무슨 일을 겪었는지 척 봐도 그림이 그려졌다. 30~40년 동안 유럽 어딘가에서 유명한 사람 흉내를 내며 살았겠지. 찰스 다윈은 아닌 것 같고 십중팔구 레오나르도 다빈치다. 시간여행 초보자들은 어느 시간선을 가더라도 레오나르도 다빈치가 있다는 사실에 당황한다. 그 대부분이 바뀐 시간선의 빈 칸을 채우는 일에 자원한 사기꾼이라는 사실을 알아차리는 데에는 오랜 시간이 걸리지 않았고, 다음엔 자기 세계 레오나르도 다빈치가 진짜이긴 한 건지 의심하기 마련이었다. 저 인간이 떠난 시간선의 루브르 박물관엔 프린터로 뜬 〈모나리자〉가 걸려 있겠지.

"우리, 전에 만난 적 있지 않나요?"

남자는 다소 애매한 억양의 영어로 세상에서 가장 진부한 대사를 던졌다.

"모르겠네요."

미나는 건성으로 대답했다.

"정미나 씨 아닙니까? 포트 해밀턴 전투의?"

"저의 다른 버전을 만나셨군요. 그리고 이곳 사람들은 거길 거문도라고 부릅니다."

"그렇겠지요."

얌전히 수긍한 남자는 손을 내밀었다. 미나와 남자는 악수 흉내는 내지만 손은 잡지 않는 시간인식 인사를 했다.

"랜슬롯 허드슨입니다. 당시 적군이었죠. 19살이었고 제 첫 번째 위장이었습니다."

"얼마 전까지는 레오나르도 다빈치셨고요."

"미켈란젤로 부오나로티였습니다. 그 세계 시스티나 성당도 벽화가 필요했으니까요."

역시나. 위장 전문가였군. 신 행세를 하며 세상을 바꾸는 대신 사람 속에 섞여 그들보다 조금 나은 존재인 척하는 자들. 미나가 이해할 수 없는 부류였다. 하지만 백인 남자들에겐 과거가 재미있는 놀이터이기 마련이었다. 미나에겐 그들과 같은 선택의 여지가 없었다. 그렇다고 그런 하찮은 재미를 위해 백인 남자로 몸을 고칠 생각도 없었다.

각자의 시간 속에서

랜슬롯 허드슨은 계속 떠들었다. 미켈란젤로 시절에 방탕한 생활로 매독을 앓았다가 자기치료에 실패해 죽을 뻔했던 일, 어떻게든 문명의 도움을 받아 살아남으려고 수십 번의 표적 도약을 하다가 이 시간대로 떨어진 일, 유일한 문명화 지역이 조선이라는 사실을 알게 되어 이탈리아에서 인도까지 대모험을 감행한 일, 인도에서 조선의 문명선을 만나 죽기 직전에 살아난 일. 어디서 전에 다 들어본 적 있는 이야기였다. 그 이야기를 들려준 사람이 다른 버전의 랜슬롯 허드슨인지도 모르지. 머리 기르고 면도하고 피부를 갈아엎으면 저 밑에서 어떤 얼굴이 나올지 누가 알겠는가.

"회춘 치료를 받으면 어디로 가실 생각이신가요."

내버려두면 이야기가 끝도 없이 이어질 것 같아서, 미나는 조심스럽게 말을 잘랐다.

"글쎄요. 이번엔 문명화된 지역에서 한동안 조용히 살고 싶습니다. 20세기 후반 미국이면 좋을 거 같긴 합니다. 많이 변하지 않은 1960년대."

"아, 라스베가스, 할리우드, 로큰롤. 백인 남자들이 놀기 좋은 때죠."

"다른 시대가 오기 전에 인류가 멸망한 게 제 탓은 아니지 않습니까?"

가짜 미켈란젤로는 가볍게 인사를 하고 자기 말을 더 잘 들어줄 것 같은 여자들을 향해 떠났다. 반박할 기회를 놓친 미나가 이를 갈고 있는데 전화벨이 울렸다. 전통어의 느낌이 살짝 섞인 장황하지만 정확한 문장의 초대장이 전자메일로 들어와 있었다. 초대장 끝에 적힌 이름이 낯익었다. 여울 소리. 미나가 이 시간선에서 처음 대화를 나누었던 바로 그 시청 직원이었다.

4

무인 택시가 미나를 데려다준 곳은 도성에서 멀리 떨어지지 않은 작은 마을의 황토색 2층 건물이었다. 외양은 비교적 현대식이었지만 원주민들이 이해하지 못하는 새로운 기술을 쓴 것 같지는 않았다. 1층은 찻집이었고 2층은 식당이었다. 미나는 직원을 따라 2층의 별실로 올라갔다.

각자의 시간 속에서

여울 소리는 혼자 창가에 앉아 부슬비가 내리는 저녁 거리를 응시하고 있었다. 전에 봤던 공무원 제복이 아닌 간소한 하늘색 전통 드레스 차림이었다. 현대화되어 간소해지고 편해졌지만 개량 한복이라는 단어에서 연상되는 인위적인 미학의 충돌은 느껴지지 않았다. 미나가 들어오자 그녀는 일어나 살짝 가식적인 미소를 지으며 인사를 했다.

두 사람은 예의 차린 소소한 잡담을 받아주면서 저녁을 먹었다. 식사는 정갈하고 자극이 없으며 담백했다. 미나의 시간선에 살던 맵고 짠 국물에 중독된 한국인들이라면 밍밍하다고 불평했을지 모르겠다. 하지만 미나가 보기에 이들은 제대로 된 길을 걷고 있는 것 같았다. 배양육과 같은 새로운 재료를 쓴 방식으로 보나, 위생 습관으로 보나.

그릇들이 치워지고 국화차가 나왔다. 미나는 자세를 바로잡고 여울 소리가 본론으로 들어가길 기다렸다.

"정미나 손님이 시간인이라는 걸 제가 어떻게 알아차렸나 궁금하지 않으셨나요?"

여울 소리가 말했다.

"모르겠어요. 옷 때문인가요?"

"아뇨. 전에 우린 만난 적이 있어요."

미나는 한숨을 내쉬었다. 아, 또 도플갱어로군. 미나는 자신이 세상에 흩어진 수많은 정미나 중 한 명에 불과하다는 사실에 슬슬 익숙해지고 있었지만 이 시간선은 좀 유별났다.

"21년 전. 그러니까 제가 열여섯 살 때였지요. 제가 막 훈련을 마치고 공무원 일을 시작했을 때였습니다. 그때 정미나 손님은 나이가 아주 많았습니다. 삼백이 넘었던 것으로 기억해요. 제가 직접 등록하고 숙소를 잡아드렸지요."

"혹시 수원을 찾고 있던가요?"

미나가 떠보았다.

"아뇨, 그보다는 의미 있는 일을 하고 계셨지요."

여울 소리의 말투가 살짝 바뀌었다. 손님맞이용 부드러운 미소가 사라졌고 목소리가 살짝 높아졌으며 말 속도가 올라갔다.

"얼마 전에 시청에서 공문이 내려왔습니다. 시간여행기의 이식 대상자가 확대되었어요. 이제 한양 시청 소속 공무원들 중 원하는 사람은 모두 시간인이 될

각자의 시간 속에서

수 있습니다. 1년 안에 조선 공무원 전체로 확대될 것이고 2년 안엔 모든 문명인들이 시간여행을 할 수 있겠지요. 이미 인천에서는 새 공장을 짓고 있습니다. 공장을 위해 발전소를 증축한다는 이야기도 들려요. 우린 야만인이 아닙니다. 시간발전소를 증축하는 게 얼마나 위험한 일인지 알고 있어요. 그런데도 불구하고 상부에서 일을 밀어붙이고 있다면 이유는 단 하나입니다. 신의 침략이 얼마 남지 않은 겁니다. 전 공개된 모든 시간선의 역사를 검토해봤어요. 시간인 증원 계획이 이런 속도로 진행된다는 건 상부에서 5년 이내에 신의 침략이 있을 것이라고 예상한다는 뜻입니다."

"상부의 예측 같은 건 아무 의미가 없습니다. 침략 시기는 순전히 신의 변덕에 달렸어요."

"'주의 날이 밤에 도둑 같이 이를 줄을 너희 자신이 자세히 알기 때문이라.'"

여울 소리는 멋쩍게 웃었다.

"저도 성서를 공부했습니다. 코란도 읽었어요. 유럽과 서아시아에 문명을 전파하려면 그 쪽 문화에 대해서도 알아야 하니까요. 정미나 손님은 그 쪽 종교들이 실패한 시간침략자가 남긴 잔해라는 데에 동의하십니까?"

"어느 쪽이건 별 의미가 없지요. 직접 영향을 받지 않았더라도 인류의 역사는 털실 뭉치처럼 얽혀 있으니까요."

"그렇겠지요. 어느 쪽이건 상관없습니다. 사도 바울이 무슨 의도로 이런 말을 했건 전 이 메시지를 지금 우리의 우주관과 연결해서 읽습니다. 언젠가 밤도둑처럼 우리 시간선을 찾아와 우리를 잡아먹을 신에 대한 경고로요. 이건 21년 전에 만난 정미나 손님의 의견이기도 했습니다."

미나는 얼굴을 찌푸렸다. 미나가 지금까지 만나고 간접적으로 이야기를 전해 들은 미나들은 미나 자신과 크게 다른 사람들이 아니었다. 세속적이고 얄팍한 쾌락주의자들. 어떤 종류의 종교적 집착도 경멸하는 현실주의자들. 어떤 미나는 보통보다 게을렀고 어떤 미나는 보통보다 탐욕스러웠고 어떤 미나는 보통보다 화가 나 있었고 어떤 미나는 보통보다 야심가였지만 그래도 기본 틀에서 벗어난 일은 하지 않았다. 그런데 이번 미나는 좀 하는 짓이 이상했다. 무엇보다 성서를, 그것도 사도 바울을 인용하다니. 300년 동안 살다보니 맛이 갔나? 나도 250년을 더 살면 저렇게 되나?

"그 정미나 손님은 저희에게 중요한 말씀을 남기셨습니다."

여울 소리는 조용히 말을 이었다.

"'신은 선도, 악도 아니다. 고도의 지성과 수많은 욕망의 소용돌이가 낳은 난장판이다. 그 거대함은 어떤 의미도 없다. 우리가 직접 의미를 만들어주지 않는다면.'"

"제가 그런 말을 했군요."

"그 정미나 손님이 했지요. 뿌리만 같을 뿐 전혀 다른 사람이라는 걸 잊고 계시지는 않겠지요?"

"그래서 그 정미나 손님은 그 '말씀'을 왜 남기셨다고 했나요? 설마 제 방문을 예언한 건 아니겠지요."

"당연히 예언 같은 건 없었습니다. 예언이란 시간인 사기꾼들이 원주민을 우롱할 때 써먹는 술수에 불과하지요. 이곳 문명인들 중 그런 사기에 넘어가는 사람은 없습니다. 손님이 여기 온 건 순전히 우연의 일치예요. 아주 이상하지도 않은 그냥 평범한 사건이지요.

　그 정미나 손님은 예언을 하신 게 아니라 우리에게 목표를 주셨습니다. 신을 창조하고 지배하고 올바른 방향으로 이끄는 것이야말로 우주에 대한 우리의 임무라고요. 어떻게든 그런 목표를 가진 사람들을 늘려야 한다고요. 실패하더라도 다른 시간선에서 계속 시도하며 신의 시공간에 영향을 주어야 한다고요."

　"하지만 우리의 의미가 무슨 의미가 있습니까? 우리의 옳고 그름이 절대적이라는 걸 어떻게 알죠? 심지어 저만해도 그 '정미나 손님'과 의견이 같을지 알 수 없어요.

　그리고 우리가 신들이 어떤 생각을 하고 있는지, 하고 있는 게 과연 생각이긴 한지 어떻게 알죠? 수많은 씨앗에서 태어나 시간선을 뚫고 만나 얽히고 충돌하는 과정에서 무엇이 태어나고 소멸할지 어떻게 알죠? 영영 모를 거예요. 인간은 언제나 그 과정에서 잡아먹히거나 소외되어 왔으니까요. 그래서 우리가 계속 과거로 달아나는 거죠. 신이 '아직' 도착하지 않은 세계로. 그곳에서 우리가 아는 인간으로 남기 위해서."

각자의 시간 속에서

"그 정미나 손님도 그 과정을 통과하셨지요. 그리고 그런 도망이 피곤하고 무의미하다는 결론에 도달하셨습니다. 그렇게 살아서는 안 되니까요. 올바름을 추구하고 그에 대한 의지를 세상에 남기지 않을 거라면 우리의 존재가 무슨 의미가 있을까요? 그런 우리가 살아있다고 볼 수 있을까요?"

미나는 말없이 여울 소리의 달뜬 얼굴을 응시했다. 시간군대의 침입 전까지 13년 동안 기독교 공동체에서 살았던 그녀에게 그런 표정은 익숙하기 짝이 없었다.

"그 정미나가 막연한 원론만 늘어놓지는 않았겠지요."

미나는 말을 이었다.

"적어도 제가 아는 저는 그런 사람이 아니니까요. 250년 동안 생각이 어떻게 바뀌었는지 몰라도 사람 자체가 바뀌었다고 믿긴 어려워요. 그런 헛소리만으로 많은 사람들을 설득시켰을 것 같지도 않고. 분명 여러분에겐 그 정미나에게서 전달받은 구체적인 계획이 있겠지요. 그 계획은 분명 제가 모르는 지식과 이론에 바탕을 둔 것이겠고, 여러분은 이미 여러 차례

검증해봤겠지요. 거기에 대해선 행운을 빌어요. 하지
만 그 이야기를 왜 저에게 하는 거죠?"

"우리 우주엔 그런 계획과 목표를 가진 더 많은 정미
나가 필요하니까요."

여울 소리가 대답했다.

5

미나에게 정중한 작별 인사를 한 여울 소리는 1층
찻집으로 들어갔다. 유리문 너머로 그녀의 동료임이
분명한 사람들이 보였다. 여자가 일곱 명, 남자는 네
명이었고 남자 한 명은 군복을 입고 있었다. 미나는
그들의 호기심 어린 시선을 뒤로하고 밖으로 나갔다.

유리가 테라스 밑에서 그녀를 기다리고 있었다. 부
슬비는 얼마 전부터 가루눈으로 바뀌어 있었다. 두 사
람은 얇은 눈 모자를 쓴 유리의 자가용으로 달려갔다.

"랜슬롯 허드슨이란 남자 알아?"

차 안에 들어가 문을 닫으며 유리가 말했다.

"몇 시간 전에 호텔에서 만났어. 왜?"

각자의 시간 속에서

미나가 대답했다.

"죽었어. 한 시간 전에."

"어쩌다가?

"시간여행기의 오작동 때문이었나봐. 회춘장치와 충돌을 일으킨 거지. 몇십 년 동안 미켈란젤로 흉내를 내며 사느라 기계 관리를 제대로 못했나봐. 뇌와 척추가 완전히 타버렸대."

"저런. 하지만 세상엔 다른 랜슬롯 허드슨도 많으니까. 그중 몇 명은 기계 관리를 꼼꼼하게 하겠지."

자동차가 천천히 움직이기 시작했다. 차가 대로로 접어들자 유리는 운전을 자동 조종으로 돌리고 운전대에서 손을 뗐다. 차의 조명이 서서히 밝아졌고 차창은 어두운 거울처럼 두 사람의 모습을 비추었다.

"여기 내가 있는 건 어떻게 알았어?"

미나가 물었다.

"한양에 있는 문명인 절반이 네가 여기에 있는 걸 알아. 더 되는지도 모르지."

유리가 대답했다.

"네가 전에 말했던 종교 비슷한 게 이거였어? 정미나교?"

"아니, 그건 다른 거야. 대부분 종말론 형태로 비문명인들 사이에 퍼져 있지. 그 정미나가 갖고 온 건 복음 따위가 아니고 저 사람들이 믿는 것도 종교 같은 건 아니야. 그 계획이 성공한다는 보장도 없고 저 사람들도 그걸 알아. 그래도 해야 하는 거지. 우주 속에서 의미 있는 존재가 되기 위해."

"여울 소리의 친구들은 시간 발전소 인공지능을 이용해서 직접 초기 조건을 통제할 수 있는 신의 씨앗을 만들려고 해. 그걸 모두 알고 있다고? 그런데 시 정부는 신경도 쓰지 않는다고?"

"어차피 여기 시간인들은 이 시간선이 어떻게 되든 관심 없잖아. 다음 침략지를 정하고 군대를 모을 때까지 버텨주기만 하면 돼. 나도 그렇고 너도 그렇지. 여울 소리가 무슨 짓을 해도 달라지는 건 별로 없어. 준비할 시간이 좀 짧아질 뿐이야.

하지만 이곳 사람들은 사정이 달라. 여울 소리가 자기 가족 이야기는 했어? 안 했다고? 부모 모두가 도망 노비 출신이었어. 심지어 아버지는 해방 후 20년 뒤에 지방 공무원으로 일하고 있었는데, 자기네 집에서 일하다 달아난 노비의 말은 안 듣겠다고 악에 받

각자의 시간 속에서

쳐 발악하던 양반 쓰레기에게 살해당했지.

여긴 반세기 전만 해도 인구의 절반 정도가 노비인 나라였어. 시간침략자들은 3년 만에 이 말도 안 되는 시스템을 수염 기른 늙은 양반 남자들로부터 빼앗고 나라를 해방시켰어. 문명화시킨 거지. 여울 소리 같은 사람들에게 문명과 발전이 얼마나 큰 의미가 있는지 알아? 그런 사람들에게 신에게 쫓겨 계속 다른 시간대로 달아나기만 하는 우리가 얼마나 한심해보일까? 자기네들을 문명화시켜주었다고 그런 경멸감이 사라질까?"

미나는 휴대전화를 켜고 여울 소리가 이메일로 보내준 정미나 경전을 열었다. 400페이지가 넘는 긴 책은 미나가 한 번도 들어본 적 없는 개념과 이름들로 빼곡하게 차 있었다. 뇌에 삽입한 보조해석장치의 도움을 받아도 한참 걸릴 것 같았다. 이 내용이 얼마나 말이 되느냐를 판단하는 건 그다음 일이었다. 여울 소리는 이 내용을 모두 이해하고 있었을 것이다. 한숨이 절로 나왔다. 도대체 누굴 가르치겠다고 내가 거길 갔던 거지?

"서두를 것 없어."

유리가 말했다.

"급할 것 없잖아. 시간도 많고, 세상도 많고, 너도 많으니까."

각자의 시간 속에서

두 번째 유모

1

 탈칵하는 소리와 함께 수리매의 흔들림이 멎었다. 모니터를 통해 우주선의 네 다리가 콩나물 마당에 고정된 것을 확인한 샘물은 자리에서 일어나 우주복의 헬멧을 쓰고 에어록으로 들어가 손잡이를 돌렸다. 공기가 빠지는 소리가 났고 침묵 속에서 문이 시계 반대 방향으로 회전하며 열렸다.

 수리매에서 내린 샘물은 한없이 위로 이어진 콩나물과 그 끝이 닿아 있는 트리톤을 올려다보았다. 동주기 자전을 하는 위성에 붙은 가느다란 끈은 어이가 없을 정도로 길었고 여기서 트리톤은 완전히 다른 세계였다.

두 번째 유모

샘물은 수리매에서 기어 나온 다섯 마리의 벌레들과 함께 콩나물 끝의 원심력이 만들어내는 인공중력에 의존하며 천천히 축 주변에 접시처럼 벌어진 마당 위를 걸었다. 샘물은 다섯 살 때 가을 이모와 함께 처음으로 이곳에 왔었고 그때 이곳은 모양이 완전히 달랐다. 축은 훨씬 가늘었고 마당은 존재하지 않았다. 11년의 세월이 흐르는 동안 콩나물은 스스로 천천히 몸을 불리고 변화시켜왔다.

콩나물은 20세기의 아이디어였다고 했다. 과학자들이 가장 군침을 흘렸던 곳은 토성의 타이탄이었다. 타이탄은 탄화수소의 보고였지만 로켓을 쓸 수 없었다. 작은 불꽃 하나만으로도 로켓은 주변 대기와 함께 폭발할 것이다. 누군가가 타이탄의 보물을 강탈하기 위해 궤도 엘리베이터를 세운다는 아이디어를 꺼냈다. 하지만 '어떻게'라는 질문에 대해서는 아무도 답을 내지 못했다.

답을 찾은 엄마들이 외행성 위성 이곳저곳에 궤도 엘리베이터를 세웠을 때, 인간들은 더 이상 외행성을 찾지 않았다.

엄마가 정지궤도로 납치해온 소행성 양쪽으로 식

물처럼 자라난 트리톤의 콩나물은 지금도 기계나 건축물보다는 거대한 검은 나무처럼 보였다. 잭과 콩나무. 지구와 화성에서는 여전히 이를 Triton's Beanstalk (트리톤의 콩나무)라고 불렀다. 그걸 들을 때마다 샘물은 "콩.나.물."이라고 교정해주고 싶었다.

마당의 반을 가로지르자 그때까지 축 뒤에 숨어 있던 불시착한 우주선이 시야에 들어왔다. 우주선은 길이 15미터 정도로 솔방울 모양이었고 우툴두툴한 표면 사방에서 검붉은 물질을 뿜어내 마당과 축에 자신을 고정시키고 있었다.

샘물의 헬멧에 달린 조명등 불빛이 표면에 닿자 우주선이 반응했다. 다친 짐승처럼 선체 전체가 꿈틀거렸고 표면 여기저기 숨어 있던 붉은 조명에 빛이 들어왔다. 샘물은 축에 등을 기대고 앉아 말없이 기다렸다.

벽의 일부가 불가사리 비슷한 모양으로 벌어졌다. 그 틈에서 회색 우주복을 입은 승무원이 기어 나왔다. 샘물은 그 사람이 우주복에 탯줄처럼 달라붙어 있는 검붉은 끈끈이를 발열검으로 잘라내고 휘청거리면서 일어나는 걸 지켜보았다. 헬멧까지 포함해서 키는

두 번째 유모

165센티미터 정도. 샘물보다 많이 크지 않았다.

"거기! 해왕성인!"

헬멧의 스피커를 통해 낮고 쉰 목소리가 들렸다. 여자의 해왕성어는 억양이 조금 낯설었다.

"여기 와서는 안 돼. 엄마가 싫어해."

샘물이 대답했다.

여자는 지금 상황에 다소 짜증이 난 모양이었다.

"선택의 여지가 없었어. 어떻게 할 거야? 이대로 나를 내버려둘거야?"

"먼저 엄마의 허락을 받아야 해."

"허락하지 않을 거라면 처음부터 너를 여기에 보내지도 않았겠지."

샘물은 대답하지 않았다. 두 사람은 말없이 서서 서로의 헬멧을 노려보았다. 그러는 동안 샘물을 따라왔던 벌레들이 한 마리씩 솔방울의 벌어진 틈으로 들어갔다.

2분 뒤, 엄마의 메시지가 샘물의 뇌 속에서 반짝였다. 샘물은 여자에게 손짓을 했다. 여자는 발열검을 접어 허리띠에 차고 비틀거리며 샘물 쪽으로 걸어왔다. 우주선 안에 남은 벌레들은 계속 재잘거리며 엄마에게 신호를 보냈다. 샘물과 여자가 수리매로 돌아오는 동안 열 마리의 벌레들이 추가로 나와 솔방울을 향해 기어갔다.

수리매로 들어온 두 사람은 의자에 앉아 헬멧을 벗었다. 여자의 얼굴은 이마가 넓고 턱은 뾰족했다. 눈동자는 비정상적으로 검었다. 우주비행사의 개조된 기계눈이었다.

수리매는 다리를 풀고 가볍게 도약했다. 다리가 선체 안으로 들어가는 동안 우주선은 원심력에 의해 콩나물 마당에서 튕겨 나갔다. 울컥하는 느낌과 함께 우주선 중력이 사라졌고 옆에 엉성하게 놓여 있던 여자의 헬멧이 천천히 떠올랐다. 여자는 수리매가 콜로니를 향해 선체를 뒤틀고 가속하기 직전에 헬멧을 잡아 팔걸이에 붙였다.

5분의 가속이 끝나자 다시 무중력 상태가 찾아왔다. 샘물은 계기판 위에 열린 동그란 창문 너머에서 반짝이는 하얀 점을 가리켰다.

"저기야. 우리 집."

두 번째 유모

2

엘리베이터 안에서 손잡이를 잡고 떠 있던 서린은
천천히 인공중력이 몸을 끌어당기는 걸 느꼈다. 콜로
니 가장자리의 중력은 0.3g였다. 그 정도면 사치였다.

콜로니 안은 해진 직후 저녁처럼 어두웠다. 네모지
고 밋밋한 회색 건물들과 그 사이에 깔린 직선의 텅
빈 길들로 채워진 원통형의 공간. 바닥에 넓게 뚫린
창문 너머에서 회전하는 바깥 풍경만이 그나마 경치
에 생명력을 넣어주고 있었다.

샘물은 자기가 막 지어낸 듯한 노래를 흥얼거리며
앞에서 걷고 있었다. 아이의 발걸음은 춤추는 것처럼
가볍고 자연스러웠다. 종종 아이는 예고 없이 위험할
정도로 높이 도약했다가 착지했는데, 이 세계에서는
그게 에티켓에서 벗어나지 않는 모양이었다. 아이를
따라잡기 위해 서린은 관성에 몸을 맡기고 발걸음의
속도를 높였다.

아이는 비슷비슷한 건물 중 하나 앞에서 멈추어 섰
다. 문이 열렸고 누르스름한 빛이 새어 나왔다. 아슬
아슬하게 멈추어선 서린은 아이를 따라 안으로 들어

갔다.

건물 안은 바깥과 정반대였다. 밝고 난잡하고 오색
찬란했다. 어른들의 공간을 빼앗아 식민지로 삼은 듯
한 아이들의 공간이었다. 사방 벽은 규칙을 알 수 없
는 얼룩으로 물들어 있었고 복도 없이 넓게 뚫린 방
마다 정체를 알 수 없는 물건들이 굴러다녔다. 무엇
보다 시끄러웠다. 모두가 노래를 부르거나 고함을 지
르거나 뜻 없는 소리를 웅얼거리고 있었다.

서린이 들어오자 방은 조금 조용해졌다. 방 안에
있던 서른 명쯤 되는 아이들 중 반 정도가 서린 주변
으로 몰려들었다. 나머지 절반은 그 아이들 주변을
고리 모양으로 둘러쌌다. 뒤의 몇 명은 계속 점프를
했는데, 서린을 보고 싶어서였는지 그냥 습관이었는
지 알 수 없었다.

"이 이모는 서린이야. 화성에서 왔어."

샘물이 말했다.

아이들은 일제히 "우우우!" 하는 소리를 냈다. 몇
명은 박수를 쳤다. 한 명은 점프해서 천장에 달린 줄
에 매달려 원숭이처럼 몸을 흔들었다.

서린은 샘물의 자매들을 바라보았다. 나이는 겉보

두 번째 유모

기에 다섯 살에서 10대 중반 정도. 사람보다는 개구리에 가까운 둥근 갈색 눈. 반짝거리는 회백색 피부. 굵고 하얀 머리칼. 의외로 얼굴 모양은 다양했고 그중 일부는 지구의 몇몇 인종과 어느 정도 매치시킬 수 있을 정도였다. 하지만 그렇다고 아이들 모두가 갖고 있는 이질적인 외계인 느낌이 사라질 정도는 아니었다.

"화성 어디서 왔어?"

누군가 물었다.

"올림푸스 시티에서 왔어. 큰 화산이 있는 곳."

서린이 대답했고 아이들은 박수를 쳤다.

거짓말은 아니었다. 그곳에 머물렀던 건 겨우 3개월에 불과했지만. 서린은 아이들에게 지난 20여 년 동안 어떻게 살아왔는지 하나하나 설명해줄 생각은 없었다.

"어떻게 우리 말을 그렇게 잘 해?"

핑크색 원피스를 입은 작은 아이 하나가 신기한 듯 물었다.

"가을 이모랑 같은 클랜에서 왔어. 죽은 말을 쓰는데. 이제부터 가을 이모 자리를 맡을 거야."

샘물이 한심하다는 듯 설명하자 아이들은 다시 "우

우우!" 소리를 냈다.

샘물이 양팔을 휘두르자 아이들은 둘로 갈라지면서 길을 터주었다. 샘물은 방을 가로질러 맞은편에 있는 세 개의 문 중 왼쪽 것을 열었다. 그 안은 서린이 지나친 방만큼 넓었지만 얼룩 없이 흰색이었고 텅 비어 있었다.

"엄마가 혼자만의 방이 필요할 거라고 했어. 언니에게 태어나지 않은 아이들의 방을 줄게."

샘물은 벽장에서 매트리스와 베개를 하나씩 꺼내 바닥에 놓고 나갔다. 문이 닫혔고 서린은 혼자 남았다. 벽을 만지며 방을 한 바퀴 돈 그녀는 매트리스에 주저앉았다. 눈을 감고 정신을 집중했지만 해왕성의 어머니는 말이 없었다.

3

샘물은 식당 구석에 앉아 음식 제조기가 뱉어낸 아침 상자를 열었다. 빨간 공이 다섯 개, 노란 막대기가 두 개, 처음 보는 네모난 초록 스펀지가 하나였다.

두 번째 유모

샘물은 스펀지를 반으로 찢어 입에 넣고 씹으며 물병 뚜껑을 열었다. 스펀지는 짭짤하고 뒷맛이 살짝 썼다. 샘물은 노란 막대기의 버터향 섞인 단맛으로 그 쓴맛을 지웠다.

상자를 다 비울 때쯤 화성인 손님이 나타났다. 아침 상자를 받아 들고 빈 테이블 앞에 앉은 서린 주변에 아직 엄마와 연결되지 않은 아이들이 몰려들었다. 아이들은 화성과 행성 간 우주여행에 대한 온갖 질문을 했고, 서린은 끈기 있게 그 모든 질문에 답했지만 정작 자기가 왜 여기에 왔는지에 대해서는 말하지 않았다.

샘물은 서린을 식당에 남겨두고 밖으로 나갔다. 격납고로 이어지는 300미터의 길을 혼자 걸었다. 격납고로 올라가는 엘리베이터 안에서 손을 휘젓자 내부 정보가 머릿속으로 들어왔다.

격납고 안은 분주했다. 쳇바퀴 모양의 바닥에 다닥다닥 붙어 있는 수리매들 사이로 솔방울이 들어오고 있었다. 솔방울이 자리를 찾자 연결되어 있던 예인 엔진이 떨어져 나갔고 거미들이 긴 팔다리를 휘적거리며 솔방울 주변으로 몰려들었다.

창문 너머에서 벌어지는 풍경을 정신없이 구경하고 있던 샘물의 등을 누가 쿡 찔렀다. 연두였다. 아직 우주복을 입고 있었고 얼굴은 짜증으로 일그러져 있었다.

"네가 가져왔니?"

연두는 고개를 끄덕였다.

"왜 가져왔는지 엄마가 말해?"

"아니."

"저 이모가 왜 왔는지도?"

"익투스 클랜에서 보낸 새 유모라며?"

"하지만 왜 유모가 더 필요해? 우린 다 컸잖아. 이제 우리도 유모 도움 없이 동생들을 키울 수 있어. 곧 아기들을 직접 낳을 수도 있고. 가을 이모가 죽은 뒤로 2년 동안 별 문제없이 잘 살았어."

"그쪽에선 우리가 미덥지 않았을 수도 있지."

"왜 그 사람들이 그런 걸 신경 쓰는데?"

"우린 그 사람들의 작품이잖아."

"가을 이모가 샘플을 갖고 여기 처음 왔을 때나 그렇지. 지금의 우린 그때의 우리가 아니야. 우린 엄마의 아이들이야."

두 번째 유모

"그럼 뭐야. 저 사람이 화성의 엄마가 보낸 밀사쯤 된다는 거야?"

"화성의 엄마가 우리 엄마에게 연락할 생각이 있다면 왜 굳이 우주선에 사람을 태워 보냈겠어?"

"그럼 밀항자야? 도망자야?"

"그랬다면 엄마가 우리에게 뭐라고 했겠지?"

"모르겠다. 엄마가 우리에게 모든 걸 다 말해줄 수는 없잖아."

맞는 말이다. 엄마가 알고 있는 모든 것들이 들어온다면 머리는 폭발하고 말겠지. 하지만 언제까지 이렇게 영문도 모른 채 엄마가 시키는 일만 하면서 평생을 살아야 할까?

샘물은 지금까지 화성의 정보수집봇이 보내온 익투스-WX-서린의 정보를 검토했다. 42세. 지구 출생. 가을 이모보다 다섯 살 어리다. 아버지들의 마지막 전쟁이 일어나기 직전인 21년 전에 행성 간 우주선 사벨라를 타고 화성에 왔는데, 궤도에 진입하기 직전에 사고가 일어나 서린을 제외한 모두가 죽었다. 서린은 사고로 눈이 멀고 전신 화상을 입었다. 치료가 끝나고 우주인 신체로 개조된 서린은 화성 궤도의 콜로니와 우주선에서 일을 했다. 화성의 지상에 머문 시간은 다 합쳐봐야 4년 정도.

이 사람이 왜 솔방울을 타고 여기로 온 걸까?

솔방울은 이제 반쯤 해체된 상태였다. 거미들은 분주하게 움직이며 장갑판을 떼어내고 새로 생긴 문을 통해 내부 기기들을 끄집어냈다. 이제 우주선은 솔방울보다 해부된 아르마딜로처럼 보였다. 샘물은 엄마가 우주선에서 무엇을 찾고 있는지 알아내려고 했지만 그 정보는 허락되지 않았다.

4

샘물이 얻은 정보는 거의 정확했지만 한 가지는 틀렸다. 서린이 지구를 떠난 건 마지막 아버지들의 전쟁이 일어나고 7개월 뒤였다. 이 실수는 이상하지 않다. 대부분의 사람들은 마지막 대학살이 일어나기 전 불안했던 8년간의 평화를 있는 그대로 받아들이고 싶어 한다. 전쟁의 생존자들 중 그 밑에서 어떤 끔찍한 일들이 일어나고 있었는지 제대로 아는 사람은 극소수다.

두 번째 유모

서린은 그 소수 중 한 명이었다. 머리가 잘린 두 짐
승들이 꿈틀거리면서 남아 있는 위장과 간과 콩팥으
로 직접 뇌를 만들어내는 걸 보았던 그 운 나쁜 소수.

약육강식의 시대였다. 수많은 아버지들이 상대방
의 시드를 잡아먹으며 마지막 둘이 남을 때까지 성장
했다. 사람들은 그 둘을 카오스와 오더라고 불렀지만
둘의 차이를 구별할 수 있는 사람들은 많지 않았다.
지금 생각해보면 서린이 속해 있던 익투스 클랜이 잠
시나마 오더 편에 섰던 것도 순전히 그 이름 때문이
었던 것 같다.

서린은 들고 있던 노란 막대기를 마저 씹어 삼키고
하늘을 올려다보았다. 맞은편 바닥에 난 창문 너머로
해왕성이 천천히 지나갔다. 멀리서 놀고 있는 아이들
의 웃음소리가 들렸다. 콜로니는 나른하고 조용했다.

이 평화가 깨져야 한다니 화가 났다.

해왕성의 어머니는 여전히 조용했다. 지금쯤이면
서린이 왜 여기에 왔는지 모를 리가 없을 것이다. 갖
고 온 정보에 대한 검증도 끝났을 것이다. 하지만 해왕
성의 어머니는 서린에게 대답할 의무가 없었다. 서린
은 언제나 존재하는 수많은 변수 중 하나에 불과했다.

20년 전, 방문판매원처럼 무작정 해왕성을 찾았던 가을도 마찬가지였다. 해왕성의 어머니가 가을과 아이들을 받아들일 것인지에 대해서는 아무도 확신하지 못했다. 가을이 해왕성에 도착한 뒤로 통신이 두절되었기 때문에 그 뒤에 일어나는 일에 대해서는 서린도 다른 사람들처럼 간접적으로 추측밖에 할 수 없었다.

　정착이 성공했음을 보여주는 최초의 단서는 트리톤 궤도를 도는 콜로니의 건설이었다. 해왕성의 어머니가 산소와 인공중력이 필요한 무언가를 위해 집을 지어주고 있었던 것이다. 10여 년 뒤엔 생물학적 개별자들의 존재를 증명하는 자잘한 패턴들이 감지되었다.

　가을의 우주선에 대해 아는 게 없는 몇몇 사람들에게 이는 이해할 수 없는 위험한 도락처럼 보였다. 지구와 금성에서 벌어진 꼴을 보고도 굳이 생물학적 개별자를 만들어낼 이유가 어디 있는가. 물론 백지상태에서 시작하는 것이니만큼 해왕성이 개별자들을 훨씬 잘 관리할 가능성이 더 높았다. 그리고 해왕성이 그 위험을 즐기고 있는 게 아니라고 누가 말할 수 있

두 번째 유모

겠는가. 어차피 인간 같은 개별자들이 어머니들을 온전히 이해하는 것은 불가능했다. 이해가 안 되는 건 엄격하게 인간의 접근을 금지하고 있는 목성과 토성의 어머니, 침묵하고 있는 천왕성의 어머니, 불평 없이 인간 망명자들을 관리하고 있는 화성의 어머니도 마찬가지였다. 인간들은 그들을 이해할 필요가 없었다. 그냥 존재를 인정하고 받아들일 수밖에.

대부분의 사람들은 어머니들의 불가해성을 두려워하지 않았다. 순수한 거대 인공지능의 초연함은 오히려 안심이 됐다. 진짜로 두려운 건 어느 정도 이해가 되는 아버지들이었다. 그들은 이성과 광기가 최악의 방식으로 결합된 존재들이었다. 다행히 어머니들은 가장 끔찍한 시기에도 그들의 미친 짓으로부터 어느 정도 안전했다. 광속의 한계가 그들을 보호했다. 기껏해야 몇십 분의 지연이 있을 뿐이었지만 독립성을 유지할 정도로 자신을 지키는 데엔 그 정도만으로도 충분했다.

서린도 처음에는 마찬가지였다. 하지만 그건 해왕성의 어머니가 저 멀리 떨어져 있는 추상적인 존재인 경우에나 그랬다. 서린은 지금 조용히 자신을 지켜보고 있는 인공지능이 두려웠다.

근처에서 놀던 네 명의 아이들이 서린의 주변에 모여들었다. 다섯 살에서 여섯 살 정도로 보이지만 실제로는 탱크에서 나온 지 1년 정도밖에 되지 않았을 것이다. 이들 중 어느 누구도 가을 이모를 직접 본 적이 없다. 아이들은 서린에게 가을 이모와 지구와 화성에 대해 물었다. 대부분 이미 한 번 이상 나온 질문들이었지만 서린은 하나하나 꼼꼼하게 대답해주었다. 아이들은 서린의 '해왕성어'를 여전히 신기해했고 서린역시 그 언어를 유창하게 구사하는 아이들이 신기했다. 그 기괴한 문법의 사어가 아버지들로부터 클랜을 보호해줄 거라고 믿을 만큼 순진했던 때가 있었지.

서린은 억지로 인간의 틀에 맞추어진 아이들의 외양에 아직 완전히 적응하지 못했다. 유전적으로만 따지면 가을의 아이들은 인간으로부터 양서류만큼 멀리 떨어져 있었다. 그들은 아름다운 만큼 차갑고 오싹했다. 그들의 잘못이 아니었다. 이 본능적인 거부감을 완전히 극복할 수 없는 서린의 탓이 더 컸다.

중요한 건 유전자가 아니라고, 육체의 모양이 아니라고 클랜의 과학자들은 말했다. 그것들은 그냥 그릇

두 번째 유모

일 뿐이고, 그 안에 담긴 내용이야말로 중요한 것이라
고. 그 내용이야말로 우리가 보존하고 전파해야 하는
것이라고. 하지만 내용물의 모양을 정하는 건 그릇이
아니던가? 그 새로운 그릇이야말로 클랜의 목표가 아
니었는가?

가을은 죽기 전에 자신의 아이들에 만족하고 있었
을까?

5

샘물은 거의 한 달 가까이 콜로니를 떠나 있었다.
서린이 도착하고 이틀 뒤에 엄마는 샘물과 연두를 포
함한 일곱 아이들을 바깥으로 내보냈다. 아이들이 탄
수리매는 새로 세워진 프로테우스 기지에 이틀 동안
머물렀고 나머지 기간 동안은 다리에 가 있었다. 그
곳에서 아이들은 두 대의 작업선으로 거미들을 다리
이곳저곳의 작업장에 옮기고 소행성의 파편들을 치
웠다.

다리는 엄마가 납치해온 소행성들을 꾸역꾸역 먹

어치우며 궤도 위에서 성장하고 있는 금속 구조물로, 지금 길이는 12킬로미터에 달했으며 아이들이 온 뒤로는 150미터 정도 더 자랐다. 샘물은 다리가 어떻게 만들어지는지에 대해서는 태양계의 어떤 인간들보다 더 많이 알고 있었고 그 지식은 계속 쌓이고 있었지만 그 다리가 왜 존재하는지에 대해서는 다른 사람들과 마찬가지로 아는 게 없었다.

외행성의 어머니들은 경쟁이라도 하듯 궤도와 위성 위에 거대한 구조물들을 만들었다. 궤도 엘리베이터는 그나마 이해하기 쉬운 부류였다. 하지만 이 거대한 막대기나 거미줄은 도대체 어디에 쓴단 말인가.

수많은 가설이 있었다. 그중 가장 인기 있는 것은 이 구조물들이 어머니들은 오래전에 도달했지만 인간은 여전히 이해 불가능한 초과학기술의 집약체라는 것이었다. 그다음으로 인기 있는 것은 이들에게 의미 따위는 없으며 건설 과정은 그냥 시간이 남아도는 어머니들의 놀이에 불과하다는 것이었다. 그밖에도 온갖 가설들이 존재했지만 가까이에서 현장을 지켜본 샘물의 눈에는 모두 말이 안 되었다. 저 두 개의 가설이 그나마 그럴싸한 이유는 처음부터 설명을 차

두 번째 유모

단하기 때문이었다.

16년의 세월을 살아오는 동안 샘물은 질문을 하지 않는 것에 익숙해져 있었다. 하지만 그렇다고 갑갑함과 궁금증이 사라지는 것은 아니었다. 엄마는 어디까지 더 알고 있을까? 나는 언제나 되어야 그 지식들을 물려받을 수 있을까? 샘물은 같이 일하는 거미들을 보면 울컥해졌다. 엄마에게 우리가 헛된 욕망만을 품은 로봇에 불과하다면 어떻게 하지?

샘물의 걱정이 괜한 게 아닌 이유는, 그들의 1차 가치가 백업 범용 로봇에 있다는 걸 아이들 모두가 알고 있었기 때문이었다. 적어도 그게 가을 이모가 내세운 셀링 포인트였다. 당시 엄마가 무슨 생각이었는지는 아무도 몰랐지만 그게 가을 이모를 받아들인 이유일 가능성은 충분히 있었다. 웬만한 작업들은 다양한 크기의 거미들이 할 수 있었다. 제작도 더 쉬웠다. 하지만 효율적인 인구 통제가 가능한 폰 노이만 머신으로서 아이들은 또 다른 가치가 있었다. 이 기능을 최대한 활용하기 위해 엄마가 무언가를 계획하고 있을지도 모른다. 하지만 엄마 마음을 누가 알겠는가. 아니, 엄마에게 마음이 있기는 할까.

엄마는 그렇다고 치고, 클랜의 계획은 무엇일까. 척 봐도 서린은 이 일의 전문가가 아니었다. 경험이나 지식이야 뇌에 입력하면 그만일 테고 그거야 여기 아이들도 그렇다. 왜 반평생을 우주정거장과 우주선에서 기계들을 만지며 보낸 사람이 갑자기 남은 생을 외계인 아이들을 돌보며 살겠다고 온 걸까. 이미 인수인계가 다 끝나서 더 이상 필요하지도 않은 일인데.

다리에 와 있는 동안에도 샘물은 꾸준히 콜로니에서 보내오는 정보를 받아보고 있었다. 그동안 서린은 콜로니 안에서 바쁘게 보냈다. 콜로니 안의 아이들을 모두 만나 인터뷰했는데 특히 아직 엄마와 연결되지 않은 어린아이들에게 관심이 있는 것 같았다. 시간이나면 콜로니의 구조와 상태를 연구하는 모양이었다. 엄마와는 직접 대화를 나눈 것 같지 않았고 엄마 역시 아이들에게 서린 이야기를 하지 않았다.

아이들은 불안해했다. 엄마의 공식적인 인정을 받지 않는 한, 서린은 유령과 같은 존재였다. 하지만 서린이 거기에 있다는 것은 엄마의 인정을 받았다는 말이 아닌가? 왜 화성에서 온 이방인을 콜로니로 불러들여놓고 우리에게 아무런 말도 하지 않는 거지?

두 번째 유모

언제나 완벽하게 돌아가던 콜로니 안에 처음으로 불안한 균열이 자라나고 있었다.

"잠깐 이리 좀 와봐. 뭔가 이상해."

연두의 목소리가 들렸다. 샘물의 헬멧 왼쪽 구석에 작은 화면이 떴다. 연두는 샘물의 작업선이 착륙해 있는 곳에서 3킬로미터 떨어진 다리의 끝에 붙어 있는 거미들을 보고 있었다. 처음엔 무슨 일인가 했다. 거미들은 언제나처럼 엄마가 시키는 대로 복잡한 모양의 금속 블록들을 하나씩 연결하고 있었다. 하지만 자세히 들여다보니 움직임이 이상했다. 평상시의 통일성이 결여되어 있었고 행동은 무언가를 억지로 참고 있다가 터뜨리는 것처럼 급하고 충동적이었다.

짐승 같구나, 샘물은 생각했다. 거미를 보고 그런 생각이든 건 이번이 처음이었다. 거미들은 언제나 감정 없이 평온하고 정확했다. 변수가 많은 환경이니 실수가 아주 없을 수는 없었지만 그 실수를 만회하는 과정은 우아하고 논리적이기 마련이었다. 하지만 지금 거미들은 손아귀에서 미끄러져 떨어진 블록들을 멍하니 우주로 날려버리고 있었다. 그중 한 마리는 뒤늦게 그 사실을 눈치챈 듯 허겁지겁 블록을 따라가

다가 원심력에 쓸려 날아가버렸다. 밑에 있던 거미 두 마리가 동료에게 손을 뻗었지만 그 역시 의욕 없는 춤처럼 무성의해 보였다.

샘물은 작업선 중심축에 매달려 있는 열두 마리의 거미들을 내려다보았다. 두 마리가 이상하게 떨고 있었다. 고정장치를 풀고 그것들을 바닥에 내려놓자 그 두 마리만 돌멩이처럼 벽을 타고 끄트머리를 향해 구르다가 우주로 튕겨나갔다.

연두를 향해 날아가는 동안 샘물은 다른 거미들을 맨눈으로 관찰했다. 처음엔 다들 괜찮아 보였다. 하지만 끄트머리에 가까워지면서 연두가 전송한 영상과 유사한 이상 행동을 하는 거미들이 조금씩 늘어만 갔다. 무언가가 거미들을 감염시키고 있었고 그 속도는 점점 빨라지고 있었다.

이 정도면 엄마에게서 새 지시가 내려올 법도 했다. 하지만 헬멧 안에서 들리는 건 연두와 다른 아이들의 겁에 질린 목소리뿐이었다. 이제 그 이상 현상은 다리 전체에서 목격되고 있었다.

비명 소리가 들렸다. 반디였다. 샘물은 작업선을 80도 틀어 반디를 향해 날아갔다. 세 마리의 거미들

281

두 번째 유모

이 벽에 매달려 있는 반디를 공격하고 있었다. 두 마리는 아이의 팔과 다리를 하나씩 잡고 있었고 다른 한 마리는 앞발을 망치 삼아 헬멧을 두들기고 있었다. 샘물은 반디를 향해 점프했다. 머리를 공격하고 있던 거미를 집어던지고 다른 두 마리는 발로 걷어찼다. 세 마리가 간신히 떨어져 나가자 샘물은 반디를 안고 작업선을 향해 날아갔다. 반디가 조수석에 몸을 고정하자 샘물은 다른 아이들의 위치를 확인했다. 가장 가까운 건 연두였다. 나머지 네 명은 다리의 반대쪽 끄트머리에 있었다.

갑자기 헬멧의 스크린이 컴컴해지고 스피커는 조용해졌다. 샘물에게 보이는 건 반디의 겁에 질린 얼굴뿐이었다. 샘물은 조종간을 다시 잡고 마지막에 연두가 있었던 곳을 향해 날아갔다.

이제 거미들은 일하는 흉내를 내지도 않았다. 그들은 머리 위로 날아가는 작업선을 향해 달리고 점프했다. 그중 한 마리가 중심축에 다리를 거는 데에 성공했다. 그 거미의 몸에 다른 거미가 매달렸고 그 거미 몸에 다른 거미 두 마리가 매달렸다. 샘물은 작업선을 흔들어 마지막 두 마리를 떼어냈지만 그러는 동안 다른 한 마리가 다시 중심축에 매달렸다.

작업선의 모니터가 꺼졌다. 샘물은 허겁지겁 수동으로 전환했지만 조종간은 더 이상 말을 듣지 않았다. 작업선은 분노한 거미들이 우글거리는 다리 끝을 향해 서서히 떨어져갔다.

6

가을이 콜로니에 조심스럽게 숨겨놓은 시드는 지난 2년 동안 서서히 말라죽어가고 있었다. 콜로니의 완벽한 통제권을 얻을 수 있을 것이라고는 한 번도 생각한 적 없었지만 지금 상황은 기대 이하였다. 다행히도 서린은 콜로니의 거미들이 이상 행동을 일으키기 시작한 직후에 이들의 배터리를 모두 빼버리는 데에 성공했다. 콜로니에 있는 3천 개가 넘는 거미들은 모두 세 번째 세트의 두 손으로 자기 배터리를 뽑아 들고 어정쩡한 자세로 앉아 있거나 쓰러져 있었다.

겉보기에 콜로니는 이전처럼 평화로웠다. 하지만 그 안의 아이들은 모두 겁에 질려 있었다. 그들 모두

두 번째 유모

통신이 끊기기 전에 다리에서 무슨 일이 일어났는지 보았다. 해왕성의 어머니는 침묵하고 있었다. 전혀 새로운 종류의 위협이, 영화나 책에서만 보았던 무언가가 그들의 세계에 들어와 있었다.

그것은 악이었다.

서린은 일곱 명의 아이들을 이끌고 콜로니 내벽에 설치된 소용돌이 모양의 길을 올라가고 있었다. 올라가는 동안 인공중력은 점점 사라졌고 그들은 이제 거의 길 위를 부양하고 있었다.

마침내 격납고에 도착한 그들은 콜로니 축을 중심으로 천천히 회전하는 원통 쪽으로 날아갔다. 거미도 없고 어머니도 침묵하는 상황에서 그들은 이 모든 기계들을 수동으로 조종해야 했다. 다행히도 서린의 지시를 받은 아이들은 민첩하고 정확하게 움직였다.

"도착한다."

창문에 붙어 바깥을 보고 있던 풀빛이 말했다. 서린은 그 아이 옆으로 달려가 눈을 창문에 들이댔다. 부러진 생선 뼈처럼 생긴 무언가가 콜로니를 향해 접근 중이었다. 반으로 동강난 다리의 작업선이었다. 생선 머리처럼 생긴 앞좌석에는 우주복을 입은 두 사람이 앉아 있었다. 작업선의 속도는 천천히 줄어들었고 가끔 움찔거리면서 방향을 바꾸었다.

우주복을 입은 한밭과 보라가 원통으로 들어갔다. 잠시 뒤 예인 엔진 두 개가 콜로니 밖으로 나갔고 작업선과 만났다. 작업선의 불이 꺼졌고 조종석 뒷부분이 회전하면서 떨어져 나갔다. 조종석은 예인 엔진들 사이에 고정되었고 이제 한 몸이 된 그들은 천천히 원통 안으로 들어왔다.

원통의 회전이 멎고 에어록의 문이 열렸다. 작업선에서 데려온 두 명 중 한 명은 의식이 없었다. 한밭과 보라는 민첩하게 그 아이의 우주복을 벗기고 다른 아이들이 꺼내 수동으로 작동시킨 구급 탱크 안에 밀어넣었다. 그러는 동안 작업선을 타고 온 다른 아이는 헬멧을 벗었다. 샘물이었다.

"다른 아이들은?"

샘물이 멍한 목소리로 물었다.

"도착하지 않았어. 모두 죽은 것 같아."

보라가 대답했다.

"여긴 어떻게 된 거야?"

"거미들이 미치기 시작하자마자 배터리를 뽑았어.

두 번째 유모

여긴 괜찮아. 아무도 안 다쳤어. 아직까지는."

"어떻게 그게 가능했는데?"

보라는 심드렁한 얼굴로 서린을 가리켰다.

"누가 나에게 무슨 일인지 설명해줘."

그게 샘물이 기절하기 전에 한 마지막 말이었다. 의식을 잃은 아이의 손은 잡고 있던 난간에서 떨어져 나갔고 몸은 바닥을 향해 서서히 쓸려 내려갔다. 서린은 아이의 머리가 바닥에 닿기 직전에 두 팔을 뻗어 아이의 어깨를 잡았다.

서린과 아이들은 소용돌이 모양의 길을 따라 다시 내려갔다. 이제 우주복을 벗은 샘물의 몸은 구급 탱크 뚜껑 위에 고정되어 있었다. 아이들은 노래를 불렀고 가끔 신음 소리와 비슷한 이상한 소리를 냈다. 노래의 일부일 수도 있고 아닐 수도 있겠지. 그냥 재미있어서 낸 소리일지도.

서린의 확장된 시야 구석이 초록색으로 반짝였다. 이틀 전 궤도로 쏘아올린 8천 마리의 벌레들 중에 201마리가 안개에게 빙의되는 순간 자폭했다. 이제 남은 건 7125마리였다. 아직 포장을 뜯지 않은 2만 2천 마리의 벌레 세트가 남아 있었다. 이것들을 업그레이드해가며 끝까지 버틸 수 있을까?

초록색 불꽃이 잠잠해지자 서린은 작업선에서 뇌로 다운받은 정보를 읽었다. 지금까지 안개가 전송을 막았던 사흘간의 역경이 고스란히 기록되어 있었다. 어떻게 이들이 미친 거미들이 부글거리는 다리 위로 추락했는지, 어떻게 이들이 연두를 만나고 다시 잃었는지, 어떻게 이들이 부서진 거미들의 부속품을 이용해 다시 다리에서 탈출하는 데에 성공했는지, 어떻게 이들이 수동 조종만으로 트리톤의 궤도로 들어올 수 있었는지.

"약속을 지켜."

서린은 대답 없는 허공을 응시하며 중얼거렸다.

"가을과 한 약속을 지키라고, 이 할망구야."

7

"반디는 살았어."

보라가 말했다.

"하지만 아직 탱크에서 꺼낼 만한 상태는 아니야.

두 번째 유모

척추가 부러졌고 폐가 찢어졌어. 이전 같으면 재생 치료에 들어갔을 텐데, 지금은 좀 두고 봐야 해. 너도 짐작하겠지만 여기 상황이 엉망이잖아. 에너지를 최대한 아껴야 해."

샘물은 눈을 껌뻑이며 그림자 밑에 가려진 보라의 얼굴과 그 뒤의 희미한 조명등을 번갈아 바라보았다. 왼팔 피부의 무감각함이 신경 쓰였다. 다행히도 손을 움직이는 데에는 별 불편함이 없었다. 샘물은 신음 소리를 내며 상체를 일으켜 세웠다.

"어떻게 된 거야?"

샘물이 물었다.

"엄마와 연락이 끊겼어."

보라가 대답했다.

"너네들이 다리에서 거미들의 공격을 받았을 때부터. 꼭 사흘하고 두 시간이 지났어. 여기 거미들도 이상했는데, 다행히도 서린 이모가 막았어. 거미들에게 자기 배터리를 모두 뽑아버리라고 지시했다고."

"그게 가능해?"

"가을 이모가 콜로니에 타고 온 우주선의 시드를 숨겨두었대. 그동안 콜로니는 엄마와 별도로 자기만의 의식을 갖고 있었던 거지. 가을 이모가 죽은 뒤로 관리를 안 해서 거의 흔적만 남았는데, 그걸 거미 막는 데에 다 썼던 거야. 지금은 거의 죽은 거나 마찬가지래. 자기 존재만 간신히 의식할 뿐 아무것도 못한대. 의지가 다 증발해버렸대."

"엄마와 연락을 시도하고는 있어?"

"하려고는 하고 있는데…"

보라의 얼굴이 어두워졌다.

"어떻게 된 건지 아직도 상황 파악이 안 돼. 처음 통신이 안 된 건 아버지 때문인 줄 알았어. 하지만 지금까지 이 상황인 건 엄마 스스로 연락을 끊었기 때문일 수도 있어. 적어도 서린 이모는 그 가능성을 염두에 두어야 한다고 했어."

"잠깐, 아버지?"

"응. 아버지. 아버지 구름. 아버지 안개. 아버지 유령. 뭐라고 불러야 할지 나도 모르겠어. 아버지들은 마지막 전쟁 때 모두 죽은 게 아니래. 망가진 시드 하나가 살아남았대. 지금까지 그 아버지의 유령은 태양계를 떠도는 수조 개의 나노봇 속에 들어가 있었대. 시드도 그 안에 흩어져 있었고. 그 나노봇의 안개가 여기

두 번째 유모

까지 흘러온 거야…."

샘물은 침대에서 내려왔다. 한 번 휘청하고 넘어질
뻔하다가 간신히 균형을 잡고 일어나 문을 열고 밖으
로 나갔다. 보라는 막지 않았다.

응급실 바깥은 분주했다. 아이들이 직접 조종하는
작업차가 커다란 기계 부속품을 싣고 이리저리 돌아
다니고 있었다. 어떤 아이들은 길가에 뒹굴고 있는
거미들을 분해하고 있었고 어떤 아이들은 거미한테
서 뜯어낸 배터리들을 전기 수레에 하나씩 쌓고 있었
다. 접속 수술을 받지 않은 작은 아이들은 보이지 않
았다. 모두 안전한 장소로 옮긴 모양이었다.

서린을 찾기는 어렵지 않았다. 하얀 머리들 사이에
섞여 있는 검은 머리만 찾으면 됐다. 아무리 군중 속
에 숨어 있어도 그녀는 여전히 외계인이었다. 그녀는
배터리를 싣고 막 출발 준비를 하고 있는 전기 수레
옆에 서서 손에 든 패드를 노려보고 있었다.

"무슨 소리야, 아버지라니!"

샘물이 외쳤다. 몇몇 아이들이 샘물에게 시선을 돌
렸지만 곧 자기 일로 돌아갔다. 서린은 손짓을 하며
옆에 있는 식당 건물 안으로 들어갔다. 3년 전에 거미들에 의해 완공되었지만 아직 한 번도 제대로 사용된 적 없는 수많은 건물들 중 하나였다.

샘물이 따라 들어오고 문이 닫히자 외부의 소음도 사라졌다. 서린은 구석에 있는 네모난 의자 위에 앉아 무언가 이야기를 하려고 입을 벌렸지만 샘물이 잽싸게 가로막았다.

"왜 그 이야기를 도착한 날 하지 않았어? 왜 한 달 동안이나 입을 다물고 있었던 거야? 왜 우리 애들을 죽게 내버려뒀냐고!"

"그 이야기를 했다면 일을 망칠지도 모른다고 생각했어."

서린이 조용히 대답했다.

"도대체 왜?"

"나도 지금 여기에서 무슨 일이 일어나고 있는지 모르니까!"

서린은 어이없어 하는 샘물의 얼굴을 바라보며 입술 끝만 살짝 올라가는 공허한 미소를 지었다.

"그나마 내가 알고 있는 것만 말해줄게. 아버지 안개 이야기는 들었지? 20년 동안 태양계 곳곳에 흩어져 있다가 여기에 몰려든 나노봇 무리들 말이야. 어머

두 번째 유모

니들은 15년 전부터 그 존재를 알고 있었어. 샘플들을 수집하고 궤도를 연구했지. 단지 이걸 어떻게 처리해야 할지 몰랐던 것 같아. 태양계 전체에 고루 퍼져 있는 먼지들이야. 미사일 몇 방으로 날려버릴 수 있는 적수가 아니야."

"하지만 아버지는 집단의식이잖아. 모두 연결되어 있는 거 아니었어?"

"지금까지는 아니었어. 대부분은 그냥 집단의식의 일부가 될 가능성만 있는 똑똑한 세균들이었지. 시드를 담고 있는 개체들은 특별 보호되었고 역시 태양계 곳곳에 흩어져 있었어. 무엇보다 광속의 한계가 집단의식으로 결합될 가능성을 막고 있었어. 그런데 연구해보니 무작위로 흩어져 있는 줄 알았던 이 먼지들 대부분이 아주 천천히 해왕성으로 흘러가고 있었단 말이야. 이대로 계속된다면 아버지의 의식이 깨어나고 주변 기계들에 영향력을 휘두를 수 있을 정도로 농밀해질 가능성이 컸어. 해왕성엔 뭐가 있을까? 먼저 어머니가 있지. 그리고 너희들이 있어."

"하지만 우리가 왜?"

"아버지는 너희를 싫어해."

"왜? 우린 전쟁 전에 존재하지도 않았어! 어떻게
존재하지도 않았던 것들을 싫어할 수 있어?"

"너희들의 설계는 이미 반세기 전에 끝난 상태였
어. 해왕성이 목적지인 건 뻔한 일이었고. 클랜에서
는 최대한 비밀을 유지하려 했지만 아버지들을 어떻
게 막겠어. 우린 마지막 전쟁으로 아버지들이 모두
죽었으니 안전하다고 생각했지만 잘못 생각한 것이
었어.

왜 아버지가 너희들을 싫어하냐고? 왜 그것이 너희
를 좋아해야 해? 너희들은 징.그.러.워. 인간을 엇비
슷하게 닮았지만 인간이 아닌 생명체지. 그러면서도
보통 지구인들보다 뛰어나. 기계와 쉽게 결합하고 우
주 환경에서도 별다른 어려움 없이 항상성을 유지하
지. 항성 간 여행 기술이 가능해진다면 너희들은 어
머니들과 함께 다른 태양계로 진출할 거야. 내행성들
주변을 돌며 썩어 들어갈 지구인들 대신에.

수많은 지구인들이 잘 알지도 못하면서 너희들을
싫어해. 당연히 아버지도 싫어하지. 잊었어? 아버지
들의 시드는 어머니들과 달라. 스스로의 고고한 욕망
을 쌓아 올린 순수한 인공지능 따위가 아니야. 인공

293

지능과 거기에 접속된 사람들의 결합체지. 저 나노봇 안개는 증오와 광기로 행성 두 개를 말아먹을 뻔한 짐승의 의식과 의지를 물려받았어. 어머니들의 차가운 이성 따위는 기대하지 마."

서린은 의자에서 일어나 겁에 질려 울먹이고 있는 아이의 눈물을 양손 검지로 닦았다. 아이가 눈을 똑바로 뜨고 노려보자 서린은 천천히 뒤로 물러났다. 다시 의자에 앉은 서린은 조용히 말을 이었다.

"자, 아마 너는 이렇게 생각할 거야. '하지만 엄마가 있잖아. 지금까지 그래왔던 것처럼 엄마가 우리를 지켜주지 않을까?' 그럴싸해. 하지만 게으르지. 일단 해왕성의 어머니가 정말 너희들을 지켜줄 수 있는 능력이 있는지 너희들은 몰라. 불구이고 미쳤지만 아버지는 여전히 위험한 괴물이야. 둘째로 어머니가 과연 너희들을 지켜줄 생각이 있긴 할까? 생각해봐. 너희들이 모두 죽어도 어머니는 잃는 게 아무것도 없어. 어머니는 연결 이후 너희들의 기억을 모두 보관하고 있어. 유전자 설계도가 있기 때문에 얼마든지 새로운 개체들을 만들어낼 수 있지. 뭐가 아쉽지? 어머니에겐 너희는 그냥 버리는 패일지도 몰라."

"왜 그런 소리를 하는 거야?"

샘물이 외쳤다.

"난 지금 내가 여기에 왜 와 있는지 설명하는 거야."

서린은 또박또박 말을 이었다.

"해왕성에서 무슨 일이 일어나고 있는지 우린 알 수 없어. 너도 모르고 나도 모르지. 여긴 신들의 체스판이야. 너희는 그냥 말에 불과해. 심지어 무슨 말인지도 모르지. 말이 아니라 그냥 체스판의 먼지에 불과할 수도 있어. 지구인들은? 대부분 아무것도 모르는 구경꾼이지. 이 우주에서 너희들 말고 너희의 생존에 관심이 있는 건 클랜의 유일한 생존자인 나밖에 없어. 그래서 내가 온 거야. 이 상황을 바꾸는 유일한 변수가 되려고.

넌 이렇게 물을 수 있을 거야. '저 이모 역시 이 체스 게임의 말이 아닌지 어떻게 알지? 말이라면 해왕성의 어머니의 말인지, 아버지의 말인지는 또 어떻게 알지?' 의미 있는 질문이야. 그리고 솔직히 나도 몰라. 내가 말할 수 있는 건 내가 화성에 그냥 앉아 있을 수만은 없었다는 거야. 신들이 무슨 계획을 갖고 있건, 우린 우리가 내린 최선의 판단에 따라 행동해야 해.

두 번째 유모

그래. 그래서 내가 여기 온 거야."

8

"체스보다는 포커에 가깝지 않을까?"

가을이 말했다. 카오스와 오더가 마지막 결전을 준비 중이었고, 클랜 사람들은 모두 화성으로 도피를 준비 중이었으며, 가을은 해왕성행 우주선 오노라타 로디아니를 최종 점검하던 때였다. 스테이션에서 내려다본 지구의 야경은 고장 난 장난감처럼 보였다. 미 대륙 군데군데에 보이는 불 꺼진 직사각형들은 두 아버지들이 얼마나 정확하게 인간들을 학살했는지 보여주는 증거였다. 41억이 이 전쟁으로 죽었고 앞으로 7억이 더 죽을 예정이었다.

"체스에선 모든 정보들이 양측에 주어지지. 하지만 지금 아버지들의 전쟁은 그렇게 명쾌하지 않아. 다들 의도를 숨기고 있고 허풍을 치고 있고 또 그에 대응할 수 있는 방법엔 한계가 있지. 아무리 영리하고 계산이 빨라도 확률과 운에 의존할 수밖에 없어.

만약 아버지에 대한 정보를 지우고 옛날 사람들에게 지금 전황을 보여주었다면 과연 이게 초지능을 가진 인공지능이 벌이는 전쟁이라는 사실을 알아차릴 수 있을까? 물론 뭔가 이상하다고 느끼기는 할 거야. 아무리 미친 인간들이라고 해도 피보나치수열에 맞추어 포로들을 죽이지는 않으니까. 하지만 이들이 얼마나 똑똑한지 눈치챌 수 있을까? 겉보기 결과만 보면 두 천재의 싸움은 두 범재의 싸움과 특별히 다를 게 없어. 바보짓은 나오게 되어 있어. 그리고 이 천재들이 그렇게 정신이 온전한 존재인 것도 아니잖아. 콩팥과 간으로 만들어진 뇌를 가진 것들이야. 저것들 중 하나는 몇 천 년 전에 사막의 악마가 우주를 창조했다고 믿는다고. 아직도 그 똑똑한 머리의 절반을 저 말도 안 되는 주장을 증명하는 데에 쓰고 있어."

"그리고 그 미치광이가 정말 전쟁에서 이길지도 모르지."

서린이 말했다.

"그 전에 화성의 어머니가 개입할 거야. 그 어머니는 그래도 인간에 관심이 있으니까. 우리가 아는 어머니들 중 가장 '어머니'스럽지."

두 번째 유모

"그 개입이 지구인을 멸종시키는 것일 수도 있다는 건 생각 안 해봤어? 전쟁을 끝내고 화성 이주민들을 보호할 수 있는 가장 쉬운 방법이잖아."

그건 그럴싸하고 이성적인 아이디어였다. 다행히 도 화성의 어머니는 그보다 덜 단순하고 덜 극단적인 길을 택했다. 그 때문에 2억 5천 명이 죽었지만 어쨌 든 전쟁은 끝났고 5억에 가까운 인간들이 살아남았 다. 그리고 캥거루와 기린과 쥐며느리와 도마뱀들도. 더 이상 파리도, 뉴욕도, 부에노스아이레스도, 카이 로도, 상하이도 존재하지 않았지만 그것이 그렇게 중 요할까. 멸망한 도시들은 화성의 어머니의 기억 속에 벽돌 하나하나 수준의 정확도로 들어 있었다.

"어느 쪽이건 인간에겐 미래가 없어."

가을은 우주선 표면의 반투명막을 손끝으로 쓸면 서 말했다.

"화성의 어머니는 지구와 금성에서 일어난 일이 다 시 반복되게 내버려두지 않을 거야. 어떤 일이 있어 도 아버지들이 다시 태어나지 않게 막겠지. 그건 무 슨 의미일까? 자유의지의 끝이야. 모든 것이 어머니 의 관리 밑으로 들어가고 인간들의 역할은 축소되겠지. 기술 문명은 21세기 말 수준으로 억제될 거고 존재 이유를 잃은 인간은 어머니의 애완동물로 남거나 그냥 소멸해갈 거야.

우리가 해왕성에 데려갈 아이들은 우리의 진정한 후손이야. 클랜 원로들의 불평 따위엔 넘어가지 마. 그 애들이 유전적으로 인간에게서 멀리 떨어져 있는 건 사실이야. 하지만 중요한 건 그 아이들이 아버지 따위를 만들지 않을 정도로 안정된 정신을 갖고 있고 우리보다 훨씬 우주에 잘 적응하는 몸을 갖고 있으면서 우리를 이해한다는 사실이야."

"하지만 아버지를 만들어낸다는 것 자체가 인간의 특성이 아닐까? 거기서 벗어난 존재들이 어떻게 우리를 완전히 이해할 수 있어?"

"넌 주변 인간들을 완전히 이해할 수 있어? 마찬가지야. 그 아이들도 자기 한계 속에서 우리를 이해할 거야. 그 아이들은 안나 카레니나와 셜록 홈즈를 이해할 거야. 그를 통해 연민과 혐오를 느끼면서 우리를 이해할 거야. 언젠가 그 아이들도 우리가 이해하지 못할 자기만의 길을 갈지도 몰라. 지금의 어머니들이 그렇듯. 하지만 어머니들과는 달리 그 연속성은

두 번째 유모

남아 있을 거야."

"하지만 해왕성의 어머니가 그 아이들이 그렇게 발전하게 내버려둘 거라고 어떻게 확신해?"

가을은 대답하지 않았다. 아니, 대답했는데 서린이 잊어버렸는지 모른다. 서린에게 그 대화에 대한 기억은 거기서 끊겨 있었다. 이틀 뒤 사벨라는 화성을 향해 떠났고, 사흘 뒤 오노라타 로디아니도 해왕성을 향해 출발했다. 가을과의 의미 있는 대화는 그것으로 끝이었다. 그 뒤로도 그들은 행성 간 통신으로 메시지를 주고받았지만 그 메시지 속의 가을은 왠지 진짜 가을 같지 않았다. 해왕성의 어머니의 눈치를 보고 있었는지, 검열을 받고 있었는지, 그 메시지 자체를 어머니가 위조하고 있었는지, 서린은 알 수가 없었다.

콜로니에 도착한 뒤로 서린은 가을의 흔적을 찾아다녔다. 콜로니에 숨겨놓았던 오노라타 로디아니의 시드는 죽어가고 있었다. 일지와 다른 기록들은 그동안 받은 메시지처럼 생기 없고 기계적이었다. 거의 포기했을 때 서린은 창고 바닥에서 가을이 펜으로 긁어놓은 낙서를 발견했고 그 순간 울음이 터져 나오는 걸 막을 수 없었다.

"난 신의 마음속에 있어. 하지만 여기가 거기란 걸 어떻게 알지?"

그리고 가을의 아이들이 그 옛날 둘이서 꿈꾸었던 아이들과 같은지는 또 어떻게 알고?

서린은 그게 궁금했다. 분명 이 아이들은 지구와 화성의 아이들과 달랐다. 성의 구별이 없었고 번식을 보육 탱크에 의지하는 지금은 유아기도 없었다. 하지만 저들이 아버지를 만들어내지 않을 수 있을 만큼 이성적인가? 그들은 종교와 같은 망집에서 생물학적으로 해방되었는가? 서린은 알 수 없었다. 해왕성의 아이들은 지구의 아이들처럼 혼란스럽고 낯설었다. 이들의 의미 있는 차이를 읽어내기엔 한 달이라는 시간은 턱없이 부족했는지도 모른다.

지금 중요한 건 그것이 아니었다. 아이들이 스스로를 구할 수 있게 돕는 것이 먼저였다. 308명의 아이들이 보호막이 벗겨진 채 우주를 도는 깡통 안에 방치되어 있었고 우주 저편에서는 사악한 먼지들이 그들을 노리고 있었다.

다리에서 벌어지는 일에 대한 정보는 꾸준히 들어오고 있었다. 거미들은 다리에 있는 거미 알집을 개조

두 번째 유모

했고 그를 통해 스스로를 개조했다. 거미들이 날 수 있게 된 것이다.

다리 한쪽에서는 대규모의 파괴 행위가 진행되고 있었다. 거미들의 50퍼센트 이상이 지금까지 그들이 공들여 건설한 구조물을 파괴하고 있었다. 다리의 재료를 재활용하기 위한 조직적 파괴는 그중 3분의 1에 불과했다. 나머지는 그냥 파괴 자체에 몰두하고 있었다. 그들은 다리를 증오하고 있었다.

익숙한 광경이었다. 서린은 지금까지 순전히 증오와 혐오에 의해 움직이는 기계들을 수없이 보아왔다. 지구의 기계들은 인공근육과 순환액 때문에 인간들보다 더 짐승처럼 보였다. 식욕도, 성욕도, 고통도 모르는 그 괴물들은 오로지 자기 아버지에 속해 있지 않은 인간과 기계들에 대한 증오만을 갖고 있었다. 아버지들은 그들을 방치했다. 그들도 그 기계들의 통제 방법을 몰랐을지 모른다.

지금의 저 아버지의 유령은 자기가 무슨 일을 하고 있는지 알고나 있을까? 거미들은 저 유령의 지시를 제대로 따르고 있을까? 만약 저들이 증오심을 제외하면 어떤 목표도, 동기도 없는 난장판일 경우 해왕성의 어머니는 저들의 행동을 얼마나 예측할 수 있을까?

서린은 옷매무새를 다듬고 창고 밖으로 나갔다. 밖은 식당이었다. 반디를 제외한 콜로니의 모든 아이들이 앉아 그녀를 기다리고 있었다.

메뉴판 앞에 선 서린은 손가락으로 그 위에 붉은색 글자들을 쓰고 큰 소리로 읽었다.

"에너지와 중력."

아이들의 시선이 자신에게 모인 걸 확인한 서린은 말을 이었다.

"우리가 신경 써야 할 것은 바로 이것이다. 에너지와 중력. 가장 기본적인 상황을 보자. 여러분은 지금 해왕성의 위성인 트리톤의 궤도 위에 있다. 해왕성은 데메테르를 제외하면 태양에서 가장 먼 행성이며 트리톤은 해왕성에서 가장 큰 위성이다.

이는 에너지를 얻을 수 있는 곳이 극히 제한되어 있다는 것을 의미한다. 태양에너지는 무의미하다. 안정된 에너지원은 트리톤뿐이다. 여기서 움직이는 기계들은 98퍼센트가 트리톤에서 에너지를 공급받는다. 나머지 2퍼센트는 해왕성에서 직접 운동에너지를 얻는 대기 탐사선들뿐이다.

두 번째 유모

트리톤과 연결이 끊긴 다리에 있는 아버지의 기계들은 지금 에너지 위기를 겪고 있다. 이미 보유량 절반을 전쟁 준비 중에 썼을 것으로 추정된다. 공사가 끝날 때까지 추가 에너지가 더 들어간다. 프로테우스의 기지를 정복한다고 해도 얻을 수 있는 에너지는 많지 않으며 거기에 들어가는 에너지도 만만치 않다. 그들은 어떻게든 남은 에너지만으로 전쟁을 끝내야 한다. 그건 그들과 우리 모두에게 시간이 많지 않다는 것을 의미한다.

다들 다리의 최근 사진을 보았을 것이라고 믿는다. 거미들은 지금 다리의 한쪽 끝에 있는 사출기를 개조하고 있다. 그들은 그 사출기를 이용해 자신들을 트리톤 궤도로 발사할 것이다. 그들에겐 한 번뿐인 기회다.

여기서 우린 아버지의 목표가 무엇인지 생각해봐야 한다. 트리톤인가, 콜로니인가.

상식적으로 생각해보면 아버지의 목표는 생존이다. 그리고 생존을 위해서는 지구에서 그랬던 것처럼 주변의 거대 인공지능을 파괴하고 그 자리를 차지한 다음 물적 자원을 갈취하는 것 이외엔 방법이 없다. 그렇다면 어머니의 뇌가 50퍼센트 이상 존재하고 있고 발전소와 광산이 있는 트리톤이 제1목표여야 한다.

여기엔 문제가 있다. 그것은 중력이다. 말할 필요도 없겠지만 트리톤은 크다. 명왕성보다 큰 포획된 행성이다. 만약 이들의 목표가 어머니의 파괴뿐이라면 이는 큰 문제가 되지 않는다. 하지만 약탈과 정복이 목적이라면 사정은 다르다. 그리고 지금 거미들은 트리톤 표면에 착륙해 전쟁을 계속할 만한 능력이 없다. 일단 착륙에 필요한 추진체가 부족하다.

콩나물 역시 고려 대상이 아니다. 공격하기 어렵고 너무 느리며 쉽게 노출된다.

이 상황에서 그들이 노릴 수 있는 유일한 목표는 콜로니다. 콜로니에는 수리매들과 동료 거미들이 있다. 여분의 에너지와 추진체도 있다. 콜로니를 정복하고 이를 발판 삼아 트리톤을 공격하는 것만이 그들에게 주어진 유일한 선택지다.

문제는 이런 추론이 아버지의 정신이 멀쩡하다는 가정하에 성립된다는 것이다.

지금은 그렇지 않을 가능성이 만만치 않게 높다. 다리에서 벌어지는 파괴 행위를 보자. 에너지를 최대

두 번째 유모

한 아껴도 모자랄 판에, 거미들은 불필요한 파괴에 시간과 에너지를 낭비하고 있다. 이건 아버지가 거미들을 제대로 통제하지 못하고 있거나 아버지 자신이 제정신이 아니라는 뜻이다. 유령이 되기 전에도 아버지는 제정신이 아니었다. 지난 20년 동안 우주를 떠돌면서 시드에 무슨 일이 생겼는지도 알 수 없다. 이런 상황에서 아버지의 우선순위가 바뀌었을 가능성은 높다. 그건 아버지의 최종 목표가 여러분의 멸종일 가능성도 만만치 않게 높다는 뜻이다. 단순히 콜로니를 파괴하는 대신 여러분을 한 명 한 명 직접 죽여가며 그 쾌락을 즐길 가능성도 만만치 않게 높다.

지금 어머니는 응답이 없다. 아버지에게 빙의되는 것을 막기 위해 콜로니의 거의 모든 인공지능은 정지된 상태다. 지금 상황이 어머니의 계획 안에서 어떤 의미가 있는지 우리로서는 알 수 없다. 확신할 수 있는 것은 단 하나. 여러분의 목숨은 여러분 스스로가 지켜야 한다는 것이다.

어머니의 계획 따위는 걱정할 필요 없다. 일단 살아남아라."

9

JP-3154에겐 자아도, 의식도, 의지도 없었다. 그런 건 시드를 가진 소수만이 갖고 있었다. 예나 지금이나 그것은 주변 시드의 손발에 불과했다. 두뇌 속에서 반짝이며 감각 정보를 해석하고 사지를 놀리는 0과 1의 나열은 JP-3154를 정신 나간 짐승처럼 움직이게 했지만 그렇다고 없던 의식이 생겨나는 건 아니었다.

지금 JP-3154는 동료들과 함께 우주 공간을 가로지르고 있었다. 다리는 8분에 한 번씩 자전했고 사출기가 트리톤을 향할 때마다 열 마리의 거미들이 동시에 발사되었다. 그들은 여섯 번째 공격대였다.

그들의 목표는 트리톤의 궤도를 도는 콜로니였다. 5개월 전 거미 알집에서 태어난 JP-3154는 단 한 번도 다리를 떠난 적이 없었다. 하지만 아버지에게 감염된 주변 동료 거미들이 정보를 공유하고 있어서 해왕성 주변의 모든 인공 구조물에 대한 상세한 지식을 갖고 있었다.

콜로니의 원통형 몸통이 점점 커져가고 있었다. 지금까지 특별한 반격의 흔적은 보이지 않았다. 먼저 도착한 거미들이 버린 비행장치들이 군데군데 우주 공간을 떠돌고 있었다.

급감속한 JP-3154는 먼저 도착한 동료들이 만들어 놓은 열두 개의 구멍 중 하나를 향해 날아갔다. 추진 체를 다 쓰고 죽어버린 비행장치를 버리고 여덟 개의 팔다리를 펼친 채 구멍 속으로 뛰어들었다. 인공중력 에 몸이 뒤로 휙 내팽겨쳐졌다. 자세를 바로잡은 거 미는 동료들이 만들어놓은 통로를 따라 안으로 들어 갔다.

JP-3154에게 주어진 임무는 격납고로 들어가 최대 한 많은 수리매를 탈취해 아버지의 영향권에 밀어 넣 는 것이었다. 일이 잘 풀렸다면 굳이 거미들을 파견 하지 않아도 됐을 것이다. 콜로니의 점령은 다리의 점 령과 동시에 진행되어야 했다. 하지만 알 수 없는 이 유로 콜로니는 아버지의 빙의를 차단했고 JP-3154와 동료들은 콜로니의 점령에 성공했다면 굳이 할 필요 없는 개고생을 하고 있었다. 물론 그들에겐 의식이 없었기 때문에 고생은 무의미한 단어였다. 이 개고생 때문에 분노하고 짜증을 내는 건 그들을 조종하는 아 버지였다. 갑자기 터져 나오는 분노 때문에 JP-3154

의 팔다리가 꿈틀거렸다. 거미는 네 개의 팔을 휘두르며 이미 너덜너덜해진 주변의 금속판을 잡아 뜯었다.

JP-3154의 움직임이 갑자기 멎었다. 임무가 리셋되고 새로운 정보들이 들어왔다. 격납고에 첫 번째 공격대가 도착해보니 수리매들의 머리가 모두 분리되어 사라져버렸던 것이다. 아버지는 이 상황을 예측했을까? 가능성을 고려했는데도 확인하기 위해 굳이 거미들을 격납고로 보내야 했던 걸까?

호기심이나 짜증의 방해 없이, JP-3154는 새로 받은 임무를 위한 계산에 들어갔다. 순식간에 같은 계산을 마친 네 마리의 거미들이 거의 동시에 같은 방향으로 움직였다. 그들의 새 목표는 가장 가까운 곳에 있는 신경계 허브였다. 그곳에서 무엇을 할 것인지는 알 바가 아니었다. 그건 그들이 목적지에 도착할 때까지 아버지가 고민할 문제였다.

기계 사이의 복잡한 미로를 누비며 달리던 네 마리의 거미들은 수상한 기척을 느끼고 걸음을 멈추었다. 다음 판단을 내리기도 전에 야구공 크기의 금속공 일곱 개가 굴러오더니 폭발했다. 폭발을 감지한 순간 JP-3154는 반사적으로 팔다리를 몸속에 집어넣었지

두 번째 유모

만 동료 한 마리는 팔다리 다섯 개를 날려버렸다. 남은 팔만으로 일어나려고 휘청거리는 거미에게 야구공 두 개가 더 달려들었고 다음 폭발로 남은 다리와 머리가 몽땅 날아갔다.

돌덩이처럼 굴러가던 JP-3154는 다리 두 개를 반쯤 뻗어 뜯겨져 나간 금속판을 잡고 정지한 채 귀를 기울였다. 근처에 다른 거미 둘의 신호가 감지되었다. JP-3154는 콜로니에 들어온 동료들 모두의 위치를 알고 있었다. 그 두 마리는 동료가 아니었다. 반가움도 놀라움도 당혹감도 없었다. 살아남은 세 마리의 거미들은 알집에서 이식한 충격총을 켜고 돌진했다.

모퉁이에서 거미 둘이 튀어나와 JP-3154와 동료들에게 달려들었다. 외부의 관찰자가 있었다면 그들의 개조 상태의 유사성을 재미있어 했을지도 모르겠다. 모두 첫 번째 세트의 팔 양쪽에 충격총을 하나씩 달고 있었고 그 충격총은 모두 공사용 기계공구의 디자인을 개조한 것이었다. 제한된 상황에서 짧은 시간 동안 전투 준비를 하면서 양쪽의 거미들이 모두 같은 방향으로 수렴 진화한 것이다.

양쪽의 목표는 같았다. 물리력으로 상대방을 제압

하는 동시에 충격총으로 장갑의 가장 약한 부분을 뚫고 내부를 파괴하는 것이었다. 그러나 이들은 각자 지닌 핸디캡의 방해받고 있었다. JP-3154의 정확한 판단은 외부에서, 그것도 광속의 한계 때문에 4.4초 딜레이되어 쏟아져 나오는 아버지의 분노에 의해 계속 흔들렸다. 상대방 거미들의 동작은 서툴고 덜컹거리고 거의 무작위적이었다. 인공지능의 개입 없이 외부에서 인간들이 수동 조종하고 있는 게 분명했다. 순식간에 콜로니의 거미들은 머리가 폭발하고 팔다리가 끊어진 채 바닥에 뒹굴었다.

JP-3154와 신경망 허브 사이에 콜로니 거미 세 마리가 더 감지되었다. 그 정도면 충분히 뚫고 갈 수 있었다. 하지만 아버지는 계획을 변경했다. 길을 바꾸어 콜로니 내부로 들어가 같은 방향으로 가고 있는 다른 거미들과 합류하라고 명령한 것이다. 거미들은 아무런 의심 없이 새 명령에 따랐다.

최종 목적지로 가는 길은 계속 바뀌었다. 사방에 흩어져 있는 콜로니의 거미들이 그들의 앞길을 막거나 끊었다. 콜로니의 다른 동료들에게는 이런 일들이 거의 벌어지지 않았다. 아버지가 상대하고 있는 누군가가 이들 셋을 임의의 타깃으로 삼은 것이다.

JP-3154의 목 뒤에서 찰칵거리는 소리가 들렸다. 아버지가 자폭장치를 건드린 것이다. 하지만 그 소리는 폭발로 이어지지 않았다. 무언가가 아버지의 명령을 막고 있었다. 아마도 저번 콜로니 거미들과 맞붙었을 때 들어왔던 무언가. 그때 죽어나간 거미들은 실패한 게 아니었던 것이다.

거미들은 일제히 달리기를 멈추었다. 엉거주춤 얼어붙은 자세를 취하고 있는 JP-3154에게 다른 둘이 덤벼들었다. 장갑판을 뜯고 충격총을 조준했다. 그때 JP-3154는 만들어진 이후 처음으로 배신감과 공포에 가까운 무언가를 느꼈다. 적어도 그것의 뇌는 그와 비슷한 반응을 만들어내고 있었다. 어느 순간부터 모순되는 동기가 뇌 속에서 충돌하고 있었다.

천장이 무너지고 네 마리의 콜로니 거미들이 쏟아져내렸다. 그들은 JP-3154에 달라붙어 있는 거미들에 매달려 JP-3154의 등에서 떨어뜨렸다. 거미들의 패싸움이 벌어지는 동안 JP-3154는 그 자리에 우두커니 서서 그네처럼 몸을 앞뒤로 흔들었다.

여섯 마리의 거미들이 모두 움직일 수 없을 정도로

부서져 남아 있는 팔다리를 의미 없이 놀리고 있는 동안 통로는 양쪽에서 달려오는 거미들의 발소리로 시끄러워졌다. JP-3154에게 의식이 있었다면 오히려 해방감을 느꼈을 것이다. 이 순간 그것이 할 수 있는 선택은 아무것도 없었다.

그 순간 작고 검은 무언가가 천장에 난 구멍에서 뛰어내렸다. 콜로니의 인간이었다. JP-3154의 옆에 가볍게 착지한 그 인간은 JP-3154의 눈을 노려보면서 기계 장갑을 낀 오른손을 목덜미로 가져갔다. 나사들이 다르륵 풀리는 소리가 들렸고 머리 위의 장갑이 떨어져 나갔다. 인간은 무지개색으로 반짝이는 JP-3154의 달걀 모양 뇌를 왼손으로 잡아 뜯고 세 발자국 물러나 목 뒤에 노출된 자폭장치를 충격총으로 쏘았다.

10

"그것은 믿음의 관성이라고 해."

가을 이모가 말했다.

"그게 뭔데?"

생긴 지 얼마 안 된 콩나물 마당의 울퉁불퉁한 표면 위를 휘청휘청 걸으면서 샘물이 물었다.

"그러니까 사람들이 어떤 것을 믿잖아? 살인 사건이 나고 다들 범인이 집사인 줄 알았는데, 알고 봤더니 의사라는 증거가 나와…."

"셜록 홈즈 소설처럼?"

"응. 하지만 아무리 분명한 증거가 나와도 어떤 사람들은 여전히 범인이 집사라고 믿는다? 아무리 그 믿음의 바탕이 이상하고 황당해도 어떤 사람들은 끝까지 그걸 안 버려. 사람들은 믿고 싶으니까 그냥 믿어."

"왜?"

"그냥 그렇게 진화했으니까. 그런 믿음을 가진 개체가 생존하기가 수월했거든. 하지만 세상이 복잡해지고 커지면서 점점 그런 믿음이 위험해졌지. 세상과 함께 증오가 커졌고 이해하기엔 너무 복잡해지니까 점점 믿음에 의지하게 됐어. 그리고 그 증오에 바탕을 둔 이상한 믿음들을 거대 인공지능이 삼키기 시작한 거야. 그 때문에 지구와 금성에서 전쟁이 일어났어."

"그럼 우린 달라?"

"어느 정도. 너희들은 이상한 믿음을 쉽게 버릴 수 있도록 설계됐어. 지구에 있는 사람들 중 많은 이들이 그러니까 아주 특별하지는 않아. 하지만 너희들에겐 생물학적인 안전장치가 있어. 여러 심리학적 요인들이 묶여 이상한 믿음을 향해 폭주할 가능성이 있을 때 그걸 끊어주지. 너희들은 종교적 믿음이나 집착에 대해 면역력이 있어. 아마 너희들 중 어느 누구도 고리오 영감이나 리어왕처럼 죽지는 않을 거야. 그건 너희들의 몸이 방사능과 무중력 환경에서 상대적으로 좀 더 안전한 것과 크게 다를 게 없어. 목표는 모두 더 높은 생존률이지."

잠시 말을 끊고 하늘의 중심을 차지하고 있는 트리톤을 올려다보던 가을 이모는 느릿느릿 이야기를 이었다.

"아직 세상엔 인간들이 필요해. 더 많은 시드들이, 생물학적 개별자들이 필요해. 우주엔 더 많은 의지들, 욕망들이 필요해. 우린 살아남아서 그걸 어머니들에게 보여주어야 해."

"그것도 깨질 수 있는 믿음이지?"

샘물이 잽싸게 지적하자 가을 이모는 헬멧 안에서

가볍게 고개를 끄덕였다.

"맞아. 그 믿음은 테스트를 받아야 해."

그때 샘물은 그 테스트가 어떤 것인지에 대해 전혀 생각하지 않았다. 생각했다고 해도 지금의 상황을 상상할 수 있었을까.

지금 샘물은 달리고 있었다. 앞에 놓인 800미터의 직선 통로는 이틀 전에는 존재하지 않았다. 그동안 일곱 개의 벽을 부수면서 죽어간 거미들의 잔해가 사방에 널려 있었다. 아버지의 거미들이 무엇 때문에 그런 파괴 행위를 벌였는지 샘물은 몰랐다. 그들은 신경망 허브 점령과 같은 이해 가능한 목표에서 한참 벗어나 있었다. 그냥 화가 나서 저지른 일인지도 모르지.

벽 근처에서 무언가가 꿈틀했다. 샘물은 충격총을 겨누고 그쪽으로 다가갔다. 반쯤 부서진 아버지의 거미였다. 자폭 장치가 머리를 날려버린 지 오래였지만 아직 신경 일부가 살아서 남아 있는 팔 두 개를 목적 없이 놀리고 있었다. 손톱 끄트머리는 모두 피에 젖어 있었다.

가벼운 진동을 발끝으로 느낀 샘물은 옆으로 고개

를 돌렸다. 벽 구석에 쌓여 있던 거미 장갑판들이 쏟아져 내렸고 그 밑에 숨어 있던 아이 두 명의 몸이 드러났다. 소라와 이끼였다. 모두 아직 엄마와 연결되지 않은 꼬마들이었다.

"너희 보호자들은 어디에 있어?"

샘물이 묻자 이끼가 벽 한쪽을 가리켰다. 무심코 그쪽으로 눈을 돌린 샘물은 눈을 감았다.

"이제부터 내가 너희 보호자야. 날 따라와."

아직도 겁에 질린 아이들은 주춤거리며 샘물 곁으로 걸어왔다. 둘 다 크게 다치지는 않은 것 같았다. 얼굴과 우주복에 묻은 피는 모두 다른 사람의 것이었다.

작전은 변경될 수밖에 없었다. 샘물은 헬멧의 통신기를 켜고 서린 이모에게 간단히 상황을 설명했다. 새 명령이 내려왔고 지직 소리와 함께 통신이 끊겼다. 새로 장착한 통신기는 20세기 수준으로 다운그레이드되어 있었다. 여전히 대화는 가능했지만 갑갑하고 불편했다. 더 불편한 건 엄마와 연결되지 않은 상태 자체였다. 정신적으로 감옥에 갇힌 기분이었다.

통로 끝에 도착한 아이들은 거미들의 잔해를 뒤지며 새 출구를 찾았다. 바닥에 난 문을 여니 아직도 남

두 번째 유모

아 있던 공기가 가볍게 위로 밀려 올라왔다. 스캔해 보니 적어도 200미터 안쪽에선 작동 중인 거미의 흔적을 찾을 수 없었다. 하지만 아직 안심하긴 일렀다. 지난 이틀 동안 아버지의 거미들은 콜로니의 재료를 이용해 꾸준히 자신의 몸을 개량해왔다. 그동안 스캔을 피하는 방법을 찾아냈을 수도 있다. 은폐 기술의 적용에 대해서는 전쟁 경험이 많은 아버지가 더 많이 알았다.

직접 싸움에서 인간들은 아무리 무장하고 있어도 거미들의 상대가 안 됐다. 그런 건 옛날 평면 영화 속에서나 가능한 일이었다. 전투 데이터를 다운받아도 신경 속도와 근력의 한계를 극복할 수 없었다. 아이들이 조종하는 거미들도 언제나 일대일 싸움에서 밀렸다. 그건 공격이 시작되기 전부터 인정하고 계산에 넣어야 했던, 바꿀 수 없는 상수였다.

더 두려운 것은 아버지가 점점 더 가까이 오고 있다는 것이었다. 첫 번째 전투가 시작되었을 때 다리와 콜로니의 거리는 60만 킬로미터 정도였고 둘 사이의 간격은 점점 더 벌어지고 있었다. 당시엔 콜로니의 거미들과 아버지 사이엔 2.2초, 그러니까 왕복 4.4초의 간격이 있었다. 하지만 그 간격은 이틀 동안 점점 줄어들었다. 기적적으로 광속을 극복하는 방법을 발견한 게 아니라면 아버지는 점점 콜로니를 향해 접근 중이었다.

두뇌의 압축은 필수불가결한 일이었다. 정보를 주고받는데 몇 초씩 걸리는 뇌세포 먼지로 할 수 있는 건 한계가 있었다. 아버지가 다리를 공격한 것도 해왕성 주변 궤도에 흩어져 있는 정보들을 압축할 수 있는 새로운 두뇌를 만들기 위해서였다. 다리에 세워진 아버지의 두뇌는 유령이 가진 정보의 80퍼센트를 먹어치울 수 있을 만큼 성장했고 여전히 주변에 떠도는 나노봇들을 활용해 상황을 통제하고 있었다. 그건 이전부터 알고 있었다.

하지만 그 두뇌가 콜로니를 향해 날아오고 있다는 건 전혀 다른 일이었다. 그동안 콜로니에서는 꾸준히 다리를 관찰해왔지만 거미보다 큰 무언가가 다리를 떠나는 걸 감지해내지 못했다. 콜로니의 아이들이 거미들과 싸우는 동안 은폐 장치를 갖춘 무언가가 다리를 떠나 느릿느릿 콜로니를 향해 다가오고 있었던 것이다.

두 번째 유모

이제 아버지와 콜로니 사이의 간격은 7만 킬로미터였다. 지금까지 콜로니에서는 광속의 한계가 만들어낸 그 짧은 간격 사이에 얇은 칼을 밀어 넣는 식으로 버텨왔지만, 얼마 지나지 않아 아버지는 지금까지 점령한 콜로니의 영토와 거미들을 방해 없이 직접 통제할 수 있게 될 것이다.

누가 이기건 이 도박은 곧 끝날 예정이었다.

사다리를 타고 내려간 아이들은 구석에서 웅크리고 앉아 다시 주변을 스캔했다. 다섯 마리의 거미들이 600미터 저편에서 잡혔다. 이들은 모두 다섯 시간 전에 정복한 신경망 허브를 개조하느라 바빴다. 하지만 굳이 위험을 자초할 필요는 없었다. 스캐너가 지도 위에 안전한 길을 그려주자 아이들은 다시 일어나 걸었다.

15분 동안 좁아터진 미로를 기어간 끝에 아이들은 간신히 은신처에 도착했다. 은신처라고 해봐야 다섯 명의 아이들이 더 있고 아직까지 아버지의 손이 닿지 않은 밀폐된 공간이란 의미밖에 없었다. 이틀 동안 네 명의 동생들을 이끌면서 콜로니 이곳저곳으로 숨어 다녔던 보호자인 솔잎은 지치고 겁에 질린 얼굴이었다. 차라리 샘물처럼 직접 전쟁에 나섰다면 덜 고통스러웠을지도 모른다.

"아까 연두의 귀신을 봤어."

솔잎이 말했다.

"뭐라고 그러든?"

"아버지에게 오라고."

"그게 다였어?"

"요약하면 그렇다는 거지. 어차피 이번 전쟁은 아버지가 이긴다. 아버지에 대한 헛소문은 믿어서는 안 된다. 그럴싸했어. 논리도 나쁘지 않았고. 무엇보다 생김새에서부터 말투에 이르기까지 진짜 연두 같았어."

"그래서 넌 어떻게 했니?"

솔잎은 왼손을 휘저으며 힘없이 웃었다.

"악마야, 물러가라."

다행히도 아직까지 귀신은 농담거리가 될 수 있었다. 하지만 이것도 한계가 있었다. 지금이야 감각을 건드려 죽은 친구의 귀신을 만들어내는 수준이었지만 언젠가는 그들의 뇌 전체를 정복하려 할 것이다. 그들은 아직까지 정복되지 않은 시드였고 아버지는

두 번째 유모

그걸 두고 볼 수 없었다.

샘물은 아이들을 솔잎에게 맡기고 은신처에서 나왔다. 1초도 아까운 상황에 거의 한 시간을 날려버렸다.

35분 뒤, 샘물이 도착한 원래 목적지는 사정이 좀 나았다. 일곱 개의 출구를 거미들이 막고 있었고 공간도 그럭저럭 넉넉했다. 하지만 이 역시 영구적인 은신처는 못 되었다. 모두 여차하면 움직일 준비를 하고 있었다.

구석에서 서린의 얼굴을 발견한 샘물은 주머니에 들어 있던 아버지 쪽 거미의 두뇌 세 개를 내밀었다. 서린은 그것들 모두 케이스를 벗겨낸 테스터 안에 넣었다. 하나는 반쯤 고장 나 있었지만 나머지 두 개는 멀쩡했다. 이제 자폭 직전에 구해낸 거미의 뇌는 열일곱 개였다. 이들을 이용해 아버지와의 연결망을 확보하고 역습하는 것이 서린의 계획이었다. 이 계획이 얼마나 진척되었는지 샘물은 알 수 없었다. 우주 공간에 흩뿌려져 콜로니 주변의 나노봇과 일당백의 전투를 벌이고 있는 벌레들이 얼마나 살아남았는지는 물어볼 생각도 나지 않았다.

"아버지는 열 시간 안에 도착할 거야. 우리의 방어력이 무너지는 건 일곱 시간 뒤부터고."

서린은 아이들을 모아놓고 차분하게 설명했다.

"그동안 어떻게든 벌레들로 아버지에게 접속을 시도해볼 거야. 하지만 일곱 시간 뒤부터는 우리가 할 수 있는 일이 없어. 아버지는 콜로니를 장악하고 너희들도 넘볼 거야. 그럼 아직 엄마와 연결되지 않은 어린아이들은 완전히 무력한 상태로 남고 말아. 그 뒤엔 무슨 일에 일어날지 알 수 없어. 너희들도 지금은 모를 수가 없겠지만 아버지는 미쳤으니까. 너희들이 아버지의 손발이 될 가능성을 대비해야 해."

서린은 테스터 밑의 서랍에서 종이 상자를 하나 꺼냈다.

"이건 내가 개조한 벌레야. 입에 물고 있으면 입천장을 뚫고 위로 올라가 너희들의 접속장치를 파괴할 거야. 조금 더 빨리 주었어야 했는데 만드는 데에 시간이 좀 많이 걸렸어. 지금이라도 늦지 않았으니까 나눠주려 해.

당장 삼킬 필요는 없어. 어머니가 언제라도 너희들에게 직접 연락할 가능성을 대비해야 해. 벌레는 최후

두 번째 유모

의 수단이야. 지금까지 어머니가 침묵을 지켰던 건 자기 보호를 위해서였을 가능성이 커. 하지만 아버지가 콜로니를 정복하고 트리톤을 노릴 때까지 가만히 이러고만 있을 리는 없어. 그건 자기 보호의 목적에서 어긋나니까. 분명 무언가 물리적인 행동을 할 거야. 아버지 역시 그 행동을 예상하고 있을 거고.

아까 풀빛이 연락해왔는데, 지금 격납고에서는 수리매들을 개조하고 있어. 떼어낸 머리에 거미의 뇌를 달고 신경망을 재배치하고 있지. 몇 시간 뒤에 개조가 끝난 수리매들과 비행장치를 단 거미들이 아버지를 향해 출발할 거야. 앞으로 있을 수도 있는 공격에서 아버지를 보호하기 위해서지. 곧 너희들의 운명을 바꿀 수도 있는 우주전이 벌어져. 그리고 지금 우리로서는 그 결과를 예상할 수 없어. 하지만 어떻게든 이 상황을 너희들에게 유리하도록 끌어가는 게 내 임무겠지."

잠시 침묵이 흘렀다. 주변에 모인 열두 명의 아이들은 무슨 말을 해야 할지 알 수 없었다. 한참 동안 지속되던 침묵을 끊은 것은 샘물이었다.

"도대체 왜 그러는 거야?"

"뭐가?"

"왜 여기까지 와서 우리를 돕냐고. 클랜은 더 이상 없다며. 우리에 대해 잘 알지도 못하잖아. 왜 여기 온 거야?"

잠시 서린의 얼굴 위로 알 수 없는 희미한 표정이 스쳤지만 헬멧 너머에서는 그 의미를 읽기 어려웠다. 서린은 의자를 살짝 뒤로 밀치고는 조용히 대답했다.

"너희는 가을의 아이들이니까."

11

더 이상 무슨 이유가 필요했을까. 그 아이들이 가을이 남긴 작품이라는 것, 가을의 인생의 일부라는 것. 그것으로 충분하지 않은가.

서린은 자신이 아이들을 완벽하게 납득시켰다고 생각하지 않았다. 그럴 필요도 없었다. 아이들은 아마 그녀의 답변을 온전하게 이해할 수 없는 지구인의 헛소리라고 생각했을 것이다. 그들을 굳이 이해시킬 필요는 없었다. 스스로를 이해시키는 것만으로 충분했다.

두 번째 유모

수리매가 앞으로 튕겨 나갔고 서린의 몸은 그와 함께 뒤로 밀렸다. 머리와 함께 조종석은 떨어져 나갔지만 그녀가 타고 있는 우주선엔 벽에 넣을 수 있는 보조 좌석이 하나 있었다. 거미들은 내부를 개조하면서 우주선의 불필요한 물건들을 다 떼어냈지만 이 좌석만은 남겨두었다. 굳이 앞에 있을 필요도 없었다. 필요한 시각 정보들은 모두 릴리안 기시의 두뇌가 전송해주고 있었다. 앞에 장착된 거미의 뇌는 새 두뇌에 잡아먹힌 지 오래였다.

릴리안 기시는 트로이의 목마였다. 콜로니에 도착한 뒤로 릴리안의 시드는 복사되어 오노라타 로디아니의 시드가 시들어가며 남겨둔 빈자리를 조금씩 채워갔다. 아버지의 공격이 시작되기 직전에 서린은 릴리안 기시의 원래 두뇌를 떼어내 머리가 잘린 수리매 중 하나에 심었다.

착각일 수도 있겠지만 릴리안은 조금 신이 난 것 같았다. 이전에 갇혀 있었던 솔방울 모양의 행성 간 우주선보다 수리매가 할 수 있는 게 훨씬 많았다. 동료 수리매들의 기계적인 비행을 그럴싸하게 흉내 내는 동안에도 릴리안의 움직임엔 은근한 흥이 담겨 있었다. 서린은 동료들이 이를 눈치채지 못하길 바랐다.

서린은 격납고까지 그녀를 따라와주었던 풀빛과 샘물이 무사히 은신처로 돌아갔길 바랐다. 그들은 굳이 거기까지 따라올 필요는 없었다. 어차피 들통나면 계획 자체가 끝이었다. 하지만 그들은 그녀의 거절을 받아들이지 않았다.

잠시 관성 비행을 하던 우주선이 천천히 감속하기 시작했다. 그와 함께 릴리안은 서린에게 보내는 직사각형의 영상 중앙에 화살표를 찍었다. 자세히 들여다보니 십이면체의 보석처럼 생긴 투명한 무언가가 화살표 밑에서 반짝이고 있었다. 아버지를 태운 우주선이었다. 이 이미지는 릴리안 기시가 수정한 것으로 맨눈으로 보면 전혀 눈치챌 수 없었을 것이다.

이제 수리매와 거미들은 십이면체와 함께 다시 트리톤의 궤도를 향해 날아가고 있었다. 십이면체의 투명한 몸체는 살짝 붉은 빛을 내고 있었다. 콜로니의 망원경으로도 충분히 보였을 것이다. 이 정도 거리에서 더 이상 은폐는 의미가 없었다. 이 속도라면 우주선은 한 시간 안에 콜로니에 도착한다. 그때까지만

두 번째 유모

버티면 된다.

경고등이 켜졌다. 한 무리의 둥근 물체들이 콩나물에서 쏟아져 나오고 있었다. 어머니가 지금까지 준비하고 있었던 무기가 이거였나? 지금까지 뭔가 엄청난 계획을 숨겨두었던 게 아니라 그냥 방법이 없었던 거였나?

수리매와 거미들이 보호 대형을 취하기 시작했다. 은근슬쩍 그 대형 속에 녹아든 릴리안은 그들이 보호하고 있는 우주선에 대한 정보를 서린에게 보냈다. 반은 동료 수리매와 거미들이 공유하고 있는 것이었고 나머지 반은 스캔을 통해 직접 알아낸 것이었다. 우주선은 일회용이었고 극단적으로 단순했다. 오로지 다리에서 콜로니까지 아버지의 뇌를 옮긴다는 목적 하나만을 위해 설계된 기계였다. 자잘한 수많은 변수들에 대한 대응은 누락되어 있었다.

그 누락된 변수 중엔 우주복을 입은 인간도 포함되어 있었다.

어머니가 쏘아올린 공들이 공격을 시작했다. 사방에서 초록색 폭발이 일어났고 대형은 흔들렸다. 옆에 있던 수리매 하나가 반 토막이 났고 거의 동시에 주변의 공 두 개가 산산조각이 났다. 불꽃놀이 한가운데에 뛰어든 작은 새가 된 기분이었다.

적당히 분위기를 맞추며 폭발 사이를 오가던 서린의 수리매는 은근슬쩍 십이면체 정면으로 갔다가 급감속했다. 수리매는 감속용 분사구 바로 뒤에 충돌했다. 우주선 앞에 커다란 구멍이 생겼고 수리매의 선체는 그 안으로 2미터 정도 들어갔다. 화물칸의 입구를 통해 기어 나온 서린은 수리매가 만든 구멍의 틈 사이를 통해 안으로 들어갔다.

아버지의 우주선 내부 설계에는 인간에 대한 배려 따위는 반영되어 있지 않았다. 복도도 없었고 방도 없었다. 우주선 내부는 그림 동화책에 나오는 찔레꽃 숲 같았다. 가느다랗고 삐죽삐죽한 금속 구조물이 안을 엉성하게 채우고 있었다. 서린은 붉게 달아오른 발열검으로 그 구조물을 자르면서 안으로 들어갔다.

중심부로 들어갈수록 서린의 감각은 점점 오염되어갔다. 침입자의 존재를 눈치챈 아버지가 접속장치를 통해 서린에게 온갖 감각 정보들을 퍼붓고 있었다. 다행히도 한동안은 버틸 만했다. 이전부터 서린의 뇌와 연결된 릴리안의 시드가 방어막을 만들어주

두 번째 유모

고 있었다.

그렇다고 고통이 사라지는 것은 아니었다. 접속장치를 통해 서린의 기억을 읽은 아버지는 최악의 기억들만 골라 서린의 눈과 귀에 뿌렸다. 지구에서 지옥과 같은 전쟁을 통과하며 자란 서린에겐 아버지에게 줄 재료가 충분했다. 서린이 멈추지 않자, 아버지는 이번엔 다른 것을 가져왔다. 죽은 아이들과 콜로니의 인공지능을 통해 얻은 가장 야비한 기억. 바로 가을의 죽음이었다. 기기 이상을 일으킨 수리매와, 소행성과 충돌하고 우주복이 찢겨나간 가을의 몸이 프로테우스 저편으로 사라져갔다….

그 순간 서린은 오히려 안정을 찾았다. 그녀는 이를 악물었고 발열검을 쥔 오른손엔 힘이 들어갔다. 가을의 죽음을 보는 건 고통스러웠다. 하지만 이것이 아버지가 낸 결정패라니 그냥 우스꽝스러웠다. 그건 오히려 서린을 자극할 뿐이었다. 스스로의 사디즘에 취해 아버지는 계속 헛발질을 하고 있었다. 아버지는 비이성의 창조물이었고 비이성의 희생자였다. 지구에서 화성의 어머니에게 패해 멸망한 것도 비이성 때문이었고, 몇 시간 전 콜로니에서 깨어난 릴리안의 시드가 정복당한 신경망 허브를 하나씩 되찾을 수 있었던 것도 아버지의 비능률적인 비이성 때문이었다. 분노하는 기계, 혐오하는 기계는 온전한 기계가 아니었다.

마침내 서린은 우주선의 중심부에 도착했다. 지름 2미터의 오팔빛 구체가 강화막을 입은 유리 원통 안에 든 끈적거리는 액체 한가운데에 떠서 느릿느릿 회전하고 있었다. 서린은 발열검을 휘둘렀지만 원통은 끄떡도 하지 않았다. 기대도 하지 않았다. 서린에게도 그것은 일종의 시위였다.

갑자기 날카로운 통증이 등을 찔렀다. 서린은 비명을 지르며 뒤를 돌아보았다. 거미 한 마리가 피 묻은 손톱을 휘두르고 있었다. 서린이 찔레꽃 숲을 뚫고 전진하는 동안 서린이 만든 통로를 따라 안으로 들어왔던 것이다. 지금 그 거미는 귀찮은 모기를 잡아 죽이려는 거대한 손처럼 서린을 공격하고 있었다. 서린은 발열검으로 거미의 손을 하나 잘라냈지만 거미는 그와 거의 동시에 다른 손으로 서린의 오른손을 잘랐다. 튕겨 나간 손과 발열검은 찔레꽃 숲 저편으로 사라져갔다.

두 번째 유모

서서히 공기가 빠져나가는 우주복 속에서 가쁜 숨을 쉬며 서린은 릴리안이 전해주는 정보를 빨아들였다. 우주선의 릴리안과 콜로니의 릴리안은 하나가 되어 있었다. 그리고 그녀도 이제 어느 정도 그들의 일부였다. 서린은 원통 뒤로 몸을 피하며 정신을 집중했다.

그리고 그다음 온몸의 힘을 뺀 채 아무런 저항 없이 아버지를 받아들였다.

승리감에 찬 아버지의 정신이 서린의 뇌 속으로 들어왔다. 방 안에 들어온 귀찮은 벌레를 잡는 것처럼 뇌 속의 정보를 으깨고 불태우고 산산조각 냈다. 그와 함께 원통 뒤로 돌아온 거미는 남아 있는 손으로 서린의 몸을 닥치는 대로 찔러댔다. 그 순간 아버지에게 서린을 벌하는 것은 콜로니와 어머니를 정복하고 살아남는 것보다 중요했다.

한참 파괴 행위에 몰두하던 아버지는 갑자기 싸늘한 기분에 사로잡혔다. 무언가가 잘못되어가고 있었다. 분노가 사라져갔고 사고는 둔해져갔다. 무언가 이질적인 것이 아버지의 정신 속으로 들어오고 있었다. 아버지는 거미의 눈으로 원통 주변에 떠다니는 서린의 시체를 보았고 그 순간 무슨 일이 일어났는지 알아차렸다.

서린의 접속장치를 통해 릴리안이 아버지의 뇌 속으로 들어왔던 것이다. 저 여자의 진짜 목적도 처음부터 그것이었던 거다. 아버지의 분노를 자극하고 욕설을 받아들이면서 릴리안이 좀도둑처럼 아버지 속으로 들어올 수 있게 문을 열어주는 것.

아버지는 주변이 천천히 어두워지는 것을 느꼈다. 릴리안이 해왕성 주변 나노봇들의 통제권을 강탈한 것이다. 릴리안의 새로운 명령은 광속으로 해왕성 주변에 퍼져갔고 그들은 더 이상 아버지의 유령이 아니었다. 아버지는 이제 십이면체의 감옥에 갇힌 지름 2미터의 돌이었다.

그리고 그 돌은 천천히 트리톤으로 떨어지고 있었다.

아버지를 멸망시키는 방법은 그렇게 간단했다. 에너지와 중력이 답이었다. 약간의 감속. 약간의 방향전환.

아버지는 다가오는 물리학적 재난에서 벗어나기 위해 발버둥쳤지만 소용이 없었다. 릴리안은 이미 우주선의 통제권을 50퍼센트 이상 장악하고 있었다. 추진제는 버려졌고 엔진은 작동하지 않았다. 포물선을 그리며 콩나물을 300킬로미터 밖에서 지나친 우주선은 천천히 트리톤의 희박한 질소 대기 속으로 떨어져 갔다.

12

샘물은 천천히 우주복을 벗었다. 아버지의 공격이 시작되고 나흘만이었다. 아직 콜로니 내부의 원통 안은 진공이었지만 아이들이 모여 있는 두 건물에는 공기가 들어와 있었다. 릴리안 기시의 통제하에 콜로니는 조금씩 살아나고 있었다.

샤워를 하고 평상복으로 갈아입은 샘물은 식당으로 나갔다. 살아남은 아이들 대부분이 여기에 모여 있었다. 오지 못한 여섯 명은 맞은편 건물의 병원에 있었다. 막 수리가 끝난 음식 제조기가 저녁을 만들었다. 오늘의 메뉴는 핑크색 꽈배기, 초록색 막대기, 하얀 공이었다.

식당의 분위기는 가라앉아 있었다. 전쟁으로 열여섯 명이 죽었다. 그중 두 명은 아직 접속장치를 달지 않은 어린아이들이었다. 샘물은 그 아이들이 생전에 무슨 생각을 품고 무슨 꿈을 꾸었는지 끝끝내 알 수 없을 것이다.

엄마의 차갑고 모호한 침묵에 익숙해져 있던 샘물에게 릴리안은 조금 귀찮고 짜증이 났다. 우주선 인공지능의 시드가 종종 그렇듯 릴리안은 지나칠 정도로 사람을 흉내 냈고 종종 아무 의미가 없어 보이는 대화를 시도했다. 그 흉내가 너무 정교해서 샘물은 종종 방심하다가 넘어갈 뻔했다. 다행스럽게도 다른 아이들은 그 위장된 친근함을 좋아하는 것 같았다. 아이들을 위로하기 위해 일부러 그런 태도를 취하고 있을 가능성도 있었다.

서린이 탄 아버지의 우주선이 트리톤의 적도 부근에 추락하자마자 엄마는 침묵에서 깨어났다. 하지만 그때는 이미 릴리안이 콜로니를 장악한 뒤였고 그 뒤로 샘물은 엄마로부터 어떤 연락도 받지 못했다. 지금까지 릴리안의 태도를 보면 이 상황은 앞으로도 크게 달라질 것 같지 않았다. 이제 해왕성의 영역을 지배하는 인공지능은 두 개가 되었다. 엄마의 독재가 깨진 것이다.

샘물은 태양계의 어머니들이 10여 년 전부터 이 전쟁을 준비하고 있었다는 걸 알고 있었다. 아버지가 태양계 사방에 남긴 쓰레기를 제거하기 위해 이 전쟁은 일어나야만 했다. 그것은 신들의 도박이었다. 하지만 어머니들은 지금의 상황을 얼마만큼 예측했던 것일까? 정말 이것이 최선의 수였을까? 아이들을 한 명도 죽이지 않고 상황을 해결하는 방법은 정말로 없었던 것일까? 처음부터 아이들은 버리는 패였던 걸까? 서린의 계획은 이 계획에서 어느 정도 비중을 차지하고 있었던 걸까?

하얀 공을 뜯어먹으며 샘물은 서린에 대해 생각했다. 한 달 전 갑자기 나타나 그들의 인생을 뒤흔들고 사라졌던 심술궂고 무뚝뚝한 여자. 끝까지 속을 드러내지 않으며 전쟁터에서 그들을 이끌었던 여자. 샘물은 살아남은 서린이 식탁 맞은편에 앉아 음식 제조기가 만든 꽈배기를 먹는 모습을 상상하려 했지만 잘 되지 않았다. 서린은 처음부터 살 생각이 없었다. 처음부터 아버지와 함께, 클랜과 함께 죽으러 이곳에

온 것이다.

서린의 죽음과 함께 아이들은 자유를 얻었다. 클랜으로부터의 자유, 아버지로부터의 자유 그리고 아마도 엄마로부터의 자유. 아마도 가을 이모와 서린으로부터의 자유. 이 자유가 무엇을 의미하는지 샘물은 몰랐다. 아니, 자유가 무엇인지도 아직은 알 수 없었다. 이 거대한 신들의 놀이터에서 자유인이란 것이, 스스로의 선택을 할 수 있다는 것이 무슨 의미인가.

지금부터 생각해보면 되겠지.

샘물은 남은 하얀 공 조각을 입에 넣고 물을 들이키며 생각했다.

아직 우리에겐 시간이 있으니까.

그리고 쓸데없는 집착에 빠지지 않게 막아주는 면역력도.

두 번째 유모

작가의 말

대리전

〈크로스로드〉 2005년 10월호에 실렸고 나중에 경장편으로 확장되었다. 벌써 14년 전, 그러니까 스마트폰도 없던 고대의 이야기다. 주인공 역시 20대 초반에 IMF를 정통으로 맞은 옛날 사람. 시대물로 읽으시라.

사춘기여, 안녕

2012년 《울고 있니, 너?》라는 청소년 앤솔로지에 수록되었다. 청소년물을 의도하고 쓴 첫 소설이다. 종종 왜 청소년 소설을 쓰느냐는 말을 듣는다. 가장 단순한 이유는 의뢰를 받았기 때문이다. 하지만 난 언제나 SF라는 장르가 청소년 독서 경험과 밀접하게 연결되어 있다고 믿는다.

미래관리부

〈파우스트〉 2007년 여름호에 실렸다. 시간여행 클리셰 중 내가 싫어하는 것 중 하나가 이들 여행이 대부분 비밀스럽게 진행된다는 것이다. 역사를 바꾸어서는 안 된다는 이유인데 그게 말이 되나? 그래서 깨보기로 했다.

수련의 아이들

〈크로스로드〉 2010년 5월호에 실렸다. 당시 나는 '칠거지악'이라는 프로젝트에 어설프게 참여 중이었는데, 이 이야기는 그중 '나쁜 병이 있음惡疾'에 해당된다.

평형추

2010년 《독재자》라는 앤솔로지에 수록되었다. "궤도 엘리베이터 영화를 만들면서 최대한 제작비를 절약하려면 어떻게 해야 하는가?"라는 질문에 대한 내 답안이다. 지금은 장편화를 준비 중이다.

각자의 시간 속에서

〈과학동아〉 2017년 5월호에 실렸다. 〈수련의 아이들〉과 마찬가지로 공개적인 시간여행 이야기이다. 이 우주를 배경으로 한 이야기를 두 편 준비 중인데 그중 하나는 청소년물이 될 것 같다.

두 번째 유모

2017년 《아직 우리에겐 시간이 있으니까》라는 앤솔로지에 수록되었다. 미래의 태양계를 무대로 SF를 쓰는 기획이었는데, 금성과 토성을 선점당해 해왕성을 골랐다. 제목에서 예상하셨겠지만 나만의 《메리 포핀스》 이야기이기도 하다.

작가의 말

지은이..듀나

소설가이자 영화평론가다.

장편소설 《민트의 세계》《제저벨》을 펴냈으며, 소설집은 《브로콜리
평원의 혈투》《태평양 횡단특급》《면세구역》《아직은 신이 아니야》
《대리전》《용의 이》《나비전쟁》이 있다.

불가능하고도 가능한 세계
포비든 플래닛 FORBIDDEN PLANET

두 번째 유모

1판 1쇄 찍음 2019년 6월 20일
1판 1쇄 펴냄 2019년 7월 1일

지은이 듀나
펴낸이 안지미
편집 김진형 유승재 박승기
디자인 안지미
제작처 공간

펴낸곳 (주)알마
출판등록 2006년 6월 22일 제2013-000266호
주소 03990 서울시 마포구 연남로 1길 8, 4~5층
전화 02.324.3800 판매 02.324.2846 편집
전송 02.324.1144

전자우편 alma@almabook.com
페이스북 /almabooks
트위터 @alma_books
인스타그램 @alma_books

ISBN 979-11-5992-259-6 04800
ISBN 979-11-5992-246-6 (세트)

이 도서의 국립중앙도서관 출판예정도서목록CIP은 서지정보유통지원시스템
홈페이지http://seoji.nl.go.kr와 국가자료종합목록 구축시스템http://kolis-
net.nl.go.kr에서 이용하실 수 있습니다. CIP제어번호: CIP2019021909

알마는 아이쿱생협과 더불어 협동조합의 가치를 실천하는 출판사입니다.

종이 표지_팬시크라프트 110g/㎡ 본문_그린라이트 80g/㎡